お柳《りゅう》、一途《いちず》

アラミスと呼ばれた女

宇江佐真理

朝日文庫

本書は二〇〇九年四月、講談社文庫より『アラミスと呼ばれた女』
として刊行されたものです。新装版にあたり改題いたしました。

目次

お柳《りゅう》、一途《いちず》

アラミスと呼ばれた女

一

肥前《ひぜん》長崎は坂の町である。どこもかしこも坂だらけ。

長崎は海に向かって続く細長い岬状の台地にあったことから「長《なが》んか岬」と呼ばれ、それが地名の由来ともなっている。

島原町《まち》、平戸町、大村町、横瀬浦《よこせうら》町、外浦《ほかうら》町、文知《ぶんち》町の六町が最初にできた町である。その後、ここに集まった商人達によって興善《こうぜん》町、豊後町、桜町、樺島《かばしま》町、五島町、築《つき》町が造られた。

天正八年（一五八〇）、長崎はイエズス会の領地となり、キリスト教の中心地として発展した。しかし天正十五年（一五八七）に鹿児島の島津氏が豊臣秀吉に敗れると、バテレン追放令が出された。バテレンはポルトガル語のパードレのことだが、日本人はいつの間にかバテレンと呼ぶようになり、今ではポルトガル人だけでなく外国人宣教師の総称ともなっている。後に長崎は茂木《もぎ》、浦上《うらかみ》とともに幕府の直轄地となった。

「日本は神国たる処《ところ》、きりしたん国より邪法を授け候儀《そうろうぎ》、太以《はなはだも》って然《しか》るべからざる候事《こと》」

ひとつの法令で信者達がすぐさま信仰を捨てられるはずもない。しかし、以後、日本が鎖国政策を解くまで、キリスト教の信者達への弾圧は続いた。目を覆《おお》い、耳を塞《ふさ》ぎたくなるような処刑の話は、長崎周辺の土地に極めて多い。それは信者の多さを物語るものでもあった。

虐《しいた》げられた人々の悲しみに彩《いろど》られているから、なおさらこの地方の風光明媚さは際《きわ》立《だ》っているのだろうか。三年ほど前に長崎に来たお柳《りゅう》は、明確には言葉にできなかったが、そんなふうに思っていた。

土地の者は坂に慣れっこになっているが、お柳の母親のおたみは江戸暮らしが長いので、時々愚痴をこぼす。ほんの一町、買い物から戻ってきても大袈裟《おおげさ》に荒い息をついた。

安政三年（一八五六）、十歳のお柳は、この土地になじみ、今では坂も当たり前のように思っている。言葉もすっかり長崎訛《なま》りである。お柳は、おたみの代わりに内職の縫い物を客に届けたり、坂の上にある店にお使いに行くことが多い。

その日も父親の平兵衛《へいべえ》が上司に付け届けをするため山の手の酒屋に出向いた。父親の上司とは出島《でじま》のカピタン（オランダ商館長）のことである。平兵衛は出島でオランダ通詞《つうじ》（通訳）を務めていた。通詞には階級があり、平兵衛は最下級の「稽古《けいこ》通詞助《つうじすけ》」より少し上の「小通詞並《こつうじなみ》」を仰せつかっている。

「いとも尊敬せるカピタン殿。

ここに日本酒を少々、贈らせてください。

いとも尊敬せる貴下の僕《しもべ》　田所平兵衛《たどころ》」

平兵衛はオランダ語でしたためた小箋《こせん》を添えてカピタンに差し出すのだ。それはカピタンが平兵衛にフランス語を指南してくれるお礼だった。オランダ語は幕府の公用語となっていたが、日本がアメリカやフランスと和親条約を結ぶと、アメリカ人やフランス人も長崎を訪れるようになり、英語やフランス語が必要となってきていたのだ。カピタンは仕事の合間に（主に午前中）出島のオランダ通詞へフランス語を指南していた。

カピタンへの付け届けはオランダ正月、オランダ国王の誕生日、また、近所から新鮮な魚介類の貰い物があった時などで、平兵衛は他の通詞達と競うようにしている。カピタンからは時々、コンパンヤ（調理部屋）にあるパンやミルク、砂糖などが与えられる。異国の食べ物をいち早く口にするのはオランダ通詞かも知れないとお柳は思う。

酒屋「平野屋」の番頭はお柳に愛想のよい笑顔を向けながら「お父ちゃんの晩酌ね」と訊《き》く。平野屋は造り酒屋で、店の奥で酒を造っている。平兵衛が贔屓《ひいき》にしている店だった。

「ううん。カピタン様に差し上げるとよ」

お柳は、こまっしゃくれた口調で応える。小柄なお柳は同じ年頃の少女達よりも幼く見えるらしい。五合徳利を差し出す時、番頭は家まで持って帰れるのかと心配した。お柳は大丈夫と胸を張った。

「ほうか。異人さんでも日本の酒ば飲みよっとね。ばってん、うまかと言いよっとね」

「うち、知らん。何んでも、うちのお父ちゃんはこの頃、カピタン様にフランス語を習うとるけん、そのお礼じゃと言うとった」

「フランス語……」

番頭は驚いたように眼を大きくした。それから早口で「その内な、この近所も埋立しよって、異人さんの旅籠《はたご》やら料理屋やらが建つらしいで。そんで、フランス寺も建つという噂もあるとよ」と、続けた。

「それはヤソの神さんの寺ね」

「ああ、そうや」

「ヤソの神さんを信じとったら、お上《かみ》に罰を受けるとやろ？」

「そんでもな、時代が変わり、昔と違ごうて取り締まりも緩《ゆる》うなったけん、今まで隠れるようにしとった人も、この頃は大ぴらにヤソの歌をうたいよるとよ」

「恐ろしか。うちはようできん」

「そうやそうや。お柳ちゃんは日本の神さん、仏さんを信じとったらよか」

「うん。お代は幾らね」

「へい、毎度おおきに。百文になります」

お柳は帯の間に挟んでいた紙入れから百文を取り出して番頭に渡した。

「お柳ちゃん、おおきに言うんはフランス語でどげん言うとじゃろう」

「メルスィや。丁寧に言う時はメルスィ、ボクと言いよるとよ」

「たまげたなあ。お柳ちゃんは門前の小僧、何んとやらのごたる」

「うち、お父ちゃんより物覚えがええねんで」

お柳は得意そうに言う。

「そんなら、フランスのバテレンさんが来よった時は、お柳ちゃん、おいにフランス語ば教えてくれんね。挨拶ぐらいせないけんで」

「よかよ。その代わり、お酒ばおまけしてね」

「敵《かな》わんなあ」

番頭はそう言って声を上げて笑った。

「あ、転んで徳利を落としたらいかんけん、気いつけてな」

「メルスィ。ア、ビヤントー（じゃあまた）」

流暢《りゅうちょう》に応えたお柳に番頭は眼を細めて笑った。

平野屋を出て石段を下りながら、お柳は、つと足を止めた。よく晴れたその日はそこから青い海が眺められた。視線を右に向ければ扇状の出島も見える。出島は日本の異国だとお柳は思う。鎖国政策が取られている日本で、その出島だけが唯一、世界に開かれた窓だった。だが、窓はあちこちでも開かれつつあった。

（うちが男だったら通詞見習いに出るのに）

お柳は胸で呟《つぶや》いた。出島には見習いの通詞の少年達もいた。しかし、父親の平兵衛はお柳の方がずっとできると褒《ほ》め上げる。

「なあ、お父ちゃん、うち、大きゅうなったら通詞になりたい」

お柳は眼を輝かせて言った。しかし、平兵衛は、出島は女人禁制だから、それは無理だと応えた。出入りできるのは丸山《まるやま》辺りの芸者や遊女ばかりである。妻を同行できなかったカピタンやヘトル（商館長次席）の夜の無聊《ぶりよう》を慰めるためにそうした措置が取られている。

昔、出島にいたシーボルトという医者は長崎の娘と恋仲になったという。おたきという娘は遊女の届けを出して出島に通っていたらしい。

うちもその手を使おうかしら。お柳はそんな大胆なことも考える。だが、それはお柳が通詞として一人前になってからの話だ。父親が家に戻って来たら、英語とフランス語をさらって貰おうと考えると、お柳は石段を下った。徳利の酒がその度《たび》にたぷたぷと音を立てた。

二

出島の歴史は古い。寛永十一年（一六三四）に幕府はオランダ人を隔離する目的で長崎の町年寄《まちどしより》高木《たかぎ》作右衛門《さくえもん》に出島の造成を命じた。キリスト教が拡まるのを防ぎたいがオランダとの貿易は続けたい。苦肉の策として幕府は出島を必要としたのだった。

作右衛門は自分を含める二十五人の町人に出費を募《つの》り、出島を完成させた。それは長崎奉行所にほど近い長崎湾に浮かぶ総面積およそ三千九百六十九坪、南側百十八間余、北側九十六間余、東西三十五間余の扇状の島だった。

お柳は、長崎生まれではなかった。江戸は下谷《したや》御徒町《おかちまち》三味線堀《しゃみせんぼり》、柳川横丁に生まれた。お柳の名は柳川横丁に因《ちな》んでいる。父親も母親も江戸の人間だった。

平兵衛はもともと通詞ではなく錺《かざり》職人をしていた男だった。

カピタンは春になると将軍に謁見《えっけん》するため江戸へ参府《さんぷ》するのが慣わしである。将軍へ献上品を贈って貿易に対する謝意を示すのだ。

正月に長崎を発ち、三月に謁見するため江戸入りするカピタンの行列は江戸の春を告げる風物詩ともなっている。カピタンが江戸で滞在するのは本石町《ほんこく》の長崎屋という異国人向けの旅籠だった。

将軍と謁見を済ませても江戸の蘭学者、医者、幕府の役人、諸大名が訪れ、カピタンは気の休まる暇もなかった。しかし、長崎で待っているなじみの芸者や遊女達の土産に着物や帯、櫛《くし》や簪《かんざし》などを用意することは忘れない。

本国から持ってきた宝石を簪に作らせることもあった。錺職人の平兵衛にその仕事が回って来ると、平兵衛はカピタンの要望に応えるべく、通詞を介してあれこれと質問した。

平兵衛の丁寧な仕事はカピタンを喜ばせた。毎年注文が来る内、平兵衛は片言のオランダ語を遣うようにもなった。通詞を介しての会話がまどろこしかったせいもある。そこはせっかちな江戸っ子だった。

平兵衛には語学の才があったのだろう。一時は蘭学者の塾にも通ってオランダ語を習ったこともあったという。平兵衛はオランダ語を幾らか話せるようになっても、通詞になろうと思っていた訳ではない。あくまでもそれは商売の便宜《べんぎ》のためだった。だが、オランダ語を操《あやつ》って商売をする平兵衛は町内でも評判になり、やがてそれは幕府の役人にも聞こえるところとなった。

平兵衛の転機は嘉永《かえい》六年（一八五三）に訪れる。まさにこの年はアメリカのマシュー・カルブレイス・ペリーが黒船で日本に開港を迫った年でもあった。この時から日本は急速に近代化へ向かうこととなるのだ。

異人との交渉に通詞の役目は欠かせない。通詞は平戸にオランダ商館が設置された頃より存在する。しかし、長崎はともかく、江戸にはその任を務める者の数が不足していた。俄《にわ》か仕込みのオランダ語を話す平兵衛にまでお鉢が回って来たのは時代の流れでもあったろうか。

平兵衛は稽古通詞として幕府に召し抱えられた。それだけでも当時としては驚きであったが、さらに小通詞末席、小通詞並と出世して、出島詰役《つめやく》を仰せつかるに至った。お柳が七歳になった頃のことである。平兵衛は嫌がるおたみと幼いお柳を引き連れて長崎にやって来たのだ。

長崎には平兵衛が舌を巻くような通詞がごろごろいた。代々、通詞を仰せつかる家に生まれた者は生まれた時から異国の言葉になじんでいる。そういう者は大通詞として貫禄も違う。年番《ねんばん》と呼ばれる通詞は大通詞と小通詞の加役《かやく》で、それぞれ一名が一年間、その任に就く。長崎奉行所とオランダ商館との連絡、折衝《せっしょう》をするのだ。カピタンの江戸参府に同行して世話を焼くのは年番通詞だった。

しかし、通詞の役目はそれだけではない。入港するオランダ船の検査、上陸者の点呼、積み荷の目録作り、オランダ風説書《ふうせつがき》の翻訳、果ては出島のオランダ人への遊女の斡旋《あっせん》まで多岐に亘《わた》った。もちろん、交易の取り引きの時にはすべて立ち合った。小通詞並としての平兵衛の仕事も長崎に赴任した時から繁忙を極めていた。

三

平兵衛の住まいは出島の近くの築町《つきまち》にあった。古い民家だったが幕府が長崎奉行所を通して平兵衛に与えたものである。

平兵衛は特別な仕事がない時は暮六つ（午後六時頃）に家に戻ってお柳と一緒に晩飯を摂《と》った。平兵衛はいつも何かしらの土産をお柳に持って来た。ふかふかのパンやミルク、オランダの菓子。おたみには砂糖やシナ茶だった。家の調度品も年を経《へ》るごとに異国風となっていた。お柳が気に入っているのは床の間に飾られているオランダの女性の絵だった。

レースの飾りのある上着に緑色のスカートを着《つ》け、頭にローズの花を飾っている。手には小さな斑《ぶち》の犬を抱いていた。何んでもシーボルトが国外追放となった年に訪れたデ・フィレネーフェというカピタンの奥さんのミミーという女性であるという。

出島は夫人同行が許されなかったので、ミミーは間もなく本国へ戻されたが、短い滞在中、長崎の絵師はミミーの姿をこぞって描いた。その絵は版画となって何枚も刷られたらしい。近くの商家でも同じ絵が飾られている。

平兵衛はミミーの絵を表装して掛け軸に仕立てた。

異国の女性の美しさは日本の女性よりはるかに勝《まさ》っているとお柳は思う。白い肌、紅毛、碧《あお》い瞳。

たとえて言えばミミーの美しさはその頭に飾るローズの花のようで、カピタンのなじみの芸者の糸萩《いとはぎ》とは比べものにもならない。糸萩は出島にある団扇《うちわ》サボテンのように野暮に見えた。団扇サボテンはその名の通り、平べったい楕円のサボテンである。お柳は友達とお喋りをする時、不細工な人や物に対して、団扇サボテンと扱《こ》き下ろすのがもっぱらだった。

お柳はミミーの絵が好きだったから、おたみに「うちのことミミーと呼ばんね」と言って笑い飛ばされた。だが、平兵衛は機嫌のよい時、お柳を「ミミーや」と呼ぶこともあった。

平野屋にお使いに行った夜、平兵衛はお柳を「お使いして偉かったな」と褒めてくれたが、その夜は珍しく晩酌もせず、晩飯を終えると熱心に手紙を読んでいた。手紙は江戸から届けられたもののようだった。

「おたみ、おたみ」

平兵衛は手紙を読み終えると少し昂《たか》ぶった声で台所にいたおたみを呼んだ。

「何んだねえ、大きな声で」

おたみは眉根を寄せて台所から顔を覗かせた。

「榎本《えのもと》の坊ちゃんが長崎に来るらしい」

「どっちの坊ちゃん？」

「二番目の方よ」

「そいじゃ、釜次郎《かまじろう》さんだ。で、釜次郎さんは長崎に遊びにいらっしゃるのかえ」

呑気《のんき》に言ったおたみに平兵衛は癇《かん》を立てた。

「おきゃあがれ、釜次郎坊ちゃんは海軍伝習所の生徒としていらっしゃるんだ」

平兵衛が怒鳴るように言うと、おたみは、呆気《あっけ》に取られたような顔になった。

「何かの間違いじゃないだろうね」

そんなことも言う。

「間違い？」

平兵衛は怪訝《けげん》な目でおたみを見た。

「だってさあ、あの坊ちゃんは湯島の学問吟味だってうまく行かなかったし、昔は悪《いた》戯《ずら》ばかりして奥様に怒鳴られていた子だよ」

「まあ、伝習所も補欠という扱いだが、それでも生徒は生徒だ」

平兵衛が取り繕《つくろ》うように言うと、おたみはそれごらんという顔になった。

「心配だから榎本の旦那様がよろしくと言って来たんだろ？」

「まあ、そういうことだが……」

お柳はフランス語の単語帳を見つめながら両親の話を聞くでもなく聞いていた。

トレズルーズ、ドゥヴ、コネートルは、お知り合いになれてよかったという意味だが、女性が言う場合と男性が言う場合は違う。

「お父ちゃん、うちがトレズルー、ドゥヴ、コネートルと言うたらいけんとやろ？」

「お前はおなごだからトレズルーズと喋るんだ」

「何んで？」

「うるさい。ちいと黙ってろ」

「パルドン（すみません）」

お柳は低い声で謝った。

「ス、ネ、リヤン（いいんだよ）」

平兵衛は慌てて返答する。おたみがくすりと笑った。異国の言葉でお柳と平兵衛がやり取りするのは、もう珍しいことでもない。

「釜次郎坊ちゃんは一昨年、お目付の堀織部正《ほりおりべのしよう》様に随行して蝦夷《えぞ》地とカラフトを廻ったらしい。それで、今度ァ、長崎だ。旦那も大層期待しているらしい」

「まあ、そうなんですか。わからないもんですねえ。あの坊ちゃんがねえ……」

おたみは独り言のように言う。榎本という名字は、お柳も平兵衛の口から時々聞くことだった。

ようだ。

錺《かざり》職人をしていた頃、平兵衛は榎本家から大層贔屓にして貰っていたからだ。榎本家も平兵衛の住まいと同じく三味線堀にあった。平兵衛の仕事は榎本家の妻や娘のために簪を拵《こしら》えることだったが、平兵衛はそれより、主《あるじ》の円兵衛の人柄に魅かれていた

榎本円兵衛は下級の御家人ながら独学で測量学を修め、伊能忠敬《いのうただたか》の弟子となって日本全国を測量して歩いた。忠敬亡き後は「大日本沿海輿地全図《えんかいよちぜんず》」の完成に尽力している。円兵衛はその功績を認められ、天文方出仕から将軍側近へと出世した男だった。

しかし、円兵衛は務め柄から想像もできないほど捌《さば》けた性格の持ち主だった。一中節《いっちゅうぶし》の師匠を自宅に呼んで稽古する粋な面もあった。

だいたい、子供は家の鍋、釜であるとの考えから長男には鍋太郎、次男には釜次郎と名付けたところからも人柄は察せられるというものだ。平兵衛も何度か円兵衛と気軽に酒を酌み交わしたことがあるらしい。その円兵衛の息子が長崎にやって来るとなれば、おのずと張り切らざるを得ない。

釜次郎が修業することになった海軍伝習所はオランダから蒸気艦、スームビンク号を寄贈されたことから始まった。これを実習教材として幕府が優秀な海軍将校を育成しようと発足させたのである。スームビンク号は観光丸《かんこうまる》と日本名を与えられた。伝習

所は長崎奉行所の敷地内に設けられた。出島と奉行所は近所なので、平兵衛は釜次郎と顔を合わす機会も多いだろう。

釜次郎は第二期の海軍伝習生補欠として長崎にやって来るらしい。伝習所では朝早くから夕方まで、航海、測量、算術、機関学などの講義があり、また銃隊訓練や乗艦実習もあって、なかなか厳しい内容だった。

「まあ、普段はお忙しいでしょうから、お休みの時にでもいらっしゃったら、せいぜいご馳走してあげますよ」

おたみは心得たという顔で平兵衛に言う。

「頼むぜ、おたみ。ここは釜次郎坊ちゃんの知った顔もねェ。さぞ、心細い思いをなさるはずだ。はばかりながら、この田所平兵衛、釜次郎坊ちゃんの面倒は見るつもりだ。それが榎本の旦那への恩返しよ」

平兵衛は豪気に言った。

四

榎本釜次郎は他の伝習生とともに長崎に訪れたようだが、しばらくの間は築町の家に現れる様子がなかった。それは観光丸に江戸廻航の命が下り、代わってオランダからヤパン号がやって来たせいもあったろう。

ヤパン号は後に咸臨丸《かんりんまる》となる蒸気艦である。幕府がオランダに注文していたものだった。

三本マストの蒸気艦を指揮していたのはウイレム・カッテンディーケ二等尉官だった。カッテンディーケは来日すると海軍伝習所の教官に就任した。気難しく貴族的なオランダ人と釜次郎はうまくやれるのか、平兵衛は大いに心配していた。

お柳の記憶にある釜次郎は剣術や学問所の仲間とつるんで通りを歩き、大声を出していたやんちゃ者だった。お柳の顔を見ると唇の隅で薄く笑うだけで言葉は掛けたことがなかった。お柳もおたみの背中に隠れて眼を合わせないようにした。その釜次郎がこの長崎にやって来ているという。お柳のその時の気持ちは鬱陶《うつとう》しさの方が勝《まさ》っていた。

平兵衛は伝習所で伝習所監《かん》を務める勝麟太郎《かつりんたろう》（勝海舟）には批判的だった。麟太郎は蘭学研究者という触れ込みで第一期の海軍伝習生として長崎にやって来た男だった。端正な容貌をしており、またオランダ語に長《た》けているところは大通詞も舌を巻くほどである。教養もある麟太郎を平兵衛が気に入らなかったのは、存外に好色な面があったからだろう。忙しい伝習所の合間にこっそり丸山に妾《めかけ》を囲っているらしい。大根などをぶら下げて休みの日に丸山に向かう麟太郎は通詞仲間の噂の的だった。

長崎の夏の訪れは早い。お柳は三味線の稽古を終えるとゆっくりと自宅へ通じる石段を登った。そうしている間にも額《ひたい》や腋の下が汗になった。石段の両側に植わっている蘇鉄《そてつ》の緑が濃く鮮やかである。江戸では見かけることのない南蛮渡りの花々も一斉に咲き揃っていた。

陽射しに炙《あぶ》られて雑草も繁殖が激しい。つい二、三日前、おたみに言われて草取りをしたというのに、もう蘇鉄の陰から雑草がすっくと伸びている。大袈裟なため息をついた時、お柳は豪快な笑い声を聞いた。

開け放した縁側に浴衣姿の平兵衛と、これまた浴衣姿の若い男が座って酒を飲んでいた。

男の浴衣は平兵衛の物だった。そう言えば、今日は陽暦で日曜日だったとお柳は思い出した。伝習所も出島も陽暦を使い、七日目は休みとなるのだ。

（英語ではサンデイ）

お柳が胸で呟いた時、平兵衛の眼がこちらを向いた。

「おう、お柳、帰って来たのか。ささ、こっちへ来い。釜次郎坊ちゃんにご挨拶しな」

平兵衛は機嫌のよい声で言った。今日のお父ちゃんは、やけにはしゃいでいると、お柳は感じた。気後れを覚えながらお柳は言われた通り、男の前に行くとぺこりと頭を下げた。

「お柳ちゃんか？　やあ、大きくなったなあ。それに大層べっぴんになったじゃねェか」

釜次郎は開口一番、そんな軽口を利いた。

昔は痩せてひょろひょろした身体をしていた釜次郎だが、成長とともに肉もついてきた。意地の強そうな面構えは相変わらずである。怒ったらさぞ怖いだろうとお柳は思った。学問吟味もうまく行かず、補欠の伝習生と聞いていたので、お柳はもっと軟弱な若者になっているだろうと想像していたのだ。

「お前ェ、生意気に英語やフランス語を喋るっていうじゃねェか。どうすんだよう、そんなもの覚えて」

釜次郎は皮肉な口調で続ける。お柳を子供と見て最初から遠慮する様子もない。

「うち、お父ちゃんのように通詞になりたかとよ。ばってん、オランダ語はあまり好かん。うちはフランス語か英語の通詞になりたか」

お柳は釜次郎に気圧《けお》されまいと声を励まして応えた。

「気の強いおちゃっぴいだな。なあ、親父さん」

「坊ちゃん、親馬鹿とお思いなさるでしょうが、お柳はこれでなかなかできますぜ」

「へえ、本当か？　そいつは大したもんだ。おいらも英語は中浜（ジョン）万次郎というアメリカ帰りの男から習ったが、フランス語は駄目だなあ。もっともオランダ語も、もう一つよ。勝さんには敵わねェ」

釜次郎の声がその時だけ低くなった。

「ジョン万次郎の噂は長崎でも大層な評判になっておりやした。何しろ死んだと思っていた男が十年ぶりで戻って来たんですからね」

平兵衛は酒の酔いで滑らかになった口調で言った。

「実際は十一年と十ヵ月ぶりだそうだ」

釜次郎は平兵衛の言葉をさり気なく訂正した。

「あっしが長崎に来た時、奴は江戸へ行った後だったんで、顔は見ておりやせん。坊ちゃん、いってェ、どんな野郎なんで？」

「顔を見ねェで話だけ聞いていりゃ、何から何まで異人だ。おいら、そんなふうに思ったぜ。本所南割下水《ほんじょみなみわりげすい》にある江川太郎左衛門《えがわたろうざえもん》殿の屋敷に寄宿して、英語の塾を開いたんだ。おいら、ペリーがやって来てから、俄《にわ》かに英語も覚えなきゃならねェと考えて、教えを請《こ》いに行ったのよ」

「そいじゃ、坊ちゃんは本場仕込みの英語を習った訳ですね」

平兵衛は感心した顔になった。

「何んだねえ、お柳、突っ立ったままで。さっさと上がって坊ちゃんにお酌しな」

酒のあてを運んで来たおたみが咎《とが》めた。お柳はずっと縁先にいて平兵衛と釜次郎の話を聞いていたのだ。おたみに言われて、お柳は慌てて縁側に上がると釜次郎の横に遠慮がちに座った。

ギヤマンの角瓶を取り上げ、釜次郎に酌をすると、釜次郎はひょいと顎《あご》をしゃくった。かなり酒はいける口のようだ。

「しかし、さすが長崎だな。徳利までギヤマン、ビードロとは……」

釜次郎はしみじみと言う。お柳はくすりと笑った。釜次郎は何がおかしいという顔でお柳を見た。

「ギヤマンもビードロも同じ意味とよ。一緒にするんはおかしか。ギヤマンはオランダ語で、ビードロはポルトガル語になるとよ。な、お父ちゃん？」

お柳が無邪気に平兵衛に相槌を求めると、平兵衛は居心地の悪い顔になった。

釜次郎は頭に手をやって「こりゃ、一本取られた。お柳ちゃんを見くびっていたらしい。いや、畏《おそ》れ入谷《いりや》の鬼子母神《きしぼじん》さまでい！」と、豪快に笑った。

やんちゃ者で怖いという印象はいっぺんにお柳の中から払拭《ふっしょく》されてしまった。釜次郎は父親譲りで気さくな性格の持ち主らしい。

「ジョン万次郎の話ば、もっと聞かせてくれんね」

お柳は釜次郎に媚《こ》びるように言った。

「あれは大した男だ。あの人を見て、おいら、人の運命はつくづくわからねェと思ったものよ」

釜次郎はお柳にとも平兵衛にともつかずに応える。心なしか、その眼は遠くを見るようだった。

中浜万次郎は文政十年（一八二七）元日、土佐国幡多郡《はたぐん》中ノ浜に生まれた。もともとの職業は漁師である。

天保十二年（一八四一）の一月五日に高岡郡宇佐《うさ》から出漁して遭難し、無人島（鳥島）へ漂着する。同年の五月にアメリカの捕鯨船ジョン・ハウランド号に仲間四人とともに救助され、そのままハワイのホノルルへ渡った。

万次郎は船長のウイリアム・H・ホイットフィールドに可愛がられ、万次郎のみマサチューセッツ州、フェアヘブンの町で暮らすことになったという。

船長は万次郎に地元の学校で英語、数学、測量などの教育を受けさせる。土佐にいた頃の万次郎は寺子屋にも通ったことがなかったからだ。

十九歳の時に捕鯨船フランクリン号に乗り組み、三年余りの航海生活を送る。しかし、この頃から万次郎の胸に望郷の念が強くなっていく。アメリカは折しもゴールド・ラッシュの時代。万次郎はカリフォルニアの金山で砂金掘りをして日本までの旅費を工面した。

嘉永三年（一八五〇）、万次郎はホノルルに渡り、かつての仲間と再会する。その内の一人はすでに亡くなっていた。万次郎が帰国の意志を明かすと三人の内、二人は即座に万次郎の意見に賛成してくれたが、残る一人はホノルルに留《とど》まると応えた。

同年、十二月。万次郎達はホノルルから上海行きの船に乗る。途中、琉球の摩文仁《まぶに》海岸近くにボートを下ろして貰い、日本に上陸したのは嘉永四年（一八五一）、一月三日のことであった。

薩摩藩の取り調べ、長崎奉行所の取り調べを受けた後、万次郎は晴れて故郷へ戻ったのである。少年だった万次郎は二十五歳となっていた。

「ジョン万次郎の運命は、いつも一月に変化が起きるごたる」

お柳はそんな感想を洩らした。釜次郎は驚いたようにお柳をまじまじと見た。

「お柳ちゃんの言う通りだ。生まれたのが元日なら、船で難破したのも一月だ。日本へ戻って来たのも一月。おまけに、あの人が戻って来た途端、黒船の来航で、日本はてんやわんやの大騒動だ。これはあれだな、時代があの人を求めていたんだな」

釜次郎がそう言うと平兵衛は大きく肯《うなず》いた。

「人の運命なんざ、不思議なもんですねえ。あっしも、まさか手前ェが通詞になるとは夢にも思っておりやせんでした」

平兵衛はしみじみとした口調で言った。

「親父さんには語学の才が備わっていたんだ。たまたま職人をしていたから周りが驚いただけよ。うちの父上は、その内にご公儀が放っておくまいと言っていたぜ。その通りになったじゃねェか」

「旦那はそんなことをおっしゃっていたんですか。こいつァ……」

平兵衛は嬉しさに顔をくしゃくしゃにした。

「これからの時代は身分がどうであろうと、力のある者が人の上に立つ。そんな気がするな」

「坊ちゃんも頑張って修業して、偉い人におなんなさい。あっしは期待しておりやす」

「さあ、それはどうだか」

釜次郎は自信なさげに応えた。お柳は目の前の釜次郎が、ジョン万次郎のように時代が求める男ではないのかと、ふっと思った。

どうしてそんなふうに思ったのかわからない。しいて言えば、釜次郎から醸《かも》し出されるものが、同年代の男達と大きく違っていたからだろう。身なりを構わず、まっすぐ前を見つめているような澄んだ眼、若者らしい気力、豪快な酒の飲みっぷり、おたみの拵《こしら》えた肴《さかな》を何んでもうまいうまいと食べる健啖《けんたん》ぶりも好ましかった。

二十一歳の榎本釜次郎はその夜、深更に及ぶまで平兵衛と酒を酌み交わした。伝習所は門限があるはずだったが、それはどう躱《かわ》したのかと、翌朝、おたみは平兵衛に心配顔で訊いた。

「なあに。坊ちゃんのことだ。うまくやったさ」

平兵衛は意に介するふうもなかった。

五

榎本釜次郎はそれから、休みの日になると頻繁に築町のお柳の家に訪れて来た。

他の海軍伝習生は厳しい実習の憂《う》さを晴らすべく、丸山辺りの遊女屋に繰り出しているようだが、釜次郎はそうすることもなく、お柳の父親と酒を酌み交わしながら夕方から深更に及ぶまで話をするのがもっぱらだった。

釜次郎の懐《ふところ》に余分なものがなかったせいもあろう。平兵衛はこっそり釜次郎に小遣いを渡しているふうもあった。

平兵衛は、いつも釜次郎を嬉々として迎えた。最初は、おざなりに愛想をしていたおたみも、親しくなるにつれ、次第に釜次郎の人柄を好ましく思うようになった。

陽暦の日曜日は朝から台所に入って釜次郎をもてなす用意を始める。釜次郎は二人にとって、親戚の子が遊びに来るようなものだったろう。両親がうきうきと釜次郎を迎える様子はお柳にとっても嬉しかった。

豪放磊落《らいらく》な釜次郎の性格は父親の円兵衛譲りでもあろう。口調もべらんめえで、職人上がりの平兵衛とは馬が合った。

釜次郎は見かけとは反対に、勉学や実習にはまことに熱心な若者だった。それも平兵衛を喜ばせた。

海軍伝習所の教官に就任したウイレム・カッテンディーケ二等尉官はいち早く釜次郎に注目していた。

平兵衛はカッテンディーケ二等尉官に贈り物をして釜次郎をよろしくと頼んだ。後でカッテンディーケ二等尉官は平兵衛に「実に熱心な若者である。機関部で働く姿は伝習生ではなく、あたかも水夫《かこ》か鍛冶《かじ》工のように見える。純真かつ快活な若者に指導できることは小生の喜びでもある」と、お世辞でもなく語ったという。平兵衛はさっそくそのことを江戸の円兵衛に手紙で知らせたものである。

円兵衛はこの頃、病《やまい》を得ていたので、釜次郎は大層心配している様子だった。

「坊ちゃん、カッテンディーケ先生は大層坊ちゃんのことを褒めておりやしたぜ。あっしも鼻が高いというもんです。軍艦の修業に熱心なのは伝習所の生徒として何よりのことです」

平兵衛はギヤマンの酒瓶から釜次郎の盃に酒を注ぎながら言った。たっぷりと朝寝をして、それから湯屋へ行き、その足で築町の家にやって来るというのが釜次郎の休日の過ごし方だった。

狭い庭に面した縁側に夕陽が射している。

長崎の夕陽が日本で一番美しいと釜次郎は言う。利かん気な顔は、二十一歳の若者にしては老成したものも仄《ほの》見える。お柳は釜次郎がやって来ると、隣りに座って話を聞いた。釜次郎の話はどれもおもしろく、退屈するということがなかった。

「親父さん、おいらがお目付の堀様のお伴をしてカラフトまで行った話は聞いているだろ？」

釜次郎は盃の中身をくっと喉に流し入れると言った。酒はかなり強かった。いつも平兵衛と二人で一升ぐらい飲んでいく。

堀織部正は当時、箱館奉行と外国奉行を兼任していた。蝦夷地ならびにカラフトの視察のことを釜次郎は話した。アメリカが日本に開港を迫ると、ロシアも遅れてはならじと艦隊を率いて日本にやって来た。幕府が堀に調査を命じたのはロシアの動向を探る目的でもあったのだろう。

「存じておりやすよ。榎本の旦那がお目付様に口を利いて、坊ちゃんを竿取り《さおと》（測量助手）にでも加えてほしいと頼みなすったんでしょう」

平兵衛は、榎本家の事情には通じているので、訳知り顔で言う。

「おうよ。何をやらしても半端なおいらを父上は心配なさり、修業させてやろうと思われたんだろうな」

「おおかた旦那のことだから鹿爪《しかつめ》らしいことはおっしゃらず、おう、蝦夷ヵ島に行ってこい、カラフトを見てこいっておっしゃったんじゃねェですか」

「その通りよ。おいらは半ば遊山気分でお伴したものよ。だがな……」

そこで釜次郎が言い澱《よど》んだ。

「何んです？」

平兵衛は釜次郎の話を急《せ》かした。

お柳はおたみに言いつけられて、でき上がった煮染《にし》めを二人の所へ運んだ。釜次郎は、ふっと笑って「ありがとよ」と言い、お柳の頭を撫でた。

「たまたまその時、おいらはプチャーチン率いる軍艦を見たのよ。正直、たまげた」

「まあ、外国の船は、でかいですからね」

オランダからやって来る蒸気艦を見慣れている平兵衛にとって、それはさして驚くべきことでもなかった。だが、釜次郎はロシアの蒸気艦に別の思いを抱いたらしい。

「おいら、あんなでかい軍艦を造る国と戦《いくさ》になったら、到底勝ち目はねェと思ったぜ」

「……………」

「オランダが日本に観光丸を寄贈した意図がよくわからねェ。戦に備えろということなんだろうか」

釜次郎は独り言のように言う。おたみは酒を運んで来てから蚊遣《かや》りを焚《た》いた。長崎の夏の暑さは耐え難いが、日が暮れるとそれでも幾分過ごし易い。時折、海から吹く風がすっと座敷を通った。夕涼みに出た人の話し声が石段の下からざわめきのように聞こえる。

それとともに、オランダ渡りのチャルゴロ(オルゴール)の音色も微かに響いていた。出島のカピタンが芸者衆や遊女達に聞かせているのだろう。チャルゴロの音色は可憐だけれど、お柳は、どこかもの悲しい心地に誘われた。

「オランダに限らず、どこの国も日本と繋がりをつけてェと考えておりやす。ちょいと立ち寄って薪水《しんすい》の供給が受けられりゃ、便利ですからね。ところが今までオランダがその権利を独占しておりやした。この頃、アメリカやロシアが粉を掛けて来てるんで、オランダは慌てて軍艦を寄贈して取り引きをやめるなよという魂胆でさァ。まあ、ご公儀のお偉いさんが海軍を拵えようとしていることを仄めかしたせいもありやしょうが」

平兵衛は、あっさりと言う。通詞をしていれば外国の動きもおのずと見えて来ようというものである。

「観光丸はオランダの賄賂《まいない》か？」

「まあ、そんなところでしょう」

平兵衛が言うと釜次郎が顎を上げて笑った。

「釜さんの笑い声は唐紙《からかみ》が破れんごたる」

お柳は耳を両手で押さえてしかめ面を拵えた。お柳は釜次郎のことを、いつの間にか釜さんと呼び掛けるようになった。

「パルドン」

釜次郎は片目を瞑《つぶ》って謝った。お柳が覚えているフランス語を遣ったのは、ほんのお愛想であろう。

「異人の仕種《しぐさ》は釜さんには似合わんとよ」

お柳はすかさず切り返した。おたみが「これッ」とお柳を窘《たしな》めた。

「いいってことよ、おかみさん。お柳ちゃんはこれからのおなごだ。これぐらいじゃねェと異人とやり取りはできねェ。奴等は手前ェの気持ちをずばりと言う。遠慮やお愛想は通用しねェからよ」

そう言って釜次郎はまたお柳の頭を撫でた。

唐人髷《とうじんまげ》に結ったお柳の頭には平兵衛の手造りのギヤマン玉簪《たまかんざし》が飾られていた。釜次郎はその簪もついでにそっと触れたようだ。成長したら、お柳も平兵衛と同じように異人と身近に接するると思っているようだ。父親が通詞ならば、そう考えるのが普通である。

お柳もまた、女だてらに通詞になるのだと心から思っていたのだ。

六

釜次郎は最先端技術を習得しようとする次代の若者だったが、ヤパン号（後の咸臨丸）の実習に熱心だったのは、その底に日本の海防を強く意識したものがあった。幕臣の家に生まれた釜次郎は徳川家に忠誠を誓う気持ちが強かった。それは町人出身の平兵衛には理解の及ばぬものもあったかも知れない。

休みの日ごとに訪れる釜次郎をお柳は朝から心待ちするようになった。おたみはお柳をからかうように「いい人はまだ来ないのかえ」などと訊いた。時刻になると、お柳は石段を下りて通りで釜次郎を待った。

釜次郎がお柳の喜びそうな菓子や水菓子の包みをぶら下げて通りの向こうから姿を

現すと、お柳は駆け寄る。すると釜次郎は両手を拡げて「ミミー」と呼んだ。その瞬間の嬉しさたるやなかった。

海軍伝習所は安政二年（一八五五）に開かれた。その年は日蘭和親条約が結ばれ、長崎に在留するオランダ人の制限緩和とオランダ船の入出港の規制の緩和を内容とするものだったが、オランダの旗色は進出して来たアメリカ、ロシア、イギリスに比べて悪かった。

日本はアメリカと日米和親条約を結んだが、それに基づいて来日したタウンゼント・ハリスはさらに一歩進んだ日米修好通商条約を締結させた。ハリスは箱館、長崎、下田の開港だけでなく、神奈川、新潟、兵庫の開港を認めさせ、貿易交渉の行なわれている期間、アメリカ人が江戸や大坂に逗留することを認めさせる自由貿易を主張して、了承された。

これで日本は、いやが上にも開国へと導かれていった。

ロシアは極東司令官プチャーチンが日本とロシアの境界問題の解決と市場拡大のために長崎を訪れて和親条約を結んでいる。

さらにフランスとも日仏修好通商条約が結ばれることとなった。オランダは長い鎖国の間、唯一、日本との貿易を独占していた国だった。それがここへ来て、その立場が揺らいでもいた。

釜次郎が伝習所で学んでいた期間は、日本がまさに大きく変わりつつある時でもあった。釜次郎は、やはり時代の申し子であったと、後でお柳は思ったものだ。

しかし、釜次郎は二年余りの伝習所での修業を終えると江戸へ戻って行った。その間には釜次郎の父親である円兵衛が亡くなるという不幸もあった。釜次郎は父親の葬儀にも出られなかった。おんおんと声を上げて泣いた釜次郎の顔がお柳は忘れられない。二年余りの年月は決して短くはなかったはずだが、過ぎてしまえば、まことに呆気《あっけ》なかった。お柳は心の中に言い知れない喪失感を覚えた。酒を飲む釜次郎の傍にいるだけで安心と倖せを感じた日々だった。お柳はそれとわかるほどぼんやりするようになった。

お柳が最初に心を魅《ひ》かれた男は釜次郎だった。去られてみて、それがよくわかったのだ。

「お前がいくら岡惚れしても、一緒になれる訳もなし、いい加減、すっぱりと諦めるんだよ」

おたみが見兼ねてそんなことを言うので、お柳は、なおさら腹が立った。

「うち、岡惚れしていたんと違う。釜さんは頭がよかけん、尊敬しとったとよ」

「ほうほう、そんなら、そないに落ち込む訳はどうしてかいな。恋患いしているみたいに」

「お母ちゃんは好かん。言い方がやらしいわ。うちは今まで、よその男に色目を使こうたことはなか。真面目に三味線のお稽古して、お父ちゃんにフランス語や英語をさらって貰うばかりやった。何んね、その物言いは。お母ちゃんはお父ちゃんが通詞になって出世しよっても、相変わらず錺《かざり》職人のおかみさんのままや。進歩という言葉を知らんねんやな」

「ようもようもこの子は親に向かって大層な口を利く。ああ、わかった。一生、そんな生意気な口を利いていたらいい。お父ちゃんが帰って来たら、言い付けて叱って貰うから。お前、灸《きゅう》を据えられたらいい」

「うち、気晴らしにお玉ちゃんとお手玉してこよ。お母ちゃんの愚痴を聞いてても仕方なか」

お柳はぷいっと立ち上がって表に出た。お玉は江戸町の「平戸屋《ひらどや》」という小間物屋の娘で、お柳と三味線の稽古も一緒にしていた。その当時、お柳の一番のなかよしだった。

石段を下りる足許が覚つかなく感じられた。

釜次郎のせいで、これほど元気がなくなるとは自分でも意外だった。おたみの前では空威張《からいば》りしているが、一人になると気が抜けた。

いつかまた会える。きっと会える。今はまだ子供だけれど、たくさん異国の言葉を覚え、釜次郎が必要とする女になりたい。お柳は唇を嚙み締めてそう思った。

七

海軍伝習所は安政六年（一八五九）に閉鎖となった。まるで釜次郎に蒸気艦の訓練を終えて事足りたというように。

平兵衛の話では、釜次郎は江戸へ戻ってから二十三歳の若さながら海軍操練所の教官になったという。

「大したものだねえ、あの若さで」

おたみは心底感心した顔で言った。

「釜さんはオランダ語や英語はできるか知らんけど、フランス語はもうひとつやなかか。お父ちゃん、そんなんで操練所の先生が務まるとやろか」

万延元年（一八六〇）、十四歳になったお柳は生意気にもそんな心配をする。

「そうだなあ。江戸にはフランス語の通詞もさっぱりいねェしなあ。お柳、お前ェ、早く大人になって坊ちゃんを助《す》けてやんな」

口調は冗談めいていたが、その時の平兵衛は真顔になっていたと感じた。

「また、お前さん。そんなことを言うと、お柳が本気にするじゃないか」

おたみが慌てて平兵衛を制した。

「おれァ、本気だぜ。これからの世の中、おなごが通詞になったって罰《ばち》は当たらねェ。何よりお柳はおれの娘だ、伊達《だて》にフランス語や英語は喋っていねェんだ」

平兵衛は豪気に言う。

「うち、きっと通詞になる。うちとこは男の子供がいないし、お父ちゃんの跡を継ぐのはうちしかおらんもの」

「そうだ、そうだ。お柳、通詞になれ。いっ、いっちすてきよ」

父と娘はやけに弾んだ声で将来の展望をしていた。

日本は観光丸と咸臨丸の二隻の蒸気艦を保有し、さらに新しい蒸気艦をオランダに発注していた。

この蒸気艦の修理を行なう造船所の建設は安政四年（一八五七）から、ハ・ハルデスという建築家の指揮の許、工事が始められていた。

それとともに、開港となった長崎に外国人居留地が造成された。それが大浦の居留地である。

大浦は大村藩の支配に属していたが、造成が始まると幕府の直轄地となった。

「お柳ちゃん、大浦にな、フランス寺ができるとよ。お柳ちゃんはフランス語ができるけん、あすこのバテレン（宣教師）さんと話ばしたらよかよ」

三味線の稽古の帰り、友達のお玉が言った。

酒屋の番頭が話していたことが本当になったらしい。

「ばってん、バテレンさんと話ばするにはヤソの神さんを信心せないけんで、それはかなわんなあと思うとるよ」

「うちなあ、お柳ちゃん、本当はキリシタンなんや」

お玉が大胆な告白をしたのでお柳は心から驚いた。

「お玉ちゃんは踏み絵をしたとやろ？」

お柳は恐る恐る訊く。宗門改めで、奉行所は定期的に踏み絵を実行していた。

「ふん、うちのお父ちゃんもお母ちゃんも殺されると脅《おど》しよったけん、いやいや踏みよったが、うち、後でおばあちゃんと手を取り合って泣いたとよ。罰当たりなことをしよったから」

「そう……」

「ばってん、踏み絵もお役所はやめたとよ。こがいに異人が多なっとれば、そんなことをしておられんけん。異人は大抵、キリスト教じゃけん。もう、うちが信心しとっても、だあれも咎《とが》めん」

「………」

「なあ、お柳ちゃん、これから大浦に行かんね」

「え？　これから？」

「あそこがどんなふうになるんか、ちいと見てみたか」

「うち、寄り道したらお母ちゃんに叱られるけん」

お柳はやんわりとお玉の申し出を断った。

しかし、お玉は執拗に誘った。

「うちとこに遊びに行く言うたらよかよ。うちはお柳ちゃんのとこへ行くと言うけん」

「………」

「な、お三味線を置いたら出て来《こ》んね。出島の橋の袂《たもと》で待っとるけん。よかね？　約束とよ」

お玉は張り切って自分の家へ小走りに向かった。

お柳はお玉から告白されたことに少なからず衝撃を覚えていた。キリシタンという言葉がまるで禁断の阿片のような恐れを抱かせる。

阿片は人の気持ちを狂わせる麻薬だと平兵衛は言った。長崎はキリシタンの土地だったと改めてお柳は思った。こんなに身近に信者がいたのだから。

八

大浦川の河口付近は慌ただしく造成が進められていた。大浦の工事は安政六年（一八五九）から始められた。日本が立て続けに各国と和親条約を結び、それに伴って今までより高い頻度で外国人が訪れるようになると、狭い出島だけでは外国人を収容しきれなくなったのだ。

平地にはホテルや商社、工場が建てられ、坂の上は個人の住宅や教会が建てられるようだ。

大浦川の西へ視線を向ければ、こんもりとした木立ちの中に妙行寺《みょうぎょうじ》や諏訪《すわ》神社が見えた。それ等は手前の洋風建築とはそぐわないように思えた。

「稲佐山《いなさやま》がきれいに見えるとよ、お柳ちゃん」

「ほんにだねえ」

お柳は気のない相槌を打った。

「ちいと坂を登らんね。フランス寺は坂の上に建てちょるけん」

「まだ石段ができとらんけん、危なかよ。滑りよるたい」

「平気じゃ。長崎に住んどるもんが坂を嫌がってどげんするとね」

お玉はやけに張り切っていた。お柳は仕方なく、裾をたくし上げて登るお玉の後から続いた。

樹木が鬱蒼と繁っている一郭に、段々畑のように整地された平坦な場所があった。黒服のバテレンが二人、何事か話し合ってる姿が見えた。

「あれはフランス寺のバテレンさんじゃなかとやろか」

お玉は興奮した声で言う。

「そうかも知れん。何日か前にフランスの船がやって来たと、うちのお父ちゃんも言いよったけん」

「なあ、お柳ちゃん。うち、フランス寺ができたら、一番にオラショ（お祈り）しに来ると言うて」

「そんな……」

フランス人と実際に話をしたことはなかった。お柳はさすがに気後れを覚えた。二人が言う、言わないで揉めていると、黒服のバテレンが振り返って笑顔を見せた。

二人の会話は、こもったような、囁《ささや》くような発音だ。それは平兵衛が遣うものと別物のようにお柳の耳に響いた。

「ボンジュール。ジュスィ、ジャポネーズ」

お柳は胸をどきどきさせながら、自分は日本人だと告げた。

「ウィ」

そんなことわかっているというような気軽な返答があった。考えてみたら当たり前の話である。お柳とお玉の顔と恰好を見れば一目瞭然というものだ。お柳は僅《わず》かに平静を欠いていたようだ。

バテレンは年の見当が難しい。二人とも三十前後だろうか。丸顔の小柄な男と、痩せて背の高い男だった。どちらも口髭をたくわえている。

「ヴ、ヴザプレ、コマン？」

丸顔の方が笑顔のまま名前を訊いた。

「ジュ、マペル、リュウ。ジュ、ヴ、プレザント、マドモアゼルタマ」

お柳は自分の名前とお玉の名を教えた。漆黒の髪と髭のバテレンはパリー外国宣教会からやって来たジラール神父だった。もう一人はフューレ神父だという。

お柳はお玉をキリシタンだと告げた。二人の顔がその瞬間、驚きの表情になった。それはお柳がフランス語を話したことより、はるかに驚きの度合は大きかった。

お玉の傍に来て、盛んに胸で十字を切る。

お玉と二人のバテレンのやり取りを、お柳は黙って見つめていた。通じた。うちのフランス語は通じよった。

お柳はお玉以上に興奮していた。

坂は登りより下りが大変だった。柔らかで湿った土に足を取られ、お柳とお玉は何度も尻餅をついた。その度に二人は笑いこけた。

しかし、その頃、お柳とお玉の家では二人がいないと大騒ぎになっていたのである。

時刻は、すでに暮六つ（午後六時頃）を過ぎていた。

九

江戸町の前まで来ると、お玉の家の両親やら番頭やらが通りに出てお玉が帰って来るのを待ち構えていた。お柳の母親のおたみもそこにいた。平兵衛がいなかったのは、まだ仕事が終わっていなかったからだろう。

お玉がいきなり父親に頬を張られたのでお柳は肝が冷えた。

「こん、どこへ行っておった。かどわかしに遭《お》うたとやろかと胸が潰《つぶ》れんごたる気持ちがしよっとやぞ。こん、親不孝もんが！」

なおも摑み掛かろうとするのをお玉の母親が止めた。

「うち、うちな、いやや言うとるのにお柳ちゃんが大浦いこいこ誘うけん、仕方なくついて行ったとよ。お柳ちゃん、あすこにフランス寺できよるけん、バテレンさんと話ばしたかったとよ」

お玉は泣きながら言い訳した。「え？」と、お柳は呟いたが、それは声にはならなかった。

お玉がそんなことを言うとは思いも寄らなかった。お柳はじっとお玉を見つめたが、お玉は母親の陰に姿を隠した。

「旦那さん、申し訳ありません。うちのお柳がご迷惑をお掛けしまして……お玉ちゃん、堪忍《かんにん》な、お父ちゃんにぶたれて、すまなかったねえ」

おたみは心底すまないという顔で頭を下げた。ほら、お前も謝りなさいと言われたが、お柳は仏頂面をしたまま黙っているばかりだった。お玉のうそに衝撃を受けていた。

「お宅のお嬢さんは江戸生まれで、やることも大人びておるとですよ。それに比べて、うちの娘はまだイガ（赤ん坊）ごたる。あんまり悪いことは教えんで下さい」

父親はそう言うと、お柳を一瞥《いちべつ》して家の中に入ってしまった。

「さ、帰るよ」

おたみはくさくさした表情で言った。

歩き出して悔しさがこみ上げた。お柳は洟《はな》を啜《すす》った。

「何、泣くことがあるんだね」

おたみは呆れたように訊く。

「お母ちゃん、うちが全部悪いと思いよっとね」

「……………」

「うちが無理やり大浦にお玉ちゃんを誘ったと思うとるとね」

「違うのかえ?」

「逆や」

「それでもお前は一言も言い訳しなかったじゃないか」

「あんまりつらーっと、へっぱ(うそ)言うけん、呆気に取られたとよ」

「………」

「なあ、うちが悪かとね」

おたみはしばらく考え事をしていたようだが「異人さんと日本人はどっちがうそつきだろうね」と、言った。

「そら、日本人や」

お柳はすかさず応える。

「お前、大きくなったら通詞になるんだろ?」

「うん」

「異人さんを相手にするんなら、うそをつくくせをつけたらいけないよ。お玉ちゃんは日本人だから大目に見ておやり」

何んともおたみの理屈は妙なものだったが、お柳はこくりと肯《うなず》いた。

「うち、しばらくお玉ちゃんとは遊ばん」

「そうだねえ。でも向こうが謝ったら許しておやり」

「………」

「気を取り直して、江戸の釜次郎さんにお手紙でも書いたらどう。これこれこんなことがありました、釜次郎さんはどう思いますかってね」

「お母ちゃん、釜次郎さんのお家におなごの手紙が届いたら、変に思われんじゃろか」

お柳がそう言うと、おたみは呆気に取られたような顔になり、「阿呆らしい」と、即座に吐き捨てた。

夕闇の中、通りを歩いていると、出《で》の衣裳をまとった芸者衆とすれ違った。三人の芸者は、これから出島へ向かうのかも知れない。

（団扇サボテンが！）

お柳は通り過ぎてから低い声で悪態《あくたい》をついた。平兵衛は、今夜は遅くなるだろうと思った。

その日は赤白青の三色のオランダ国旗が揚がっていたから、何かの記念日でもあったらしい。とすれば、カピタン（オランダ商館長）は恒例の宴会を催す。宴会であれこれ世話を焼くのも通詞の仕事の内だった。

オランダ国旗はレリー（百合）蔵とドールン（茨）蔵の間の空地にいつも揚がった。平兵衛は出島の西側にあるオランダ通詞部屋に詰めている。

出島の外へ出かけられないカピタンは、しばしば宴会を催したり、玉突きに興じたりして退屈を紛らわす。

出島に通じる石橋の傍には番所があり、今までは、そこで通行人改めをしていたものだ。

しかし、各地で続々と開港されていく内に、それもなくなった。カピタンやヘトル（商館長次席）は、その気になれば出島の外へ出かけてもいいはずなのに、彼等は相変わらず、出島にこもったままだ。町へ出ると、土地の悪餓鬼どもが「毛唐《けとう》、異人！」と囃《はや》すせいかも知れなかった。

平兵衛はこの頃、オランダが他の国に遅れを取っていると、盛んにぼやくようになった。

江戸の釜次郎もそう思っているのだろうか。

お柳はぼんやりと、そんなことを考えていた。

日本が外国と和親条約を結び、次々と開港されて行く一方、国内では攘夷《じょうい》運動が高まっていた。

十

攘夷とは外国人を敵視して日本から追い払うという意味だった。しかし、ペリーが黒船と大砲の威力で日本の鎖国体制を覆《くつがえ》してから、攘夷運動の無意味さを幕府は十分に感じていたはずである。

開港と攘夷とは、もともと相反するものである。にも拘《かかわ》らず、長州、土佐を中心とする攘夷運動過激派の藩は幕府に攘夷を迫った。京都においては攘夷の名のもとに、しばしば外国人が殺傷される事件が起こった。

確かに開港の影響で物価は上昇し、農民層の分解が進んでいた。人々の不安は募り、地方では百姓一揆が激化し、江戸や大坂では大規模な打ちこわしが起きた。

アメリカは日米修好通商条約まで対日外交の指導的立場を取っていたが、文久元年（一八六一）に南北戦争が始まると、やや手を引く形になった。その間にイギリスは中国市場を掌握し、なお日本に進出する構えを見せていた。

イギリスの初代駐日公使ラザフォード・オールコックはアメリカに代わって対日貿易を牛耳《ぎゅうじ》る地位を確保すると、日本に自由貿易が浸透するよう画策した。

安政五年（一八五八）、大老に就任した井伊直弼《いいなおすけ》は幕閣の反対を押し切って将軍家《いえ》定《さだ》の継承を紀州藩の徳川慶福《よしとみ》（家茂《いえもち》）とした。これが攘夷運動をさらに複雑化させる要因ともなった。

雄藩は一橋慶喜《ひとつばしよしのぶ》を推していたのだ。この年の日米修好通商条約は直弼が幕府の独裁権力を守ろうとするための独断の調印だと言われている。

もちろん、一橋派は激しくこれを非難した。

直弼は慶喜の父親である水戸斉昭《みとなりあき》を始め、反対派の大名を罰し、若狭の梅田雲浜《うめだうんぴん》、越前の橋本左内《はしもとさない》、京都の頼三樹三郎《らいみきさぶろう》、長州の吉田松陰《よしだしょういん》などを次々と死罪に処した。世に言う安政の大獄である。

直弼は反対派の反感をますます買い、ついに万延元年（一八六〇）三月に桜田門外にて、水戸の浪士によって殺害されてしまうのである。

日本は自由貿易が浸透するどころか、開国か攘夷かに意見が二分され、将軍の継承問題も絡《から》み、尊皇攘夷運動は全国に拡大していった。

この頃、お柳の父親の田所平兵衛は小通詞並《なみ》から晴れて小通詞となり、二、三年の内には年番《ねんばん》にも推挙されるだろうと噂されていた。

江戸仕込みの気っ風《きっぷ》のよさ、オランダ人の気を逸《そ》らさない如才なさが高く評価されたものだろう。

江戸の釜次郎からは季節ごとに長崎へ手紙が届いた。右上がりの勢いのある字で、海軍操練所の様子を知らせ、攘夷運動家の過激な行動を憂いたりもしていた。

だが、文久二年（一八六二）になると、釜次郎から再び長崎来訪の知らせが来た。釜次郎は幕府のオランダ留学生の一人に選ばれたのだ。長崎からオランダ船のカリプス号に乗って彼《か》の地に向かうという。

幕府が留学生をオランダに派遣しようとする意図は、新たにオランダに発注した蒸気艦を建造の途中から見学し、それに伴う海軍諸術の体得、国際法、経済学、統計学、医学の習得にあった。また職方《しょくかた》という技術者を育成する目的もあった。当初、幕府は蒸気艦をアメリカに発注する予定だった。留学生もアメリカで学ばせるつもりでいたのだ。

しかし、総領事タウンゼント・ハリスはアメリカで南北戦争が勃発したことを理由に、その要請を断った。

そこで幕府はオランダ総領事のデ・ビットを江戸に呼び寄せ、オランダに蒸気艦を発注し、留学生をオランダに向かわせることにしたのである。

留学生十五人の内、釜次郎は御軍艦操練所御軍艦組の三名の一人であり、他に外国奉行支配調役《しらべやく》から二名、洋書調役教授方からは西周助《にししゅうすけ》（周《あまね》）等二名、奥御医師二名、職方からは水夫、大砲鋳物師、時計師、船大工、鍛冶師等六名が選ばれた。

釜次郎が長崎に到着すると、お柳は平兵衛と一緒に長崎港に繋留《けいりゅう》していたカリプス号の釜次郎に会いに行った。

平兵衛は釜次郎の晴れ姿を涙をこぼして喜んだ。その姿を円兵衛が見られないのだと思えば、なおさら泣けるのである。

せっかく釜次郎と再会できたというのに、釜次郎はオランダへ行ってしまう。唐天《からてん》竺《じく》がこの世の果てと考えている者も多いのに、釜次郎はさらに遠くへ行ってしまう。お柳はこれが釜次郎との今生の別れではないかと思った。

「うち、釜さんと一緒にオランダへ行きたかか」

十六歳になったお柳は相変わらず小柄で、とてもその年には見えない。それでも、父親の通詞仲間の家から、そろそろ縁談も申し込まれていた。お柳はその縁談のことごとくに首を振った。自分には通詞になるという夢があった。通詞になって釜次郎の仕事を手伝いたかったからだ。

だが、その夢も今や風前のともしびとなっていた。お柳の言葉に釜次郎は驚いた顔になった。

「ミミー。おなごはオランダには行けねェんだ」

優しく諭《さと》すように釜次郎は言った。

「釜さんは、うちに通詞になれと言うとったやなかか。おなごでも、これからの世の中は何んでもできると。あれはうそね」

そう言われて釜次郎は言葉に窮した。

「お柳、こんな時に何を言い出すんだ。留学はお上が決めることだ。お前ェの出る幕はねェ！」

平兵衛は慌ててお柳を制した。

釜次郎はお柳の肩を両手で摑み、深々と顔を覗き込んだ。

「ミミー。おいら、きっと無事に帰って来る。ミミーが今まで見たこともねェ立派な船でよ。そいつは観光丸や咸臨丸より、よほどでかいんだぜ。腰抜かすなよ。その時はミミーを乗せてやる。おなごは乗せちゃならねェと言う奴がいたら、おいら、やかましいわと怒鳴ってやらァ。な、だから、この場は堪《こら》えてくれ。親父さんとおかみさんを大切にしてな、お前ェも息災で暮らせ」

釜次郎の言葉にお柳は泣くばかりで返事ができなかった。

こうして文久二年、九月十一日、昼。

釜次郎は三本マストのメーンスル（主帆）にオランダ国旗を翻《ひるがえ》すカリプス号に乗って長崎港から船出した。

当日はセ氏二三・三度。波もない穏やかな日であった。

十一

夢もあこがれも木端《こっぱ》微《み》塵《じん》に砕《くだ》け散った心地がした。フランス語や英語が少しぐらいできるからといって、男社会の日本に自分が通用するものではないことをお柳はしみじみ感じた。

誰でもいいからお嫁に行こうか。そんな投げやりな気持ちにも捉《とら》えられる。

釜次郎はお柳の心の支えだった。たとい、江戸と長崎と離れていようとも、釜次郎が日本にいる内は希望を失わずにいられた。だが、オランダでは札《ふだ》の切りようもない。

お柳は毎日、釜次郎は今、どの辺りだろうかと考えた。オランダのアムステルダムまでは二百日余りの長い船旅だった。途中、オランダ領のバタビアで船を乗り換えるという。バタビアまで行くと南十字星が見えると釜次郎は眼を輝かせてお柳に言った。

（サザンクロス）

今更、英語に言い換えたところで何んとしよう。しかし、お柳は自然に日本の言葉を英語やフランス語にするくせがついていた。

うちは異人の言葉を覚えとるのに、異人の神さんは信心しとらん。きっと、うちはヤソの神さんに仇《あだ》されたんかも知れん。そう考えると、お玉の顔が自然に浮かんだ。

小間物屋の娘であるお玉とは喧嘩しながらも、ずっとつき合っている仲だった。

昔、お玉から裏切りとも思えるうそをつかれたのも、今は懐かしい思い出だった。

江戸町の平戸屋はいつもと違う雰囲気がしていると思った。祭りの時のように幕を張り、軒先には屋号の入った大提灯も下げられていた。

紋付姿の客が平戸屋から出て行くのも見える。平戸屋の丁稚《でっち》がお柳の姿を認めてこくりと頭を下げた。

「お店で何んぞお祝い事でもあったとね」

お柳はそっと訊いた。

「お嬢さんはお柳さんに言うとらんかったとですか。本日はお嬢さんの結納だったとです」

「そう……」

そんなことは知らなかった。お玉は水臭いと思った。

「今、お嬢さんを呼んできます」

「ああ、今朝松《けさまつ》ちゃん、よかよ。忙しかけん、うち、また出直すとよ」

お柳は慌てて丁稚を引き留めたが、丁稚は声変わりの途中の野太い声でお玉を呼んでいた。

「お柳ちゃん……」

大振袖のお玉はきれいに髪を結い上げ、うっすらと化粧をしていた。いつものお玉とは別人のようだった。

「きれいか」

お柳はお玉の艶姿《あで》にうっとりとした声を洩らした。

「うち、恥ずかしかけん、お柳ちゃんにはよう言えんかった」

「………」

「それにお柳ちゃん、ええお人がオランダに行ってしもうたけん、大層塞《ふさ》いでいると聞いとった。うちだけはしゃぐのもどうかと思うとったとよ」

「気を遣うてくれてありがと……でも、お玉ちゃん、おめでとうね」

「ありがと。な、待ってて。うち、着替えして来るけん。ずっと行儀ようしとったけん、何んや気がくさくさしとる。外の空気を吸いに行きたか」

「でも……」

「もうお客様も旦那さんも帰ったけん、よかよ。待ってて」

お玉はそう言うと、長い袂を翻すように奥へ引っ込んだ。そうか、お玉もとうとうお嫁に行くのかとお柳は思った。

お玉は着替えを済ませると、近くの汁粉屋にお柳を誘った。お柳はお玉の祝言がまとまったというのに気持ちは沈んでいた。たまらなく寂しい気がした。

お玉はそれを察したようで、汁粉屋を出るとお柳の手を取ってぐんぐん歩き出した。

「どこに行くとね、お玉ちゃん」

「大浦や」

「…………」

「あそこはうち等《ら》の思い出の場所や」

「そんな」

「うち、あそこでイエス様に信仰を誓った。お柳ちゃんは初めてフランス人と話ばしよった。あの後はいやなことになったけど、うち、何年経っても、あの時のことが忘れられん」

「なあ、お玉ちゃん、うちのために祈って。釜さんとまた会えるように。なあ、祈ったら、その神さんは願いを聞いてくれるとやろ?」

「そうや」

お玉は大きく肯いた。

「自分のためではなく、相手の身になって一心にオラショしたら、きっとイエス様はお柳ちゃんの願いば叶《かな》えてくれるとよ」

お玉はそう続ける。

「日本の神さんでは御利益《ごりやく》がなかとじゃろうか」

「それはあんたの勝手や。どこの神さんを信じようが。これからはそういう自由というもんが許される時代になるとよ」

自由という初めて聞く言葉にお柳の胸は震えた。何ものにも束縛されず、男も女も平等に生きられる世の中。それは自分の意識のある内にやって来るのだろうかとお柳は訝《いぶか》しむ。

「うち等が今、こうして生きとられるのは、ご先祖様のお蔭とよ。うち、それをしみじみ感じる。うちがイエス様を信仰できるんも、ご先祖様のお蔭や」

結納を終えたお玉は妙に興奮しているように思えた。聞けば夫となる人もひそかにキリスト教を信仰しているという。共通するものがある夫婦は倖せだとお柳は思った。

お玉は豊臣秀吉によって処刑された二十六人の信者のことをお柳に語った。

秀吉はバテレン追放令を出したが、その当時は、さほどキリスト教を弾圧してはいなかった。

スペインのバテレン（宣教師）、ペドロ・バウチスタは使節として来日すると熱心に布教活動をした。この時、スペイン船サン・フェリペ号が台風に遭い、土佐の浦戸に漂着するということがあった。秀吉は家臣を浦戸に派遣して積荷の調査をさせた。その時の金銀財宝の多さもさることながら、水先案内人はスペインの地図を拡げ、スペインはバテレンを派遣して信者を増やし、やがてその国を征服するだろうと語ったという。どうして水先案内人はそんなことを言ったのだろうか。祖国を誇る気持ちだったとしても、豊臣秀吉では相手が悪過ぎる。

もちろん、秀吉は水先案内人の言葉に驚愕し、同時にキリスト教に恐れを抱いた。ただちにサン・フェリペ号の積荷を没収して、京都にいたバウチスタ他、六名。大坂のイエズス会イルマン（修道士）の日本人三名。その他、合計二十六名の信者を捕らえた。

彼等は京都、大坂を引き廻され、長崎へと護送された。長い道中、ほとんど裸足の彼等は足から血を流しつつ前進した。苦しい旅の果てに彼等を迎えたものは処刑の十字架だった。しかし、彼等は信仰を貫いたことを心から喜び、従容《しょうよう》として死を受け入れたという。

お玉はその話を終えると眼にうっすらと涙を浮かべた。信者の中には、お玉と血の繋がる者もいたという。

「キリスト教を信仰するんは大変なことやったんやな」

お柳は感心したように言った。大浦の造成は半分ほどが終わっていた。お柳とお玉が足を取られた坂には石段がつけられている。

石段の上にはさらに急な石段があった。

その先に教会が建てられるのだ。

誰の姿もない。そこはしんとした静寂に包まれていた。お玉は膝を突き、手を組んで何事かを祈った。

お柳は振り返って海を見下ろした。稲佐山が対岸に見える。港には帆をはらませた船が浮かんでいた。

（釜さんはどこまで行ったやら）

お柳は胸で呟いた。ぶっさき羽織、たっつけ袴の日本人をオランダの人々はどんなふうに見るのだろうか。その上、口許から流暢なオランダ語が洩れたとしたら。

「お柳ちゃん。うち、お柳ちゃんと、ええ人のことをオラショしたとよ。きっとお柳ちゃんはまた会える。だから、気を落とさんと、しっかりフランス語を覚えんね」

「フランス語を？」

お柳は怪訝な顔になった。

「そうや。オランダ語は、もはや珍しかことやなか。お柳ちゃんはフランス語をしとったらよかよ。きっと役に立つ時が来る」

「本当に？」

お柳は確かめずにはいられなかった。

「信じるんや」

お玉は豪気に言ってお柳の肩を叩いた。

十二

オランダ留学生の一行は文久三年（一八六三）四月十六日（陽暦六月二日）、午後八時、オランダのブローウエルスハーフェンに到着した。カリプス号がオランダ領のバタビアに着くと、留学生の一行は一旦、船から下りて、帆走客船テルテーナ号に乗り換えた。バタビアからセントヘレナへ向かい、それからアフリカ大陸をぐるりと廻ってオランダに入るという行程だった。

途中、様々な事故もあり、思わぬほどの長旅となった。ブローウエルスハーフェンから留学生の一行はドルドレヒトのヒップス・エン・ゾーネン造船所を目指した。造船所では後に開陽丸となる蒸気艦が建造されている。

ヒップス・エン・ゾーネン造船所は長兄の社長を中心に三兄弟で運営されていた。ヒップス三兄弟は留学生に対して好意的で、開陽丸の建造も丁寧に進められているようだった。それは長崎海軍伝習所の教官、ウイレム・カッテンディーケ二等尉官の意向が強く反映されていたものと考えられる。また、海軍大監のホイヘンス大佐もヒップス社のアドバイザーとなって日本に協力してくれた。

オランダ留学生はそれぞれの下宿に分かれて、開陽丸の建造の合間に学業に励んだのである。釜次郎の話すオランダ語はオランダ人と日常会話をするのに、何んの危惧もなかった。下宿の小母《おば》さんは釜次郎の気さくな人柄に触れると、すぐに打ち解けてくれた。

釜次郎はオランダ人から「エノマクテ」と親しみを込めて呼ばれた。

しかし、この頃、長崎のお柳の身にとんでもないでき事が降り掛かっていたのである。

元治元年（一八六四）、田所平兵衛は出島で開催されたオランダ正月の宴に出ていた。出島ではクリスマスをおおっぴらに祝えない代わりオランダ正月が盛大だった。通詞はもちろん、長崎奉行所の役人、出島役人も招かれる。野鴨の丸焼き、腸詰め、鯛の塩焼き、伊勢エビのスープ、蜜柑《みかん》のシロップ煮、カステラにタルトという豪華な料理も並ぶ。日本の酒、オランダの酒もたっぷりと用意されるのだ。

平兵衛は翌年の年番通詞を仰せつかった。小通詞との兼務で、出島と奉行所との難しい仕事をこなすことになる。

職人上がりの平兵衛に妬《ねた》みを持つ者も少なくなかったろう。だが、平兵衛は持ち前ていた。の向こう気の強さで「文句のある奴ははっきり言え、受けて立つぜ」と、啖呵《たんか》を切っていた。

攘夷運動の影響で出島の近辺にも目付きのよくない浪人がうろちょろするようになっていたが、注意を促す奉行所の役人に対しても「来るなら、来てみろってんだ、というところですよ」と、平兵衛は豪気に応えていた。

平兵衛のそんな態度が目に付くと言えば、そう言えたかも知れない。

オランダ正月の宴が終わり、かなり酒量をすごした平兵衛は覚つかない足取りで築町へ向かっていた。手には土産のカステラの包みを提《さ》げていた。

江戸町の商家が途切れた辺りで、平兵衛は数人の男達に取り巻かれた。

謀叛人《むほんにん》、天誅《てんちゅう》を下す、そんな声が聞こえたところは攘夷運動の輩《やから》だったろうか。素面《しらふ》なら一人や二人の男など、たちまちねじ伏せてしまう平兵衛だったが、酔っていたためにあえなく敵の刃に斬られてしまった。

夜廻りの岡っ引きに発見されるまで、平兵衛は底冷えのする路上に倒れたままだった。

ようやく築町の家に運び込まれて医者の手当を受けた時、平兵衛はかなりの出血をしていた。

おたみは突然のことに腰を抜かさんばかりだった。お柳は何も手につかないおたみに代わって、てきぱきと平兵衛の看病をした。医者は安静第一と念を押して帰ったが、その表情は心なしか暗かった。

平兵衛は声を出すのも覚つかない状態だったが、枕許に座っていたお柳にそっと手を伸ばした。

「お父ちゃん……」

平兵衛が哀れでお柳も涙声になるが、それを堪えて父親の手をぎゅっと握った。

「しっかりせないけんよ、お父ちゃん」

「お柳、おれァ、もう駄目だ」

お柳は慌てておたみを呼ぼうとしたが、平兵衛は目顔《めがお》でそこにいろと命じた。

「おれが死んだら、江戸へ戻れ。それでな、上総屋《かずさや》の清七《せいしち》を頼れ」

上総屋清七は平兵衛が錺職人をしていた頃、弟分に当たる男だった。だが、お柳はいやいやとかぶりを振った。

「そんなこと縁起でもなか。お父ちゃん、大丈夫と言うて。お願いや」

お柳は悲鳴のような声を上げた。

「おれがいなくなったら喰って行くのも容易じゃねェ……この家にあるもん、洗いざらい売って金を作れ。そしてな、江戸へ行きな。江戸にいりゃ、その内、榎本の坊ちゃんだって戻って来らァ。そしたらお屋敷で女中にでも雇って貰いな。おれの遺言だと言ってな」

「お父ちゃん……」

「長崎くんだりまで来て、この様《ざま》だ。黙って錺職人していたら、こんなことにはならなかったのによう。お柳、すまなかったな。おたみのこと、頼んだぜ」

そう言うと、平兵衛は眼を閉じた。

最後の最後で平兵衛は通詞になった自分を悔やむ言葉を吐いた。お柳にはそれが何より悲しかった。

平兵衛はそれから三日後に息を引き取った。

長州藩は攘夷運動の一つとして下関海峡を封鎖して長崎貿易の遮断を試みたが、イギリス、アメリカ、フランス、オランダの四国連合艦隊は十七隻の艦船をもって、下関砲台を砲撃し、またたく間に占領してしまった。

大浦のフランス寺は平兵衛が亡くなって間もなく落成式が執り行なわれた。工費は三万フランを要したとも言われている。通称、大浦天主堂は二十六人の信者の殉教地である西坂《にしざか》の聖地に向けて建てられているという。

落成式の後で、お玉はジラール神父に再び自分はキリシタンであると告げ、この先の信仰を誓った。ジラール神父はお玉のことを覚えていてくれたという。それもお玉を感激させた。お柳は大浦天主堂の落成式にお玉と一緒に行くつもりだったが、平兵衛の弔いの後始末で、とうとう行けなかった。もしも、そこに居合わせたのなら、お玉がどれほど敬虔なキリシタンであるかフランス語で口添えできただろうにと悔やまれた。

お柳は江戸へ向かう仕度に余念がなかった。めぼしい家具はあらかた道具屋に売ったが、ミミーの掛け軸は手放すことができなかった。

「お柳ちゃん」

家財道具を売り払って、がらんどうになった家で、柳行李《やなぎごうり》に身の周りの物を詰めていると、外から自分の名を呼ばれた。

縁側から顔を出すと丸髷のお玉が立っていた。お玉は江戸町の菓子屋へ嫁いだのだ。

「お玉ちゃん……」

「お柳ちゃん、いつ江戸に行くとね」

「うん、江戸へ戻る廻船屋の船に乗って行くけん、あと二、三日したらやな」

お柳はわざとそっ気なく応えた。

「そうか。うち、お店が忙しかけん、見送りに行けんかも知れん。ばってん、その前にお別ればしておきたいと思うて出て来たとよ」

「ありがと……」

お柳はこみ上げるものを堪えて、ようやく言った。

「気を落としたらいけんとよ。いっつも望みを持って胸を張ってな」

「今日のお玉ちゃんはバテレンのごたる」

「偉そうに聞こえたとやろか。うち、お柳ちゃんのことが心配でたまらんのや。お柳ちゃんは、うちの大切な友達やから」

「うん……」

肯いた言葉が涙でくぐもった。

「うちのこと忘れたらいけんよ。苦しい時はお玉ちゃんと胸で言うて。きっとその声はうちに届く。そしたらうち、お柳ちゃんのためにイエス様、マリア様にオラショするけん」

お玉の話はお柳を辟易《へきえき》とさせるものもあったが心は通じた。お柳は、その時はきっとお玉の名を呼ぶと約束した。菓子屋の若おかみのお玉は長居をしていられない。細長い包みをお柳に渡すと、泣きながら帰って行った。

お玉の姿が見えなくなると、お柳はそっと包みを開けた。中には鼈甲《べっこう》の笄《こうがい》が入っていた。

それは小間物屋をしているお玉の父親が娘の祝言の時に張り込んだ品だった。大切な品をお玉はお柳に贈り物してくれたのだ。

お玉は父親にあれはどうしたと訊ねられて何んと応えるのだろうか。

お柳ちゃんがどうしてもと言うけん、断り切れんかったとよ、とでも言うのだろうか。

大切な物を友の門出に贈る。お柳は一つお玉から教わった気がした。

うちの大切な物は何んだろう。お柳は考える。その答えがわからなかった。しかし、釜次郎の横顔が、すっとお柳の脳裏を掠《かす》めていた。

十三

長崎から江戸へ向かう船は、一旦、南へ向かい、大隅《おおすみ》海峡を通って太平洋に出て、それから北上する。

「お父ちゃんと最初に長崎に来た時はね、内海を通って、下関をぐるっと廻って来たんだよ。お前は小さかったから覚えていないだろうが」

穏やかな海を眺めながら、おたみはしみじみした口調で言った。近所の人々が賑やかに見送ってくれたが、別離の寂しさはたとえようもなかった。ちぎれるように手を振ったお玉。その姿をお柳は決して忘れることはないだろう。

去ると思えば、今まで暮らした町がことの外、愛しく思えた。

「美しか町やった」

お柳は独り言のように呟いた。

「そうだねえ。昔は江戸に戻りたいとばかり思っていたが、最近じゃ、ずっと長崎にいても悪くはないと思うようになっていたよ。それなのに、こんなことになるなんて。お父ちゃんのいない江戸に戻ったところでどうなるものでもなし」

お柳はおたみの愚痴に聞こえないふりをした。順風に乗って、船は速度を上げて行く。大小様々の小島が、まるで庭園の築山《つきやま》のようだった。ただの船遊びだったら、お柳も喜んでその景色を眺めたことだろう。だが、船が進むごとに、町が、長崎の町が遠くなる。

胸が締めつけられるように苦しかった。

円錐形の山は開聞岳《かいもんだけ》で、その山は水夫達の航海の目印となっている。荷を積んだ船に旅人は何人も乗っていなかった。まして女はお柳とおたみだけだった。

水夫達はお柳親子の事情は何んとなく知っている様子で、荒い言葉の内にも、それとなく気遣いが感じられた。

硫黄島の傍を通ったのは夜間だった。火の山が中腹から絶え間なく噴火している様は壮観だった。うちもこの山のように通詞になる夢を燃やし続けたい。お柳は光る眼でそう思った。

途中、船は嵐に見舞われることもあった。

岬沿いに航行していた船は、とろりとした夕陽を受けていたのに、それから小半刻《こはんとき》（約三十分）も経たない内に激しい嵐となった。

甲板に波が入って来なかったのは幸いだったが、船は大波に翻弄されて左右に大きく傾いた。船の帆を下ろし、その場に停止しなければならなかった。

船底にいたおたみは激しい船酔いに悩まされた。お柳は母親を守らなければならないという意識が働いてか、案外元気だった。

「いつもこんな嵐が来よっとね」

お柳は積荷が崩れないように荒縄で縛っていた中年の水夫に訊いた。

「んだ、しょっちゅうだ」

扁平な顔をした水夫は平気な顔で応える。

「うち、生きた心地がせんごたる。本当に大丈夫とね」

「嬢《じょ》っちゃん、世間の荒波の方がよほどきついぜ。わし等がついてるから船にいる内は心配すんな。それより、江戸に出て、大丈夫か？」

水夫は心配そうに訊いた。

「うち、どうなるかわからん」

「情けないあまっちょだなあ。いいか、臍《へそ》に力を入れての、ふんばるんだぜ。そうすりゃ、大抵のことは済んでしまわァ。ぼやっとしくさってたら、嬢っちゃんの大事な船玉さん、取られてしまうぜ」

「余計なことはお言いでないよ」

傍でおたみが癇《かん》を立てた。

「おう、そのぐらいの空口《からくち》を利く元気があるなら心配いらねェ。だがよ、江戸は長崎よりずんと物騒だ。二人とも気をつけることだ」

水夫の言葉にお柳とおたみは顔を見合わせた。船は二日間の停泊を余儀なくされた。長崎を発って三十日後の伊豆の岬もまた嵐。何んでもそこは嵐の岬と呼ばれる海域で、海が穏やかになることはないそうだ。荒れ狂う海を見ていながら、お柳は不思議に静寂を感じていた。それは何かの暗示のように思えたが、もちろん、その何かとはお柳にはわかるはずもない。ただ、自分はまた、嵐の海を船で進むことになるのではないかという気がしきりにした。釜次郎が、日本に戻って来たら自分を船に乗せてやると言ったせいかも知れなかった。しかし、その予感は幸福な感じがしない。かと言って不幸でもない。何んとも説明のつかないものだった。

長崎を発って四十日後に大島の三原山を見ることができた。その山も始終噴煙が上がっているので航行の目印となるらしい。三原山を過ぎると、間もなく富士山の崇高な姿が見えた。富士山の頂上はうっすらと雪を被っていた。

「お母ちゃん、富士のお山や。ほれ、どっちを見とる。あれね」

お柳はおたみに富士山を指差して教えた。

「お前、ようくわかったねえ」

おたみは感心して言う。綿入れの襟許《えりもと》をきつく掻き合わせなければ凍えそうな風の冷たさだった。江戸に着いたら梅が咲いているとおたみは言う。故郷が近づくにつれ、おたみは元気になっていた。

船は四十五日目に相模灘を越え、江戸湾に入った。お柳とおたみは投錨《とうびょう》した船から艀《はしけ》に移り、さらに小舟で日本橋の船着場に向かった。

とり敢えず日本橋の安宿で二人は旅装を解いた。平兵衛に言われたように御徒町の上総屋清七を頼って、これからのことを相談するつもりだった。二人にとって十二年ぶりの江戸は開港の影響もあって異人の姿が目立つ。尾羽《おは》うち枯らしたような浪人もあちこちにたむろしていた。

日米修好通商条約を結んだアメリカの初代駐日公使ハリスの通訳官ヒュースケンという男は万延元年（一八六〇）の十二月に攘夷党の連中に暗殺されたという。恐らく、平兵衛が殺されたのも同じ理由であったのだろう。攘夷党は通詞を、外国のお先棒を担《かつ》ぐふとどき者と捉えているのだ。

荒《すさ》んだような町の様子を見ながら、お柳はつくづく長崎が恋しかった。

十四

上総屋清七は、もはや江戸にはいなかった。

この節、錺職の仕事もさっぱりなく、清七は仙台侯の奥方にくっついて、みちのく仙台に行ってしまったという。お柳とおたみの頼みの綱はぷっつりと途切れ、二人は途方に暮れる思いを味わった。

いつまでも宿にいる訳にはゆかないので、おたみは下谷《したや》御数寄屋町《おすきやまち》、吹貫《ふきぬき》横丁の裏《うら》店《だな》に住まいを見つけてそこへ移った。不忍池《しのばずのいけ》の水面を撫でる木枯らしが身を切るように吹き抜けて行くことから、吹貫横丁と呼ばれるらしい。店賃《たなちん》の安さで、おたみはその場所に住まいを決めたのだ。

御数寄屋町は料理茶屋が何軒もあり、夜のお座敷に出る芸者の置屋《おきや》もその辺りに固まっていた。

お柳はおたみと自分の口を賄《まかな》わなければならなかった。十八歳となったお柳は、いつまでも母親に頼る訳にはいかない。おたみは呉服屋を廻って賃仕事を回して貰うと言ったが、このご時世では、それも心許ない。

お柳も近所の料理茶屋を何軒も廻って仕事を頼んでみたが、色よい返事は貰えなかった。口入れ屋（周旋屋《しゅうせんや》）に出向くという才覚はその時のお柳になかった。いちいち見世を訪ね、その度に断られていた。

御数寄屋町で仕事がなければ浅草広小路の方に行かなければならないと思いながら、少し大きな構えの「杉乃《すぎの》」という置屋の裏口から訪《おとな》いを入れた。

杉乃は町内でも手広く商売をしていて芸者衆の数も多い見世だった。

台所にいた女中は案の定、胡散《うさん》臭い眼でお柳を見ると「間に合っております」と、すげない返事をした。

「お邪魔致しました」

お柳は意気消沈して外へ出ようとした。

その時、「ちょいとお待ち」と、甲高い女の声がお柳を呼び止めた。おたみと同じような四十がらみの女が縞《しま》の着物の裾を引き摺り、緞子《どんす》の帯をはすに締めた恰好でお柳を見下ろしていた。

「お前さん、どこから来たんだえ」

お柳の頭のてっぺんから爪先まで、舐《な》め回すような視線をくれて訊く。

「うちは十日前に長崎から来たとです」

「長崎……」

呆れたような感心したような声だった。太り肉《じし》の女は貫禄があるので、その見世のお内儀《かみ》かとお柳は当たりをつけた。

「それで、うちの見世で雇って貰いたいとやって来たのかえ」

「はい、そうです」

「お前さん、芸者をしていたことがあるのかえ」

「いいえ」

「何んだい。そいじゃ、女中にでもなるつもりでいたのかえ」

「はい」

「悪いが女中の手は足りてるんだ。それにお前さんは女中奉公なんざしたことがないだろう？」

「ええ……」

「よほど困った事情があるんだねえ」

「うち、お母ちゃんと食べていかなならんとです。何んでもします。お内儀さん、どうぞ、うちに仕事を下さい」

お柳は切羽詰まった声で女に縋《すが》った。

「親御さんがいらっしゃるんじゃ、あんたも大変だ」

女はしばらく思案顔していたが「ちょいと話を聞こうじゃないか。内所《ないしょ》（経営者の居室）にお上がりよ」と促した。

女は、やはり杉乃のお内儀でおみのと言った。

お柳はおみのに、父親が殺されて江戸に戻って来たのだと自分の家の事情を説明した。おみのはお柳に茶を淹《い》れると、銀煙管《ぎんぎせる》を使いながら黙って話を聞いてくれた。

「世の中は物騒になっているからねえ。お父っつぁんのことは気の毒に思うよ」

おみのは平兵衛の悔やみを言った後で「ところでお前さん、芸事は何かしていたかえ」と訊いた。

「三味《しゃみ》のお稽古はずっとしておったとですよ」

「ほう」

おみのの表情が少し動いた。それから英語もフランス語も話せると言いたかったが、それはやめた。置屋の商売には関係ない。

「そいじゃ、うちの見世から芸者に出る気はないかえ」

「…………」

「何ね、世の中は不景気でも、お上のお偉いさんが宴会をするのは変わっちゃいない。むしろ、何んだかんだとお座敷が掛かるんだ。うちは七人ほど芸者がいるけれど、その日によって芸者が足らなくなることもある。そこで、お前さんはろくに修業もしていないようだが、急場しのぎの助っ人になって貰いたいのさ。見たところ育ちがよさそうで下卑《げび》たふうもない。お役人の相手にはちょうどいい」

「うちにできるとですか、お内儀さん」

お柳は不安な気持ちで訊く。

「それはお前さん次第さ。おっ母さんにおまんまを食べさせなきゃならないんだろ？」

「ええ、それは」

「だったら、気張ってやることだ。手始めにその長崎弁を早く直しとくれ」

おみのはぴしゃりと言った。

十五

長崎にいた頃、団扇サボテンと馬鹿にしていた芸者に、まさか自分がなるとは思いも寄らなかった。人を馬鹿にするものではないと、お柳はつくづく思ったものだ。

杉乃のおみのは、お柳が存外、三味線の腕があるのを喜んだ。ふた月ほど先輩芸者の世話をしながら芸者の所作を覚えると、お柳は柳太郎《りゅうたろう》という権兵衛名《ごんべえな》（源氏名）で、お座敷に出るようになった。

おたみはお柳が芸者に出ると聞いて、涙をこぼして悔しがった。芸者にするために三味線の稽古に通わせたのではないと。

「お母ちゃん、芸は身を助《たす》く、とはこのことね。日干しになるよりましや」

「それでも、旦那を持てと言われたりするよ」

おたみは余計な心配をする。

「ううん。うちは宴会の助っ人芸者じゃけん、お客さんと二人きりになることはなかよ。お内儀さんも、うちにお母ちゃんがついてることは承知している。そんなことにはならん」

「そうかねえ」

「お母ちゃんがちまちま着物の賃仕事するより、芸者の方がよほど実入りがええのよ。心配せんといて、うちは大丈夫やけん」

お柳は豪気に言っておたみを慰めた。

朝起きて、おたみの拵《こしら》えた朝飯を食べると、三味線の師匠の所で三味をさらって貰い、帰りに買い物やら何やら用事を済ませる。それから湯屋へ行く。湯屋から戻って蕎麦かうどんの昼飯を食べ、八つ（午後二時頃）までに杉乃に入《で》る。髪結い職人が来て髪を結って貰いながら化粧をする。ほどなく箱屋が来て出の衣裳を着付けてくれる。

おみのから、その夜の予定を聞いて、他の芸者衆と連れ立って指定された見世に向かう。

お柳の毎日はそんな調子で過ぎる。お玉から貰った鼈甲の笄《こうがい》が大層役に立ったと思う。

日本橋の廻船問屋《かいせんといや》の寄合、旗本の侍、幕府の要人等、杉乃は羽振りのよい上客から声が掛かる。お座敷で客から貰う祝儀がありがたかった。おたみと親子二人の暮らしも、これでひと息つけるというものだった。

しかし、江戸の治安は日に日に悪化していくように思えた。お柳が江戸に戻ってふた月も経たない内に、市中の警護は庄内藩の役人がするようになった。長州では戦が行なわれる噂もあった。

幕府は老中安藤信正《のぶまさ》が中心となり、朝廷の権威を幕府強化に利用しようとして公武一和を図った。将軍徳川家茂に孝明《こうめい》天皇の妹である和宮《かずのみや》の降嫁《こうか》を奏請《そうせい》した。しかし、公武合体運動は多くの反対を受けた。それは幕府があくまでも主導権を握りたいがためのもので、幕政の改革を主張する雄藩連合とは対立するものだった。雄藩連合は朝廷の主導権の下で改革を進めたい考えだった。

薩摩国《さつまのくに》藩主忠義の父、島津《しまづ》久光《ひさみつ》は公武合体派で、京都伏見の寺田屋にたむろしていた攘夷派の志士を斬って抑圧する一方、一橋慶喜を将軍後見職に就《つ》かせるよう画策《かくさく》した。さらに、江戸からの帰途、生麦村《なまむぎ》において行列の供先《ともさき》を切ったイギリス人を久光の家臣が斬り捨てるという事件を起こしている。大名行列の行く手を阻《はば》む行為は、重罪には違いないが、相手が外国人では通用しないものもあろう。矛盾と試行錯誤がこの時の政治のありようだったろうか。

開港か攘夷かと揺れていた日本は、開国か攘夷かに変わり、さらに倒幕運動へと発展して行くのだった。

お柳は政治的なことはさっぱりわからなかったが、それでも世の中が大きく変わっていることは感じていた。銭相場が崩れたり、米の値段が急騰《きゆうとう》したりしているのも、その表れだろう。

長崎から乗った船の甲板から見た硫黄島や三原山のことが、ふと思い出された。(日本は今、火の山のごたる。赤い炎と噴煙を上げて吠えているのだ。それが静まるまで、じっと待つしかないとやろか。わからない)

時々、お座敷で客の話を聞きながら、お柳は胸で呟いた。すると、オランダの釜次郎へ思いがいく。

釜次郎は日本がこのような状態にあることを知っているのだろうかと。

（逢いたか、釜さん。早う戻って来《こ》んね。そうして、この荒《すさ》んだ国をどうにかして。きっと釜さんならできる。いや、釜さんしかこの日本を救える人はいない）

お柳は決まってそう思う。

慶応三年（一八六七）三月二十六日（陽暦四月三十日）。

江戸の桜が散り、葉桜となった頃、榎本釜次郎は開陽丸に乗って帰国した。オランダのフリシンゲンを発って百五十日目で日本に到着したのだ。それは行きの半分の時間だった。

排水トン数二五九〇トン、長さ七二・八メートル、幅一三・〇四メートル、総帆面積二〇九七平方メートル、汽走速度一〇ノット、四〇〇馬力。

六二五トン、一〇〇馬力の咸臨丸よりはるかに大きな蒸気艦だった。日本までの復路、平均時速一八キロで航行していたが、堅牢で一ヵ所の水漏れもないすばらしい船だった。

開陽丸は横浜港に錨《いかり》を下ろした。

長崎の海軍伝習所で修業を積み、さらにオランダへ留学してその腕に磨きを掛けた榎本釜次郎は開陽丸の航海技術をほぼ把握した。江戸への回航中、釜次郎はオランダのホイヘンス大佐に開陽丸の賛辞を込めた手紙を送っている。

しかし、釜次郎が帰国した途端、問題が持ち上がった。開陽丸には留学生の他に幕府が要請したオランダの海軍士官が十三名同乗していた。彼等は幕府のお雇《やと》い教官として任務に就くことになっていた。しかし、幕府はこれと別にイギリスにも同様の要請をしていたのだ。さらに、日本の陸軍の近代化を支援して貰う目的でフランスの軍事顧問団も来日していた。

フランスはともかく、オランダとイギリスは双方とも怒りを露《あらわ》にした。オランダ側は、国王の勅命をもって来日し、オランダの士官に日本の軍隊の教育を任せると幕府は約束したのに、イギリスにも同様の要請をするとは何事ぞ、というものであった。

イギリスも同様に我々の顔に泥を塗るのかと、一歩も引かない構えである。幕府の外国奉行達は頭を抱え、どうしたらよいものかと会議に明け暮れる毎日であった。軍艦奉行に就任していた勝安房《あわ》（海舟）は、そんな折、お忍びの形で開陽丸を訪れた。

釜次郎も帰国した途端、難しい問題が持ち上がったことで大いに当惑していた。

安房は、かつての長崎海軍伝習所の伝習所監であり、その後、海軍操練所では教官頭取、咸臨丸で渡米する時には艦長として乗り込むなど、常に釜次郎の一歩前を行く男だった。

前年（慶応二年）に行なわれた第二回長州征伐《せいばつ》でも安房は幕府の全権使節として平和的交渉に奔走したものである。

釜次郎は、さっそく先進技術の粋《すい》を凝《こ》らした蒸気艦の内部を案内した。

「もう、おぬし等《ら》はこれを自由に操れるんだろう？」

安房は至極当然という顔で訊いた。

「江戸回航はほとんど我々の手だけでやりました」

釜次郎は誇らし気に応えた。

「ほう、それは大したもの」

「ところで勝さん。ご公儀はオランダとイギリスとの問題をどのように始末つけるつもりでござろうか」

釜次郎は途方に暮れる思いで安房に訊ねた。

「なあに。外国奉行達は大うろたえで相談ばかりしておるが、とんと纏《まと》まりがつかぬ。その内にどうにかしてくれろと、おれの所へ泣きついてくるだろうよ」

安房はその端正な顔に微笑を浮かべて呑気に応えた。

「何か策があるのでござるか」

「ふん。全体、この問題は単なる二重契約で、さしたる理由もない。さすればどちらかに約束した報酬を払ってお引き取り願うしかなかろう」

「勝さんは英語もオランダ語も通詞なしに話ができるお人ですから、その役はまことに適任と考えまする」

「そういうおぬしだって、なかなかのもんだろう?」

「さて、それは……」

「ただし、おれは一切を任せるというのでなければ引き受けぬ。交渉だけ頼む、金の問題はこちらでという中途半端は、また事態を混乱させるだけだ」

「おっしゃる通りでござる」

「しかしなあ……」

安房は塗料の匂いも新しい艦内をぐるりと見回して言い澱《よど》んだ。

「何か?」

釜次郎は怪訝な眼で安房を見つめた。

「この開陽が進むのはストルム・ウェール(暴風雨)の中になるだろうよ」

安房はため息の混じった声で皮肉な発言をした。安房自身は時代の趨勢《すうせい》で、せっかく建造した開陽丸に十分な働きをさせられないだろうと予測していたらしい。

「たとい、どのような状況になろうとも、開陽丸があれば百万の敵も恐れは致しませぬ」

釜次郎は安房の言葉を否定した。それだけ開陽丸に対して自信と信頼があった。

「豪気だな。しかし、そううまく行くかな」

安房は相変わらず皮肉な表情をしたままだった。

権力の座を脅かされつつあった幕府は体制の立て直しを必死で図っていたが、形勢は決してよいとは言えなかった。「五品江戸廻令《ごひんえどまわしれい》」で貿易を独占し、朝廷を利用した権力強化策を試みた幕府に対し、長州、土佐、薩摩は同盟を結び、倒幕の密約を交わした。幕府は長州が倒幕への軍備を進めていることを知ると、第二回の長州征伐に乗り出した。

イギリス公使ハリー・スミス・パークスは薩長に接近して朝廷中心の雄藩連合政権の樹立を了解している。一方、幕府はフランス公使レオン・ロッシュにパークスと会談することを勧めた。しかし、二人はお互いに対日貿易の主導権を握りたいがために牽制《けんせい》するばかりだった。

第二回の長州征伐は洋式軍隊と最新兵器を駆使する長州が終始優位であった。幕府軍の劣勢が伝えられる中、将軍徳川家茂は七月に大坂で死を迎えた。さらに江戸では民衆の大規模な打ちこわしも起きた。将軍職を継いだ徳川慶喜はついに長州と休戦協定を結ぶに至った。民衆の目にも幕府の権力の失墜は明らかだった。

釜次郎は帰国後十日で幕府より軍艦役並《やくなみ》を仰せつかり、百俵十五人扶持《ぶち》を給わる。さらに軍艦役（大尉格）、軍艦頭（中佐格）と昇格した。下谷和泉町《したやいずみちよう》に屋敷を与えられ、従五位下和泉守武揚《じゆごいのげいずみのかみたけあき》を名乗る。そしてこの頃、オランダ留学を共にした林研海《けんかい》の妹のたつと結婚した。

研海の父親の林洞海《どうかい》は幕府の奥医師を務めていた男で、医家として優れていた。

釜次郎は軍艦頭に就任した頃から、お柳の父親である田所平兵衛の力が必要だと考えていた。来日していたフランスの軍事顧問団の世話をする通詞の数が足りなかったからだ。

オランダ語や英語ならともかく、フランス語を話せる通詞は横浜のフランス語伝習所を出てきたのが三名いるだけだった。それだけでは二十人ものフランス士官を公私ともに捌《さば》き切れない。

釜次郎はさっそく長崎に問い合わせたが、答えは平兵衛の死という非情なものだった。残された家族は江戸へ戻ったようだが、行方までは知らないということだった。

十六

お柳はお座敷の客から威容を誇る開陽丸の話を聞いた。気ははやったけれど、軍艦頭となった釜次郎に一介の芸者である自分が気軽に会いに行けるものではないことはわかっていた。

いつものように湯屋へ行き、ほてった肌を冷ましていると、おたみが茶を淹《い》れながら口を開いた。

「釜次郎さん、日本に帰って来たんだってねえ」

狭い裏店暮らしをしていても世の中の動きはそれとなく伝わるらしい。「浮《う》き城《しろ》」と呼ばれるほどの立派な軍艦ならば、なおさら。

「そうらしいなあ」

お柳はわざとそっけなく応えた。家の中のことはすべておたみ任せ、お柳は何もしない。うちはこの家の主《あるじ》やけん、仕事以外は何もせんよ、と言って、上げ膳据え膳だった。

芸者の甘言《かんげん》と手管《てくだ》は覚えた代わり、フランス語も英語も半ば忘れかけている。外国人は往来で何人も見掛けたが、お座敷の客となったためしはない。通詞になるというお柳の夢はついえたかのようなこの二年だった。

「お前、釜次郎さんに会いに行かないのかえ」

そう訊いたおたみに、お柳は呆れたような眼を向けた。

「どんな顔をして会いに行くとね。うちは団扇サボテンのごたる芸者やなかか。向こうは和泉町の御前《ごぜん》と呼ばれておるお偉いさんや。昔とは何も彼《か》も違う」

お柳の言葉尻はため息になった。

「そうだねえ、今更女中に雇ってくれと頼んだところで、今のお前には到底無理だろうし」

「うちが女中になったら、暮らしはきつうなりよる。お母ちゃんは気軽に魚ば買えん」

「………」

「うち、このまま行けば、いずれ大店《おおだな》の隠居の囲い者になるのが関の山やなあ」

それを聞くとおたみは前垂れで眼を押さえた。

「泣かんといてお母ちゃん。うち、平気や」

「お前は平気でも、あたしはいやだ。そんなことになったら、舌噛んで死んだ方がましだよ。何が悲しくて一人娘を囲い者にしなきゃならない。あたしゃ、芸者でさえ不承知なのに」

「生きて行くためやなかか」

「あたしゃ、攘夷党が憎いよ。開港は時代の流れで仕方のないことじゃないか。今更どうしろと言うんだ」

「お母ちゃん、攘夷党はもはや外国人を追い払うだけじゃのうて、幕府を倒して新しい世の中にするんじゃと息巻いとるとよ。どうなるかは誰もわからん。わからんから、無闇にあっちゃこっちゃ掻き回して、おかしかことになっとるとよ。侍はそれでいいか知らんが、迷惑が掛かるんは、いっつも、うち等民《たみ》百姓や」

「釜次郎さんが何んとかしてくれないだろうかねえ」

おたみは心細い声で言う。

「釜さんも帰って来たばかりで面喰らっておるとよ。その内に腰ば上げるじゃろ」

さしたる確証もないのに、お柳はそんなことを言う。

「もしかして、その内、お座敷で釜次郎さんに会えるのじゃないかえ」

おたみは洟《はな》を啜《すす》り上げると、ふと思いついたように言った。

「まさか」

すぐさま否定したが、お柳は胸の動悸を覚えた。そうなったら、どんなに嬉しかろう。

しかし、そうなったら、お柳は身の置き所もない恥ずかしさを感じるだろう。会いたいけど会えない。複雑な思いがお柳の胸を満たしていた。

幕府はイギリスやフランスに支援を求めて西洋式の軍隊を組織しようとしていたが、集められた歩兵、歩卒《ほそつ》は諸大名や旗本に徴発された農民兵だった。さらに慶応三年のこの年には町人からも千人の歩兵を雇い入れている。

しかし、何分にも歩兵たる心得を持ち合わせぬ者ばかりで、低賃金の不満もあって方々《ほうぼう》で乱暴狼藉を働き、それが社会問題ともなっていた。

江戸の人口は膨れ上がり、治安は悪化の一途を辿《たど》っていた。幕府の役人は躍起になって統制を図ろうとするも、さして効果は上がっていなかった。

しかし、老中首座《しゅざ》、阿部正弘《あべまさひろ》によって着手された幕府の改革は封建主義から絶対主義へと徐々に傾いていった。

諸藩も下関事件などにより攘夷の実行が不可能と察すると、富国強兵策を執《と》り、幕府に対抗でき得る力を保持しようとしていた。

十七

上野寛永寺《かんえいじ》近くの即席料理屋「松源楼《まつげんろう》」は隣りに軒を並べる「雁鍋《がんなべ》」とともに、この頃、大層流行《はや》りの見世だった。老舗《しにせ》の山谷《さんや》「八百善《やおぜん》」、浮世小路の「百川《ももかわ》」と比べて、一段、格は落ちるというものの、繁昌の噂はさらに客を呼び、幕府の役人も最近では足繁く通っているようだ。

御数寄屋町の置屋、杉乃のおみのは、松源楼のお内儀とは古くからの知り合いだった。

そのせいもあってか、勝安房とその取り巻きが気軽な宴会をするということになって、わざわざ御数寄屋町の杉乃まで声を掛けてくれた。

当日は昼前に出の衣裳と三味線を持って上野の松源楼へ出向き、そこで仕度を調《ととの》えて夜を待つ手筈《てはず》となった。

髪結いと箱屋を引き連れての道中はなかなか賑やかになりそうだ。

「いいかえ、間違っても粗相があっちゃならないよ。そんなことは杉乃の、いや御数寄屋町の芸者の名折れだ。気張ってやっとくれよ。軍艦奉行の勝安房様は今や飛ぶ鳥を落とす勢いのお人だ。お前さん達の働き次第でご祝儀もずんと弾んだものになるだろうよ。ああ、柳太郎、長崎弁に気をつけるんだよ」

おみのは気合を入れた。お柳が特に言葉遣いを注意されたので、朋輩《ほうばい》芸者はくすりと笑った。しかし、勝奴《かつやっこ》というひょうきんな芸者はお柳の肩を景気よく叩いて「気にせんでもよかよ」と、わざと言う。お柳の言葉つきを真似てからかっていた。

「すっかりお株を取られてしまったねえ」

お柳は苦笑いした。

一行は昼には松源楼へ着き、昼飯を振る舞われてから仕度に掛かった。すぐ近くの上野のお山は治安の悪化で今は閉鎖されているという。しかし、松源楼の周辺は賑やかだった。

宴会は二十人ほどの人数になるので、二階の大広間があてがわれた。料理を運び、酒がほどよく回った頃にお柳達が賑やかに繰り出すのだ。

芸者はお柳の他五名と、土地の幇間《ほうかん》（太鼓持ち）が呼ばれた。客は存外早い時間に訪れて来たが、さて芸者衆のお呼びは一向に掛からない。どうやら、務め向きの話が長引いているようだ。

ようやく松源楼のお内儀から、「ささ、お呼びだよ。気張っとくれ」と声が掛かったのは、五つ（午後八時頃）に近かった。

大広間に入った途端、どきりとお柳の胸が大きく音を立てた。床の間を背にして座っている二人の男の内、一人は紋付羽織の勝安房で、もう一人は軍服姿の懐かしい釜次郎だった。後の役人は、上座を横に眺める形で向かい合って座っている。それぞれの前にある蝶足膳《ちょうあしぜん》には松源楼自慢の料理が並んでいた。

釜次郎は幸い、お柳には気づいていない様子で、隣りの安房と盛んに話をしている。猪口《ちょこ》はまどろっこしいとばかり、小丼《こどんぶり》で酒を飲んでいる。相変わらずだとお柳は思った。

懐かしさは、つい気を緩《ゆる》めれば涙になるので、お柳は必死で自分の気持ちと闘っていた。

お柳は朋輩芸者を上座にやり、自分は末席にいた若い男に酌をした。その男も軍服姿だった。

「皆さんはお仕事のお仲間でいらっしゃいますか」

お座敷では長崎訛りを引っ込め、お柳は御数寄屋町の芸者の顔になっている。お柳とさほど年の違いのなさそうな男は大きな二重瞼で、ついでにまつ毛も長かった。宴会はまだ不慣れらしく、ぎこちない態度だった。

「我々は陸軍の者です。この度、来日された軍事顧問団の対応について勝安房殿に色々、ご教示を賜《たまわ》りたく宴を設けた次第であります」

「それではお客様も軍人さんなのですね」

「いえ、それがしはフランス通詞です」

「………」

言葉に窮して、お柳は慌てて銚子を差し出した。その瞬間、お柳の頭の中に様々なフランス語が怒濤のように押し寄せた気がした。

「江戸にフランス通詞の伝習所があるんですか」

お柳は動揺する気持ちを抑えて訊いた。

「いえ、それがしは横浜から参りました。務めも横浜です」

若い男は屈託のない笑顔をお柳に向けた。

「フランス語は難しいですか」

立て続けに質問するお柳に、男は怪訝な顔をしながらも律儀に応えてくれた。

「習ってる時は、さほどとは思いませんでしたが、実際にフランス人を前にすると、通じないことが多いですよ」

「その内に慣れますよ。毎日繰り返し練習するしかありませんね。フランス語に限らず、英語でもオランダ語でもそうですけど」

「あなたは、いったい……」

「あら、芸者の分際で生意気を申しました。お許し下さいましね」

お柳は慌てて取り繕《つくろ》った。

釜次郎は勝安房との話の合間に小井の酒をぐびりとやり、ついでに居並ぶ配下の者が機嫌よくしているかどうか、さり気ない視線を向けた。その視線を感じると、お柳はそっと眼を逸らした。

見ている。釜次郎が自分を見ている。思わず眼が合った時、髭をたくわえた釜次郎の口許が半開きとなった。何か腑に落ちないという表情だった。

「おう、そこの芸者。お前ェだ、お前ェ。ちょいと顔を上げてくんな」

歯切れのいい江戸弁がお柳に向けて弾けた。

恐る恐るそちらを向くと「ミミーじゃねェか」と続ける。座敷にいた一同は「ミミー」という呼称に反応して驚いた表情になった。

「御前、お久しゅうございます」

お柳は観念して、その場に三つ指を突いて頭を下げた。

「何が御前だ。釜さんでいいじゃねェか。ささ、何してる。こっち来い。よっく顔を見せてくんな」

フランス通詞の男は口をぽかんと開けてお柳を見ていた。五人の朋輩芸者達もお柳が釜次郎と知り合いらしいとわかると、目顔で肯き合っている。

傍に行くと、釜次郎はお柳の手を取り「ずっと捜していたんだぜ」と、しみじみ言った。

お柳は胸がいっぱいで、ろくに返事もできなかった。

「勝さん、こいつを覚えていませんか」

釜次郎は隣りの安房に声を掛ける。安房は食べていた酢の物の箸を止め、まじまじとお柳を見たが、小首を傾《かし》げた。

「長崎の出島にいた田所通詞の娘ですよ」

「……あ、ああ。あの娘か。思い出した。確かあの頃、まだ七つか八つだったなあ。伝習所の連中はオランダ語に往生すると田所通詞の所へこっそり教えを受けに行っていたようだが、その娘が横から小生意気にああだ、こうだと口を挟《はさ》むと苦笑いしていたな。仕舞いにゃ、菓子を持って、その娘に直接訊いていたらしい。何んでも三ヵ国語ぐらいできたという話だった」

安房は愉快そうに昔話をした。

「ミミーの得意はフランス語と英語ですよ」

そう言うと、フランス通詞はさらに驚き、持っていた猪口を取り落とした。爆笑が座敷を包んだ。

「しかし、何んで田所通詞の娘が江戸で芸者をしているんだえ」

安房は解《げ》せない顔になった。

「田所通詞は攘夷党の連中に殺されたそうです」

釜次郎は低い声で応えた。

「そうか……色々、苦労したんだな。親父が生きてりゃ、何不自由なく暮らせたものを」

安房は気の毒そうな眼をお柳に向けた。

「お悔みいただいてありがとう存じます。長崎ではお世話になりました」

お柳は安房に頭を下げた。

「おれは何も世話しちゃいない。もっとも榎本だって、世話をするよりされた口だろう」

「おっしゃる通りですよ、勝さん」

「力になってやんな」

安房がそう言うと、釜次郎は静かに肯いた。

「勝さん、おもしろい話があるんですよ。ミミーは当時、寝言までフランス語で喋っていたそうなんですよ」

釜次郎は話題を換えるように冗談めかして言った。

「御前、よして下さい。いくら何んでも話が大袈裟だ」

お柳は釜次郎を柔らかく制した。突然、フランス通詞の男が立ち上がると「コンプルネ、ヴ、ル、フランセ」と、お柳に向かって叫んだ。フランス語がわかるのかと訊いていた。

試しているような言い方だった。

お柳が釜次郎をちらりと見ると、釜次郎は顎をしゃくった。お柳はフランス通詞へ向き直り「ウィ」と短く応えた。

「ペルメテモワ、ドゥム、プレザンテ。ジュ、マペル、キンタロウ・タジマ」

フランス通詞は自己紹介した。田島金太郎という名だった。

「ジュ、マペル、リュウ・タドコロ。ソワイエ、ル、ビヤンヴニュ」

ようこそいらっしゃいましたと、お柳は返した。

朋輩芸者は次第に羨望の目に変わっていた。

お柳はその夜のお座敷をすっかりさらってしまった。

安房は「いつから松源楼はフランス塾になったえ」と、皮肉を言う始末だった。

十八

宴会がはねた後、釜次郎は小座敷を取り、お柳と話をする時間を作ってくれた。その夜、お柳は松源楼に泊まるつもりだったし、釜次郎も下谷の家に久しぶりに帰るという。上野からは、さほどの道のりでもない。

「御前、夜道は危のうござんすよ。お命を狙う者が現れないとも限りませんし」

「一緒に泊まれってか？」

釜次郎は冗談混じりに言う。

「そんな。それは奥様に申し訳ありませんよ」

「知っていたのかい」

「ええ。御数寄屋町のお座敷にもお役人さんがお見えになりますので、お噂は聞いておりました」

「オランダに一緒に留学していた林って医者がいてな、そいつが妹を嫁に貰えとうるさく言っていたんだ。帰った途端にお袋も姉上も、すっかり段取りをつけてしまってな、おいら、逃げるに逃げられなかったのよ」

「結構じゃございませんか。御前も三十を過ぎたことですし、奥様がいらっしゃらないと恰好がつきませんよ」

「親父さんを殺《や》ったのは薩摩の連中か？」

「はっきりはわかりません。あの頃、長崎も物騒になっておりましたから。お父ちゃん、向こう気が強い人だったから目立ったんでしょうよ」

「大変だったな。おいら、親父さんに、さんざ世話になっておきながら、とうとう恩返しもできなかったぜ」

「そんなことありません。お父ちゃん、釜さんの今のお姿を見たら、きっと泣いたと思う。お父ちゃんはあれで泣き虫だから」

「おいらだってそうだぜ」

「………」

「オランダにいた時はよう、日本が恋しくて、何かっていうと泣けるのよ。ふっと気が弛《ゆる》むと、もういけねェ。涙が土砂降りの雨みてェに流れるんだ」

「英語でホーム・シックというのでしょうか」

「おう、それそれ」

ふわりと笑った後に、沈黙が流れた。しばらくして、釜次郎は小丼の酒を飲みながら、「何んで、芸者になんぞなる」と、詰《なじ》るように言った。

「仕方がなかったんです。お母ちゃんと食べて行かなきゃならなかったもので」

「さっさと嫁に行けばよかったのによう」

松源楼の客もあらかた帰り、内所から普段着に着替えた芸者達がお喋りしている声が微かに聞こえた。

「ミミー、おいらに力を貸してくれねェか」

釜次郎はお柳を抱き寄せ、お柳の頬をその骨太な指で挟みながら言う。それは男と女の色っぽい感じではなく、年下の妹にするようだった。釜次郎は留学生活で、西洋式の親愛の情を示す仕種も覚えたらしい。

「さあ、あたしにどんな力があるとおっしゃるんですか。今のあたしは団扇サボテンのような芸者ですよ」

「団扇サボテン？」

「ほら、出島に植わっていた幅広のとげとげのある草ですよ」

「あれは草か？　ずい分、肉厚だったじゃねェか」

「そうですね。オランダの女の人に比べてカピタン（オランダ商館長）の相手をしていた芸者は、あたしには野暮に見えていた。だから友達と団扇サボテンって毒づいていたんです。人を馬鹿にするもんじゃありませんね。あたしも今じゃ団扇サボテン……」

そう言うと釜次郎は顎を上げて豪快に笑った。

「そうか。ミミーは芸者に引け目を感じているんだな。そういうことなら話は早ェ。今夜で芸者は仕舞いだ。明日からはこの榎本武揚様のお抱え通詞だ」

「え？」

驚いたお柳は慌てて釜次郎の胸から離れた。

「うちが通詞？　それはほんまのことね」

「おう、久しぶりに長崎弁を聞いたぜ」

「でも、うちは喋るだけで読めませんよ」

「いいんだ、それで。フランスから軍事顧問団が来ていることは知っているか」

「ええ、何んとなく」

「奴等は日本の歩兵に軍隊のやり方を教えているんだ。お前ェには奴等の世話を頼みてェのよ。肉が喰いたいの、パンが喰いたいの、女がほしいのと、なかなかうるせェからよ」

「うちにできるとですか」

「できるさ。ミミーならできる。さっきいた田島より、お前ェの方がよほど腕は上だ」

釜次郎の褒め言葉が嬉しかった。

「芸者をしているより、ましな物が入るようにしてやるぜ。どうだ？」

「ありがとう存じます。ああ、うち、夢を見ているごたる」

実際、お柳は天にも昇る心地だった。釜次郎と再会が叶い、しかもあこがれ続けていた通詞になれるなんて。しかし、上気したお柳に対し、釜次郎は厳しい表情だった。

「ただし、お前ェには横浜に行って貰わなきゃならねェ。奴等の宿舎は横浜だからな。お袋さんには寂しい思いをさせることになるが、それは我慢して貰ってくれ」

「承知致しました」

「それから、お前ェには男になって貰う」

釜次郎は早口に続けた。お柳は一瞬、釜次郎の言葉が理解できないところがあった。心構えのことを言っているのかと思った。しかし、そうではなかった。

「男の恰好をしてくれ。頭も大たぶさにしてよう……」

「男の恰好？　このうちが？」

「おうよ」

「どうしてですか」

「だってよう、本来、女は役人には雇えないだろうが。世間の目をくらますためよ。頼む、是非にもその通りにしてくれ」

釜次郎はお柳に頭を下げる。言葉に窮したお柳に、釜次郎は「返事しろ、ミミー！」と、大音声《だいおんじょう》で怒鳴った。

十九

十四代将軍の徳川家茂に代わり、御三卿《ごさんきょう》一橋家の一橋慶喜が第十五代将軍に就任したのは第二回長州征伐の行なわれた慶応二年（一八六六）のことだった。息子を将軍にと考えていた水戸《みと》斉昭《なりあき》（烈公《れっこう》）の宿願はここに達成された訳だが、幕府は新たな局面を迎えていた。

慶喜にとって最初の不運は将軍に就任した途端、孝明天皇が崩御《ほうぎょ》したことだろう。孝明天皇は攘夷論者であったが、幕府に対しては好意的で、公武合体を進めて幕府とともに国難に対処する考えだった。そのために、妹の和宮を家茂に降嫁させたのである。

特に、家茂の後見役であった慶喜には禁門の変（蛤御門《はまぐりごもん》の変）以降、全幅の信頼を寄せていた。

禁門の変とは元治元年（一八六四）に起こった長州と会津、薩摩、桑名の戦である。孝明天皇は三条実美《さねとみ》等と結びついた長州藩の過激な行動には眉をひそめていた。公武合体派の会津、薩摩は、この機会に京都から長州を締め出す作戦に出て、八月十八日、長州の御所警備免除等を決定した。

これにより、長州の勢力は一時、衰退したかに見えたが、長州は一部の公卿を味方につけて再び上洛《じょうらく》を画策した。

元治元年、ひそかに京都に上っていた長州の志士二十余名は逗留先の池田屋で会津藩藩主松平容保《かたもり》（京都守護職）配下の新撰組《しんせんぐみ》に襲撃されるという事件が起きた。これが長州の怒りに火をつけた。ただちに三千の兵を率いて東上し、伏見、嵯峨、八幡、山崎に陣を張った。

京都御所の九門の一つ、蛤御門に侵入した長州勢に薩摩が攻撃を仕掛け、大激戦となった。薩摩の後から会津が援護すると、多勢に無勢。ついに長州は敗走した。この後、長州は幕府から第一回の長州征伐を受けることになる。

慶喜はこの時、禁裏御守衛総督として奔走したので、孝明天皇の覚えもよかったのだ。

しかし、天皇崩御の後、皇位を継承した睦仁《むつひと》親王（明治天皇）は、母方の祖父の中山忠能《ただやす》等、反幕府公卿に取り巻かれていた。慶喜の形勢は、はなはだ悪いと言わねばならなかった。

さらに、朝廷は、この期《ご》に及んでも、なお幕府に攘夷を迫っていた。それは前将軍、家茂が朝廷と結んだ約束事だった。家茂は十年の内に必ずや攘夷を実行すると豪語した。

家茂が亡くなり、慶喜の代になっても、約束事は無効にならない。それが果たせない場合、慶喜は将軍職を辞退するしかないのだった。苦しい胸の内を抱え、慶喜は再度、朝廷に攘夷を誓う。

慶応三年（一八六七）の初めから、京都において薩摩の大久保利通、西郷吉之助（隆盛）、長州の品川弥二郎、山県《やまがた》狂介（有朋《ありとも》）等は倒幕を協議していた。朝廷では岩倉具視《ともみ》が倒幕の同志の公卿に働き掛けた。

これに対し、土佐の坂本龍馬は列藩会議的議院制度を取り入れ、議事院の議長に慶喜を据えるという案を計画し、上洛して諸藩を説得した。薩摩は表向き、坂本の意見に賛成したが、その実、倒幕の準備を着々と進めていたのである。

同年八月、東海道吉田宿から起こった「ええじゃないか」の民衆の狂乱を倒幕派はさらに煽動して政局を麻痺させた。

「ええじゃないか」は世直しを求める民衆のある種の形でもあった。

慶喜の進退決定は、もはや時間の問題に見えた。

二十

横浜の異人宿舎（太田《おおた》陣屋《じんや》）の二階から海が見えた。各国の国旗を翻《ひるがえ》す軍艦の周囲には漁をする小舟もぽつぽつと浮かんでいる。

江戸に戻って来てから海を眺める機会は久しくなかった。こうして務めの合間に海を眺めていると、いやでも長崎のことが思い出された。横浜の海の色は長崎とは違った。長崎の海は、夏場は明るい陽光の下で翡翠《ひすい》色に輝いていた。海の色の違いで、お柳はそこが長崎ではなく横浜なのだと合点する。

洋風の建物を配した港町の風情は長崎も横浜もさして変わりはなかったからだ。

横浜は安政元年（一八五四）当時、人口千人足らずの小さな漁村だったが、幕府が外国人居留地《きょりゅうち》を設置するようになって人口は一万八千人まで膨れ上がった。

税関の建物を中心に東側が居留地で、西側は従来の町並を留《とど》めている。居留地は三方を堀で囲まれ、その堀は海に繋《つな》がっていた。堀で居留地の外と遮断しているため、口の悪い外国人の中には、まるで第二の出島だという者もいる。しかし、攘夷党から外国人を守るためには必要な措置《そち》でもあった。

釜次郎からフランス通詞になることを勧められたお柳は、その申し出を受けた。杉乃のおみのは、松源楼の一件のことは耳にしていたので、お柳が芸者を辞《や》めたいと言った時もさして驚かなかった。それよりもお柳の出世を大いに喜んでくれた。

通詞になることが出世なのかどうかはわからなかったが、おみのと朋輩芸者達が快く送り出してくれたことはありがたかった。今更辞めるなど、恩を仇《あだ》で返すのかと目を剥かれたら、お柳はどうしてよいかわからなかっただろう。

横浜に来る前にお柳は前髱《まえたぼ》を落とした。おたみは泣きの涙だったが、お柳は別に悲しいとも思わなかった。髪はまた生える。

おたみが父親の着物を処分していなかったのは助かった。紋付羽織と着物は男装のために必要なものだった。釜次郎から与えられた仕度金は、そっくりおたみに残すことができた。女は、たとい幕府の稽古通詞といえども雇って貰うことはできない。お柳は表向き、男として任務に就いたのだ。

それにしても、父親の着物はお柳に大き過ぎた。背丈が四尺七寸（約一四二センチ）そこそこのお柳である。

おたみは鋏《はさみ》を入れるのを惜しんで幅広く腰上げを取ったものだから、なおさら妙な具合になった。

おたみはいずれ、お柳の亭主なり、息子なりに譲るつもりだから我慢しろと言った。それもそうだとお柳も納得した。着物は上等の結城縞だった。

お柳は横浜に来てから異人宿舎の一室に泊まり込んで昼夜の区別なくフランス人の世話をした。

松源楼で会ったフランス通詞の田島金太郎（応親《まさちか》）は横浜のフランス語伝習所で一年ほどしか学んでいなかったので、何かと言うとお柳を頼りにした。お蔭で奇妙な恰好のお柳をからかうこともなかった。

金太郎の他、二人のフランス通詞はもちろん、お柳が女であることは知っていたが、それは口外無用の秘密だった。秘密が明らかにされたら釜次郎にも咎《とが》めが及ぶことになる。

フランス人教官による陸軍伝習隊の訓練は政局の悪化にも拘《かかわ》らず、毎日規則正しく進められていた。

そろそろサロンに戻ろうかと踵《きびす》を返した時、「アラミス、そのままで。動かないで」という意味のフランス語が聞こえた。

驚いて声のした方を振り向くと砲兵中尉（後、大尉）で砲兵科教官のジュール・ブリュネが画帖《がちょう》を開いて、先刻からお柳の姿をスケッチしていた。

お柳は海を眺めながら物思いに耽《ふけ》っていたので少しも気づかなかったのだ。

「じっとして。もう少しで終わるから」

ブリュネは口髭の下から白い歯を見せて笑った。

「ウィ」

お柳は気軽に返事をして、元の姿勢を取った。

しばらくして、ブリュネは「できた！」と、張り切った声を上げ、スケッチ用の鉛筆を胸ポケットに入れた。それから描き上げた画帖をお柳に見せてくれた。

画帖の中には貧相で滑稽《こっけい》な小男がいた。背筋を伸ばし、右手を腰にあてがい、ことさら気張ってみたつもりだが、着物と対《つい》の羽織を纏《まと》った自分の姿は嫌気が差すほど似合わなかった。雪駄《せった》を突っ掛けた黒足袋の足が信じられないほど小さく見える。

（うちは、本当のうちは、もっときれいごたる）

芸者姿の自分をブリュネに見せてやりたかった。その恰好ならば、どれほど描かれることに心がときめいただろう。

お柳のスケッチの下には「初めてフランス語を話す日本人」という但《ただ》し書きとともに「アラミス」という言葉も添えられていた。

ブリュネにとってお柳は初めてフランス語を話す日本人であり、親愛の情を感じている人間でもあったようだ。お柳は「メルスィ、ボク」と礼を言った。

通詞としてのお柳は田所柳太郎と届けを出している。フランス人達に柳太郎と呼ばせようとしたが、どうも彼等には発音が難しいらしかった。ジッタロウだの、ジロなどと最初は呼ばれた。

アラミスと最初に呼んだのは誰であったかお柳は覚えていない。呼びやすいフランス人の名前だろうぐらいにしか考えていなかった。

フランス人達は、今では皆、お柳のことをアラミスと呼んでいた。

お柳がその名の由来を知ったのはずっと後のことである。フランスの小説家アレクサンドル・デュマが著した「三銃士」の登場人物の名だった。アラミスは女性的な人物として描かれていた。何んだ、フランス人達は最初から自分を女と見抜いていたのかと苦笑したものである。

フランス軍事顧問団はシャルル・シュルピス・ジュール・シャノワンヌ大尉を団長に慶応二年にマルセイユ港を出て、翌慶応三年の一月に横浜港に到着していたのだ。

フランス軍事顧問団員名簿

アルベール・シャルル・デュブスケ（第三十一歩兵連隊中尉・歩兵科教官）
エドワード・オーギュスト・メッスロー（第二十猟歩兵大隊中尉・歩兵科教官）
オーギュステン・マーリ・レオン・デシャルム（皇后陛下付竜騎兵連隊中尉・騎兵科教官）
ジュール・ブリュネ（砲兵中尉・砲兵科教官）
ウジャンヌ・ジャン＝バティスト・ジャンマルラン（近衛猟歩兵大隊伍長・歩兵科副教官）
アンリ・イグレック（第三十一歩兵連隊補給担当伍長・歩兵科副教官）
エミール・パルセル（参謀本部付騎馬学校調教担当伍長・騎兵科副教官）
フランソワ・アルチュール・フォルタン（近衛砲兵連隊伍長・砲兵科副教官）
ルイ・グテッグ（近衛猟歩兵大隊ラッパ手・兵長）

シャルル・ボネ（兵器担当二等兵長）
バルテルミ・イザール（近衛騎兵連隊火工担当伍長）
フレデリック・ヴァレット（伍長・砲兵科教官）
カズヌーヴ〈ファースト・ネーム不明〉（国立種牡馬飼育所付伍長）
クロード・ガブリエル・ルイ・ジョルダン（工兵大尉）
シャルル・ミッシェル（第一工兵大隊兵長）

軍事顧問団は来日すると、集められた歩兵を相手に、ひと月後には軍事伝習に入っていた。

洋式歩兵隊は主に農民、町民から徴発された者達で、騎兵隊は下級武士から徴発された者、砲兵隊は幕府の精鋭達だった。この軍隊は伝習隊と呼ばれ、その目的は反幕府勢力を圧伏《あっぷく》して絶対主義の方向に進むことだった。

お柳は稽古通詞としてフランス人の普段の世話をするだけのつもりだったが、砲兵科のブリュネなどは早口であったため、田島金太郎はしばしば助けを求めてきた。お柳は、ほとんど他の通詞と変わらない働きをしていた。

当初、軍艦奉行所の上層部は騎兵隊と砲兵隊だけが軍隊として通用するもので、洋式歩兵隊は使い物にならないだろうと考えていたようだが、訓練に入るとこれが逆だった。

もともと農民は朝から晩まで農作業に従事していたから身体を使うことを厭わなかったし、町民も博徒や町のならず者など、雑草のようにはびこっていた連中なので、弱音を吐くことは少なかった。

それに比べて騎兵隊と砲兵隊の伝習生は開港となるまで、幕府から与えられる禄《ろく》を食《は》んでぬくぬくと暮らしていた者ばかりだから、武士といえども、すっかり軟弱化していた。

時刻は西洋式時間を用い、午前六時起床、六時二十分点呼、六時半朝食という分刻みで進められた。鉄砲中心の訓練が歩兵隊には新鮮だったのか、伝習生はよく励んだ。

ブリュネは根気よく、そんな伝習生を指導した。

お柳のフランス語は会話を主体に身につけたのでフランス人達にはわかりやすいらしかった。ブリュネがお柳を「初めてフランス語を話す日本人」と画帖に記したのも、お柳のフランス語を高く評価していたからだろう。

フランス人は中尉、大尉あたりはさすがに紳士であったが、二等兵長のボネや伍長のカズヌーヴは、お柳にあからさまに日本女性の斡旋《あっせん》を求める。

長崎にいた頃、カピタンもヘトル（商館長次席）も本国に妻を残して来たので、丸山の芸者や遊女を傍に置きたがった。どこの国の男も考えることは同じかと、お柳は内心で苦笑していたものだ。

お柳はフランス人の中でブリュネの人柄に魅《ひ》かれた。長身で鳶《とび》色の眼を持つ二十八歳のブリュネは端正な容貌の士官だった。

訓練中は厳しい指導をするが、宿舎に引き上げた夜の自由時間には、熱心に質問してくる伝習生に優しく答えた。日中は田島金太郎がブリュネに付いて通詞を務めるが、夜は大抵、お柳がそれをした。

ブリュネは伝習生を褒《ほ》めることが多かった。

「君達は実に熱心ですばらしい。君達の力を以《もっ》てすれば、必ずやサッチョー（薩長）の力を抑えることができるだろう」

ブリュネがそう言うと伝習生達は小鼻を膨らませて「ウィ、ムッシュ」と応えた。お柳はブリュネから褒めて人の能力を伸ばすことを学んだと思う。

ブリュネは騎馬術と砲術に優れ、彼の戦争理論はわかりやすく適切だった。ブリュネは軍事顧問団の一員として来日する少し前までメキシコに従軍していて、その功績によりナポレオン三世より勲章を受けた男だという。言わば戦争のプロフェッショナルと言えただろう。ブリュネはまた、画技にも優れていた。それは写真技術がまだ盛んになっていない時代、従軍した土地の様子をスケッチして本国に伝える必要のために士官にとって欠くべからざる能力でもあった。

ブリュネは暇さえあれば画帖を開いていた。

お柳が気を利かせて横浜の遊女屋の妓《おんな》を頼もうとすると、柔らかく断った。本国に妻がいるので、それは妻に対して失礼だと言った。

「奥様のお名前は何んとおっしゃるのですか」

お柳はブリュネにそっと訊いた。

「マリアンヌです。優しく聡明な女性です」

ブリュネはその時だけ遠くを見るような眼になった。恋愛結婚だと、やや恥ずかしそうに言い添えた。

「奥様はブリュネ教官に愛されて倖せな方だと思います」

お柳はお愛想でもなく言った。愛する、愛されるという言葉はかつての日本語にはなかったものだ。「ジュ、ヴゼーム」「ジュ、テーム」という言葉がこの上もなく美しくお柳の胸に響く。

（釜さん、うちもジュ、テームと言いたかとよ。ばってん、釜さんはもう奥様がおられるけん、それは言えんとよ。釜さん、うちを横浜に置いて、あんたはどげんしとるとね。幕府は薩長を抑えられるとね。うち、通詞にはなりよったけど、何んや不安なことばかりや。会いたか釜さん、顔ば見せてくれんね。ミミーと優しく呼んでくれんね。うちはアラミスとは呼ばれたくはなか。収まりの悪い渾名《あだな》や。そんでも、うちが男の恰好をしている内はアラミスや。フランス通詞のアラミスや）

お柳はブリュネの話を聞きながら、ぼんやり胸で呟いていた。

二十一

朝廷から倒幕の密勅が薩摩、長州の両藩に下ると、土佐藩主山内容堂《やまうちようどう》は幕府に大政奉還の建白書を提出した。将軍徳川慶喜は長考の末、倒幕派の挙兵を止めて時間を稼ぐ目的で、建白書の内容に応じることにした。

こうして慶応三年（一八六七）十月。慶喜は京都の二条城、二の丸御殿大広間において在京の家臣を集めて大政奉還を上表《じょうひょう》した。これにより二百六十余年続いた徳川幕府は事実上、幕を閉じたことになった。

だが、慶喜は将軍職を辞しても、政治の一線から退くつもりはなかった。フランスと接近していた幕府は、その支援のもとにフランス公使、レオン・ロッシュの提唱する中央集権国家に幕府を生まれ変わらせようとしていた。これには幕府の勘定奉行小栗上野介忠順《おぐりこうずけのすけただまさ》等、有能な幕臣が後押しを約束した。

しかし、同年十一月。穏便に政権委譲を提唱していた土佐の坂本龍馬が暗殺されると、薩長は天皇を担《かつ》ぐ近代国家をもくろみ、倒幕の意を決した。

朝廷は将軍の再委任を考えていたが、大久保利通、岩倉具視等がクーデターを起こし、ついに同年十二月九日、数万の兵力を京都に集めてそれを成功させた。

そして、それは王政復古の大号令となった。

大政の返上、及び将軍職辞退の許容、摂政関白及び幕府の廃止、それに代わる総裁、議定、参与の三職の設置を令するものだった。幕府には官位、領地を返上することが求められた。むろん、幕府はこれに憤《いきどお》りを覚えた。

薩長と朝廷の力を抑えなければ慶喜を元首とする近代国家への道はない。慶喜は京都から大坂城へ移り、慎重に周囲の状況を見ながら再起の策を練った。

慶喜は将軍に就いてから京都で政務を執っていたが、薩長はそんな慶喜を挑発するように将軍が留守の江戸の街へ浪人を放ち、放火、強盗、殺人と暴挙の限りを尽くした。これに業を煮やした江戸城の家臣達は薩摩藩の江戸屋敷を焼き討ちにするなど抗戦した。

慶喜は会津、桑名藩に出兵を求めた。慶喜名による「挙正退奸《きよせいたいかん》の書」を以てしても朝廷から撥《は》ねつけられ、武力で薩長を抑える道しかなかったからだ。

明けて慶応四年（一八六八）元旦。集められた一万五千の兵は二手に分かれて鳥羽街道、伏見街道より京都を目指した。

鳥羽街道は田圃の中にある狭い一本道で、幕府軍にとって戦略的に不利なものだった。

一方、薩長の軍は鳥羽から城南宮《じょうなんぐう》を経て伏見に至るまで左右に軍を拡げていた。それでも薩長の軍は、たかだか四千に過ぎなかったので、慶喜としては十分に勝算があった。しかし、城南宮西鳥居から小枝橋《こえだばし》に掛けての一本道には薩摩軍が駐屯《ちゆうとん》していて幕府の軍の前進を阻《はば》んだ。小枝橋は鳥羽街道から京都へ入るための唯一の橋である。

幕府軍はやむなく小枝橋から少し離れた赤池《あかいけ》で待機することとなった。

同年正月三日。幕府軍が武力行軍を宣言した途端、薩長軍の大砲が火を噴《ふ》いた。騎乗していた滝川播磨守《はりまのかみ》は、その拍子に落馬し、驚いた馬が砲兵隊の中へ暴れ込み、隊は大騒ぎとなった。これが「鳥羽・伏見の戦《いくさ》」の始まりである。一時は幕府軍も奇襲作戦で薩長を墨染《すみぞめ》まで撃退させるなど勢いはあったが、翌正月四日、仁和寺宮嘉彰親《にんなじのみやよしあき》王は征討大将軍に任じられると錦旗《きんき》を翻《ひるがえ》して陣頭に立った。この時点で幕府軍は朝敵《ちょうてき》となった。

官軍となった薩長軍は勢いづき、ついに幕府軍を淀《よど》まで撃退させるのである。淀城主、稲葉美濃守《いなばみののかみ》は朝敵となった幕府軍を援護する必要はないと考えてか、幕府軍の入城を拒んだ。それが幕府軍の敗因の一つであったかも知れない。

幕府軍はついに力尽き、大坂へ敗走する。

慶喜は大坂城で待機していたが、鳥羽・伏見の戦の大敗の報を受けると、側近達に訊いた。

「わが軍に西郷隆盛のごときものがおるか」

答えは否《いな》。それでは大久保利通は？　否。

次々と薩長の主要人物の名を挙げるも、側近達の返答はつれないものだった。慶喜は意気消沈して、その戦に勝機はないものと悟った。慶喜は僅かの側近達とともに天保山《てんぽうざん》沖に停泊していた開陽丸へと向かった。

開陽丸では榎本釜次郎の代理で沢太郎左衛門《さわたろうざえもん》が留守を守っていた。沢は釜次郎とオランダ留学をともにした同僚でもある。慶喜は渋る沢に抜錨《ばつびょう》を命じ、そのまま開陽丸で江戸へ逃亡したのである。

慶喜は大坂に家臣を置き去りにしたのだった。

江戸へ戻った慶喜は勝安房（海舟）に敗戦処理を託し、江戸城を出て上野寛永寺大慈院《かんえいじだいじいん》にこもり、ひたすら恭順《きようじゆん》の意を表す。

安房が恭順以外、慶喜の生きる術《すべ》はないと説得したせいもあろう。安房は第二回長州征伐に続いて、二度目の敗戦処理を任された。

山桜　さきもさかずも大君《たいくん》の
春の心に我はまかせん　　慶喜

勝安房は、慶喜自ら大政奉還を上表し、王政復古に抵抗して鳥羽・伏見の戦を起こしたことを考えれば、謝罪、謹慎は当然のことだが、慶喜は徳川家の当主でもあるので、何んとか徳川家だけは存続させたいと考えていた。

一方、本多敏三郎《としさぶろう》、判門五郎《ばんもんごろう》等、一橋家の家臣は慶喜の生命の保持、名誉挽回、権威の取り戻しを内容とする檄文《げきぶん》を作成し、慶喜擁護《ようご》の同志を募《つの》った。

慶応四年（一八六八）の二月には雑司ヶ谷《ぞうしがや》や浅草本願寺で会合が開かれ、百三十名ほどの有志が集まって隊が結成された。この隊は義《ぎ》を彰《あきら》かにするという意味から「彰義隊《しようぎたい》」

と命名された。

隊の頭取には渋沢成一郎《しぶさわせいいちろう》、副頭取には天野八郎《あまのはちろう》、幹事には判門五郎、須永於菟之輔《すながおとのすけ》が選ばれた。

彰義隊は幕府公認の団体として江戸市中の巡回を行ない、治安の維持につとめるというものだった。

鳥羽・伏見の戦に勝利した官軍は西郷隆盛を参謀として京都から江戸へ意気揚々《ようよう》と向かった。

ところが、彰義隊は寛永寺座主《ざす》、輪王寺宮能久親王《りんのうじのみやよしひさ》を擁《よう》して官軍と徹底抗戦することを主張して、上野の寛永寺に立てこもった。市中では度々、官軍と衝突するということが起きた。

寛永寺の輪王寺宮能久親王は伏見宮親王の第九皇子で、仁孝《にんこう》天皇の養子だった。初代将軍の徳川家康は、諸大名が天皇を擁して倒幕を企てた時、京都の天皇を廃して新たな天皇を擁立するために、輪王寺宮を時の天皇の養子に入れ、代々、寛永寺の住持としていた。家康は徳川幕府創立の時から朝敵となることを念頭に入れていたものと思われる。

能久親王は安政六年（一八五九）に寛永寺に入り、慶応三年（一八六七）、輪王寺宮を相続した。僅か二十一歳の若さだった。寛永寺執当《しっとう》、覚王院義観《かくおういんぎかん》と釜次郎、大鳥圭介は輪王寺宮能久を擁して朝廷と戦うべきと主張したが、慶喜はそれを受け入れなかった。

長州藩の大村益次郎《おおむらますじろう》は京都から江戸へ出て来て、彰義隊の暴挙に憤りを感じると、武力を以て、その力を抑えるべきと主張した。

彰義隊はこの時点で三千人にも膨れ上がっていた。

朝廷は同じ頃、陸奥《むつ》仙台藩、伊達慶邦《だてよしくに》に会津藩追討の命令を出した。会津藩主松平容保《かたもり》を鳥羽・伏見の戦の首謀者と考えていたのだ。

確かに、慶喜が大坂から江戸へ逃亡する時には松平容保と、実弟である桑名藩藩主松平定敬《さだあき》も行動を共にしていた。しかし、それだけで鳥羽・伏見の戦の首謀者であると断定できないと、伊達慶邦は思っていた。

それに、容保も定敬も、ただの大名ではない。容保は京都守護職を務め、定敬は京都所司代《しょしだい》を務め、兄弟は力を合わせて京都の治安を守って来た。

特に兄の容保は新撰組《しんせんぐみ》を配下に置き、その働きがめざましいことから、孝明《こうめい》天皇にも一目置かれていたのだ。しかも、容保が京都守護職の要請があった時は病身で、とてもその任には耐えられないと断っていたのである。しかし、再三の要請に根負けして、とうとう引き受けたという経緯《いきさつ》がある。その容保を討つなど、伊達慶邦は心情的にも承服できないものがあった。

慶邦は朝廷に建白書を提出して、容保の処遇のみならず、慶喜についても諸藩の意見に委《ゆだ》ねようとした。

だが、薩長は奥羽《おうう》鎮撫《ちんぶ》隊《たい》を結成し、総督に九条道孝《くじょうみちたか》、副総督に沢為量《さわためかず》、参謀に大山《おおやま》格之助《かくのすけ》、世良修蔵《せらしゆうぞう》を任命した。鎮撫隊の一行は大坂から海路仙台に到着すると慶邦のいる青葉城に入り、すぐさま仙台藩の会津追討の遅延を激しく詰《なじ》った。

慶邦は鎮撫隊の激しい催促に、自ら兵を率いて白石に向かった。慶邦には、白石で会津と一戦を交えるという気持ちはなく、容保に降伏するよう説得したのである。

一時は容保もその気になって、鎮撫隊の指図を聞いたが、その時、鎮撫隊の提示した条件は、慶邦が事前に聞いたものより、はるかに厳しい内容だった。これには慶邦も心底、呆れた。

容保は同じく追討の対象とされていた庄内藩と同盟を結び、さらに東北各藩にも働き掛けて薩長と戦う決意をする。

容保は江戸から国許へ戻る時、江戸城内の武器を持ち出していた。いざという時の用意だった。いざは、容保が考えていたより、はるかに早く訪れたようだ。

二十二

フランスの軍事顧問団団長のシャノワンヌは勝安房に接近して、薩長と戦うことを勧めていた。その時、綿密に立てた作戦計画表を提示し、この通りに戦えば必ず勝てると豪語した。

安房は即答を避けた。外国人の指図で幕府と薩長が動くのは日本にとって非常に危険なことだと考えたからだ。幕府が動けば、薩長が動く。薩長の後ろにいるイギリスも動く。

だが、安房には時間がなかった。来《きた》るべき三月十五日には薩長の江戸城総攻撃が予定されていた。江戸では緊張と混乱が高まっている。二月の晦日《みそか》辺りから、江戸城でも幕臣の知行地《ちぎょうち》への移動が活発となっていた。

安房はフランス公使のロッシュに会いに行き、軍事顧問団の解雇を申し出た。ロッシュもまた薩長と戦うことを勧める主戦論者だった。しかし、解雇の話はこの時、実行には移されない。大坂から戻って来る陸軍部隊の収容やら、フランスから新たに来日したフランス人教官の処遇問題があったからだ。

慶応四年、三月十四日。

勝安房は西郷隆盛が待つ高輪《たかなわ》の薩摩藩屋敷を訪れた。

隆盛が先に提示した徳川家の処分問題を検討して貰うためだった。

参謀西郷隆盛は、慶喜を備前藩に預けることや江戸城の明け渡し、軍艦の引き渡し、武器の引き渡し、城内に住む者を向島《むこうじま》へ移すこと、慶喜他、責任者の処罰等、七ヵ条の条件を出した。

安房の提示した改正案は、慶喜の死一等を減じて、水戸藩に預けること、江戸城は接収の上、田安《たやす》家の預かりとすることなどであった。

隆盛は返答を渋った。慶喜は朝廷に背《そむ》いて鳥羽・伏見の戦を引き起こした張本人である。責任は取るべきで、そのためにお家の失墜《しっつい》もやむを得ないと主張した。

「あいや」と安房は隆盛の言葉を遮《さえぎ》った。いかにも将軍としての責任は取らねばならぬが、そのことと徳川家は別問題である。慶喜には徳川家の当主としての地位は残されてしかるべきだと言った。薩長だとて、王政復古を企て、無理やり慶喜を将軍職から引きずり下ろした不義がある。だが、依然、薩長はお家を潰《つぶ》されることなく今日まで来た。ならば、徳川家も同様に大名として、お家を存続できるはずであると。

隆盛は安房の理屈にそれ以上、異を唱えることはできなかった。安房が徳川家の家臣ならば、隆盛も薩摩藩島津家の家臣である。もしも島津家を潰せと言われたら隆盛は何んとしよう。隆盛はその時点で、江戸城攻撃を独断で中止した。江戸城の無血開城《むけつかいじょう》は安房の手柄であったが、その他の条件は保留となった。

慶応四年、四月四日。

主戦派が醸《かも》し出す不穏な空気の中、江戸城は無事に開城となった。

同年、四月十一日。

徳川慶喜は未明に寛永寺を出ると水戸へ向かった。木綿の羽織に小倉の袴という粗服で、憔悴《しょうすい》しきった顔には無精髭《ぶしょうひげ》が目立ち、見送る者の哀れを誘ったという。

同年、閏《うるう》四月二十二日。

奥羽二十五藩の家老は白石にて同盟を結ぶ。

奥羽列藩同盟の成立であった。奥羽列藩同盟の内容は全国を平定し、薩長の勢力を殺《そ》ぎ、旧幕府を復活させるという主旨のものだった。

同年、五月一日。

総督府に任じられた大村益次郎は彰義隊の市中取締りの任務を解いた。これにより彰義隊の権力は奪われた。しかし、解散の説得に彰義隊は耳を貸さなかった。ついに官軍は彰義隊との開戦を決定する。

同年、五月十五日。明六つ半（午前七時頃）。

上野を訪れた静寛院宮《せいかんいんのみや》（和宮）と天璋院《てんしょういん》の使者の最後の説得も空しかった。

二人の使者が黒門を出て、三枚橋《さんまいばし》を渡り終えたのを合図に大砲が轟《とどろ》いた。

折しも、未明から、しのつく雨が江戸の町々を冷たく濡らしている日だった。


横浜の異人宿舎の硝子《がらす》窓を雨の滴《しずく》が伝う。

お柳は水滴がつ、つ、つーと下に落ちる様子を飽《あ》かず眺めていた。時々、遠花火《とおはなび》のように大砲の音が聞こえた。

本日、歩兵達の訓練は雨のため中止で、各々、自習したり、横浜の街へ遊びに出かけている。

フランス人達も宿舎の外に出かけている者が多かった。おおかたは妓楼《ぎろう》であろう。

「コマンタレ、ヴ、アラミス」

いきなり肩を抱かれた。振り向くと、砲兵科教官のブリュネが微笑を浮かべてお柳の顔を覗き込み、ご機嫌いかがと訊《き》いていた。

「ジュ、ヴェ、トレビアン。メルスィ」

お柳も笑顔で応える。ブリュネの手を柔らかく払い、コーヒーでもどうかと続けた。

ノン、今は結構とブリュネは言い、窓の外に視線を向けた。ブリュネも上野のお山に思いを馳せているようだ。

「雨の戦闘は難儀なものです」

独り言のように呟《つぶや》いた。

「彰義隊は勝つでしょうか」

お柳は訊かずにはいられなかった。ブリュネは眉を上げ、首を竦《すく》めた。

「意味のない戦闘です。白兵戦《はくへいせん》になれば、幾らか彰義隊にも分はあるでしょうが、武器を使われては、勝ち目はない。まあ、大君《たいくん》（慶喜）に対して忠義を尽くすという気持ちは理解できますが」

ブリュネは至極当然の返答をした。戦闘のプロフェッショナルのブリュネにそう言われては、彰義隊の抵抗も、もはや時間の問題に思えた。

「でも、彰義隊の幹部は徹底抗戦の構えでおりますので、部下の者は従うしかないのでしょうね」

「その通り。しかし、私はそれよりも北の大名のことが気がかりです」

「北の、大名？」

鸚鵡《おうむ》返しに訊いたお柳にブリュネは「アイヅ」と短く言った。会津藩のことだった。

会津の国許でも家臣は主戦派と恭順派に分かれていて、容保は悩みながら主戦派の意見を取り入れ、慶喜に従う形を取っていた。家臣には、これまでフランス式の軍事訓練を受けさせたりもしていた。二十人ほどの会津藩士の姿は、そう言えば、いつの間にか見えなくなったとお柳は思う。

「幕府軍は、すぐさま北へ向かうべきだと思います。さすれば、北の大名達と力を合わせて、幕府を復活させることも可能です。しかし、ムッシュ榎本は……」

ブリュネはそこで言い澱《よど》んだ。

「榎本さんがどうしたと言うのでしょうか」

お柳は早口で訊く。

「動きません。頑《がん》として動かない。彼はムッシュ勝の言われるまま、待機している」

それが歯がゆいと言うのだろうか。釜次郎に対する非難の言葉はお柳を傷つけた。

慶喜は江戸に戻って来てから大幅な陸海軍の人事異動を行なっている。それは、慶喜の恭順に伴い、幕府の責任を問われる恐れのある家臣を引っ込めたためと思われた。慶喜は勝安房を陸軍総裁に、矢田堀鴻《やたぼりこう》を海軍総裁に据《す》えた。軍艦奉行だった釜次郎も海軍副総裁となった。

釜次郎が安房に対して頭が上がらないのは昔からのことだと、お柳は思う。長崎の海軍伝習所にいた時も釜次郎は、安房には一目も二目も置いていた。それが今でも続いているような気がしてならない。安房が待てと言えば、釜次郎は待つだろう。

「開陽丸があれば恐れることもないのに……」

ブリュネはまた、独り言のように呟く。

「フランスは幕府に協力して下さるのでしょうね」

お柳は心細い気持ちで訊いた。少なくとも、ブリュネがいれば、戦闘の際に何らかの助言は得られる。だが、ブリュネは「ノン」と言った。

「我々は幕府の要請で日本にやって来ました。幕府がなくなれば、我々は本国へ戻るだけです。もともと我々は戦争をしに来たのではなく、軍事訓練の指導に来たのですから」

ブリュネの言葉は冷淡とも取れるほど事務的だった。

「おや？」

ブリュネは窓の外に耳を澄ませた。

「大砲の音が聞こえなくなりました。恐らく、戦闘は終わったのでしょう」

「も、もうですか？　まだ、午後になったばかりですよ」

昼休みの一時休戦と、お柳は考えていた。

だが、本当にそれで終わりだった。彰義隊の戦争は僅《わず》か半日で幕を閉じたのだった。

二十三

榎本釜次郎は鳥羽・伏見の戦の折、大坂城下にいた。もちろん、慶喜が江戸へ逃亡したと知った時は愕然とした思いを味わった。しかし、釜次郎は大坂城にあった古金《こきん》十八万両を幕府の軍艦富士山丸《ふじやままる》に積み込んで江戸へ戻った。

江戸城が明け渡しとなり、田安亀之助《たやすかめのすけ》こと徳川家達《いえさと》が徳川宗家《そうけ》を継ぎ、駿河《するが》七十万石の大名となると、慶喜も水戸から駿河へ移った。

この頃には釜次郎の頭の中に幕臣が生き残るための新たな構想がすでに生まれていたようだ。


そろそろ夕食の準備が調《ととの》い、フランス人達を食堂へ案内しようと、お柳は廊下へ出た。

残暑が厳しく、廊下の突き当たりにある窓から射し込む西陽も眩《まぶ》しいほどだった。

ブリュネの部屋から軍服姿の男が出てきた。

西陽が逆光となり、男の顔はよくわからなかったが、お柳は一目で釜次郎であると気づいた。

「御前！」

自然、甲高い声になった。釜次郎は立ち止まり、呼び掛けた声の主を確認するような感じだった。お柳とわかると釜次郎は両手を大きく拡げた。お柳はぶつかるように釜次郎の胸に飛び込んだ。実際、お柳の勢いはよほど強かったらしく、釜次郎は少しよろけた。

「どうだ、仕事は。辛くねェか？」

釜次郎はお柳の顔を覗き込みながら訊く。

断髪をして口許に鯰髭《なまずひげ》をたくわえた釜次郎は、押しも押されもせぬ海軍副総裁の貫禄を備えていた。しかし、その鯰髭は似合わないと、お柳は内心で思っている。もっとも、お柳だとて、俄か仕込みの男装が似合っているはずもなかったが。

「何んとかやっております」

「そうか……ブリュネも褒《ほ》めていたぜ。アラミスのフランス語は天下一品だってな」

「また、言うことが大袈裟ですよ。でも、嬉しい。御前のお役に立っていると思えば」

「ああ、お前ェがいてくれたお蔭でフランス人達も機嫌よくお務めを全うしてくれた。

礼を言うぜ」

「そんな。あたしだって通詞ができるようになって、おっ母さんに不自由させなくて済んだんだから、お礼を言うのはこっちの方ですよ」

「そうか……」

だが、釜次郎は浮かない表情だった。

「何かありましたか」

お柳は釜次郎の腕に抱かれたまま、顔を上げた。

「もう、通詞の御用も終わりだ」

「それじゃ、フランス人達は本国へ帰ることになったんですか」

「ああ」

フランスは五月の段階でアメリカ、イギリスとともに局外中立を表明していた。江戸を脱走する武士は後を絶たず、会津藩は幕府を取り戻すまで徹底抗戦の構えで、依然、流血の戦を続けていた。彰義隊の残党も新撰組も、そちらへ向かったと噂があった。

「お前ェもそろそろ江戸へ帰る用意をしておきな。フランス人達が軍艦に引き上げたら、お前ェに何がしかの物を持たせるから、それでお袋さんと二人、小さな店でも開いて喰い繋《つな》ぎな」

「御前はどうなさるんですか」

そう訊くと、釜次郎は一瞬、言葉に窮した様子を見せたが、すぐに言葉を続けた。

「おいらは開陽を守るだけよ。徳川様に残された僅かな財産だ。せいぜい、有効に使わせて貰うぜ」

「それじゃ、御前もいずれ駿府においでになるおつもりですか」

「いや……おいらは行かねェ。駿府は徳川様の家来が我も我もと押し掛けて、今にも破裂しそうだぜ。そんな混んだ湯屋みてェな所で暮らしても、おもしろくも何んともねェ」

「御前、どうなさるおつもりですか。あたしにだけは本当のことを言って」

お柳は釜次郎の軍服の袖を摑んで揺すった。

「おいらはな、ミミー。上様が駿府に七十万石で封じられた時から、ちょいと別のことを考えていたんだ。七十万石じゃ、徳川の家来を養うことはできねェ。せめて二百万石なけりゃあな」

「どうすると？」

「新しい国を造る」

「新しい、国？」

「おうよ。蝦夷地《えぞち》だ。蝦夷地なら土地は山のように残っていらァ」

その時だけ、釜次郎は夢見るような眼になった。

「それは勝安房様のご意見でもあるんですか」

「勝さん？　妙なことを言う。何んで勝さんが蝦夷地を持ち出すんだ。あの人は、はやるおいらを待て待てと言うばかりだった。会津でも仙台でも、開陽が来るのを今か今かと待ち構えているんだ。ところが勝さんは上様が駿府においでになるまで堪《こら》えてくれの一点張りだった。もう、待てねェ」

釜次郎は奥歯を嚙み締めたような顔で言う。お柳は釜次郎の決断が嬉しかった。

「江戸城を無血開城させたと勝さんは自慢するが、肝腎なところは西郷に押し切られた。おいらは上様一人のためには動かねェ。おいらは恩義を受けた徳川様のためにひと肌脱ぎてェのよ」

釜次郎はきっぱりと続ける。

「あたし、御前と一緒にいたいのですが、それはいけませんか」

お柳は恐る恐る訊いた。

「戦になるかも知れねェんだぜ」

「あたし、命なんてちっとも惜しいと思わない」

「へ、相変わらず気の強いことを言うおなごだ」

「御前、今のあたしは男です。男と同じように仕事をしているんです」

お柳は、むきになって言った。

「わかった、わかった。また連絡する。もしもフランス人達に不審な動きがあったら知らせてくれ。おいらは品川の開陽にいるからよ」

釜次郎はそう言うと、お柳の額に熱い唇を押しつけた。お柳はじっとそのままでいた。

もう、釜次郎は自分のことを妹分とは思っていないと感じた。それは男が女に示す親愛の仕種に外《ほか》ならない。釜次郎はようやくお柳を一人の女として見てくれているのだ。

去って行く釜次郎の後ろ姿を眺めながら、お柳は喜びに震えていた。釜次郎の唇が触れた額はいつまでも痺《しび》れていた。

二十四

その夜、ブリュネは食堂に現れず、自室にこもったままだった。お柳は盆にパン、温野菜を添えた肉の皿、葡萄酒の瓶《びん》とグラスをのせてブリュネの部屋に運んだ。

ノックをすると、低い声で返答があった。

だが、ドアを開けてくれる様子がない。お柳は片手に盆を抱え、窮屈な恰好でドアを開けた。ブリュネは慌てて椅子から立ち上がり、手を添えてくれた。

「メルスィ」

「ス、ネ、リヤン（どういたしまして）」

笑って応えたブリュネだったが、顔色はあまりよくなかった。いつもの軍服ではなく、白いリネンのシャツに灰色の薄手のズボンを穿《は》いていた。

「お食事をなさって下さい。何も召し上がらないのは身体に毒です」

お柳はサイドテーブルに盆を置くと、グラスに葡萄酒を注いだ。ブリュネの部屋の床は畳敷で、その上にベッドや机、西洋箪笥《たんす》が置かれている。家具や調度品は外国製で、横浜の貿易商を通して誂《あつら》えたものである。

ブリュネは手紙を書いていた様子だった。お柳に促され、ようやく机から離れ、サイドテーブルの前に座った。立ったままのお柳にブリュネは椅子を勧めた。

お柳は釜次郎のことをブリュネに相談したかった。釜次郎の考えを、果たしてブリュネはどう受け留《と》めているだろうかと思っていた。ブリュネが駄目と言えば、その計画は駄目に思える。

だが、外国人の彼に日本の国情を伝えることは極めて危険な行為であるのも承知していた。お柳は慎重に言葉を選んだ。

「本日、海軍副総裁の榎本さんとお会いしましたね」

「ウィ」

「榎本さんは通詞としてのあたしの役目も、そろそろ終わりだろうとおっしゃいました。なぜなら、フランス士官はすべて本船に引き上げることになるからです」

ブリュネはお柳の言葉に応えず「葡萄酒だけはフランスの物が一番だと思っています」と、関係のないことを喋った。自分の言葉が僭越に過ぎたかとお柳は内心で不安になった。

「酔い心地が日本の酒に似ています。でも芳醇な香りは葡萄酒独特のものでしょう」

お柳が仕方なく言うと、ブリュネは満足そうに肯いた。ブリュネは食事をしながら、やがて低い声で「シャノワンヌ団長は日本から撤退する決意をしました」と応えた。

「では、あなたも本船に退去なさるのですね」

お柳が続けると、ブリュネは眉を上げた。

それは肯定とも否定とも取れる仕種で、お柳は混乱した。

「私はナポレオン三世に手紙を書いていました。お許しを得るためです」

「何んのお許しですか」

そう訊くと、ブリュネは短い吐息をついた。それから「私がムッシュ榎本と行動を共にするからです」と応えた。

その瞬間、お柳の胸を喜びが駆け巡った。ブリュネは釜次郎の意見に賛成してくれたのだ。これ以上のことはないと思った。

「メルスィ、メルスィ、ボク」

お柳は感激して礼を言った。ブリュネは醒めた眼をして「君に礼を言われる理由はない」と応えた。

釜次郎は兄に匹敵する人だから、ブリュネの協力が嬉しいのだとお柳は言った。

「トン、フレール（君の兄）?」

ブリュネは曖昧に笑った。プティ、タミ（恋人）ではなかったのかと言われたようで、お柳は思わず顔を赤らめた。

「陛下

陛下の御命令によって日本に派遣された私は、私の同僚士官たちとともに、陛下の御意《ぎょい》に添うべく全力を尽くしてまいりましたが、日本の内戦により帰国を余儀なくされる事態となりました。しかしながら私は日本にとどまり、フランスに好意をよせる北の大名たち（訳注＝奥羽諸藩）とともにわが伝習使節団が達成した成果を明らかにする覚悟であります。

北の大名たちは、私に南の大名たち（訳注＝薩長同盟）に対抗する組織の中心になるようにと求めております。私はその求めを受け容れました。かつてわが使節団が伝習を授けた幕軍士官一〇〇〇名の補佐を受けるならば、私には五万の同盟軍を率いることも可能だからであります。

伝習教官全員をフランスに連れ帰る任務を与えられた使節団長シャノワンヌ大尉、および公式には中立の立場をとらざるをえないウトレイ公使（筆者注＝ロッシュの後任）を巻き添えにすることを避けるため、私は辞表を残して横浜を去るべきであると考えたのであります。

私はたしかに、フランス軍士官としての私の将来を危険にさらしております。しかし私は、幕軍とともに戦う決心をするにあたり、彼らが必ずや私の助言に従うであろうという確信を抱くことができたのであります。日本人がヨーロッパ人に対して、かくも大きな信頼をよせたことはかつてなかったことでありましょう。彼らの信頼に応えることは、ひいては陛下にお仕えすることにつながると私は信じたのであります。心ならずも軍規に違反した私をお許し下さいますように。

この違反は重大なものであることを私は承知しております。なぜなら私は、陸軍大臣閣下の承認なしに自由な行動をとってはならなかったからであります。しかし陸軍大臣閣下の承認がこの国に届くまでの六ヵ月間、ただ坐して待つことは、軍事行動における好機を徒《いたず》らに逸《いっ》することにつながることでありましょう。

薩長軍にはすでに疲労が見え始めており、内紛が彼らの力を殺いでいるとはいえ、われらの行く道は困難なものであります。反フランスの立場をとる薩長軍の中には、多数のアメリカ合衆国軍、およびイギリス軍の士官が参加しております。

私は陛下が御自ら私に賜った十字架にかけて、この国にフランスの大義を広めるために全力を尽くすことを誓うものであります。もし幸いにして、陛下が私のささやかな行動を嘉《よみ》せられるならば、私にとってこれに勝る慰めはありません。
横浜　一八六八年十月四日（訳注＝陽暦）
陛下の忠実な臣　ジュール・ブリュネ砲兵大尉在日フランス伝習使節団」（C・ポラック・訳）

ブリュネはフランスのナポレオン三世にそのような手紙を書き、幕府軍とともに江戸を脱走する決意を固めたのだった。

一方、釜次郎は徳川家の処遇問題があったため、行動を自重していたが、田安亀之助（徳川家達）が七十万石で徳川宗家を継ぐことが決定すると、旧幕臣のために蝦夷地の下賜《かし》を新政府に願い出る「徳川家臣大挙告文」を起草した。

「王政日新《にっしん》は皇国の幸福、我輩《わがはい》も亦《また》希望する所なり。然《しか》るに当今の政体其名《そのな》は公明正大なりと雖《いえど》も、其実《じつ》は然らず、王兵の東下するや、我が老寡君《ろうかくん》（徳川慶喜）を誣《し》いるに朝敵の汚名を以てす。其処置既に甚《はなは》だしきに、遂に其城地を没収し、其倉庫を籍没し、祖父の墳墓は棄《す》てて祭らず、旧臣の采邑《さいゆう》は頓《とみ》に官有と為し、遂《つい》に我が藩士をして居宅をさえ保つ事能《ことあた》わざらしむ。又甚だしからずや。これ一に強藩の私意に出でて、真正の王政にあらず。我輩泣いて之《これ》を帝閽《ていこん》に訴えんとすれば、言語梗塞《こうそく》して情実通ぜず。故に此地を去り皇国の為に一和の基業を開かんとす。それ闔国《こうこく》士民の綱常《こうじょう》を維持し、数百年怠惰の弊風を一洗し、其義気を鼓《こ》し、皇国をして四海万国と比肩抗行《ひけんこうこう》せしめん事、唯《ただ》此一挙に在り。

之れ我輩敢《あえ》て自ら任ずる所なり。廟堂在位《びょうどうざいい》の君子も、水辺林下《すいへんりんか》の隠士も、苟《いやしく》も、世道人心に志ある者は此言《このげん》を聞け。

海軍副総裁　榎本和泉守武揚」

釜次郎の檄文は義弟に当たる林董三郎《とうざぶろう》（後に董《ただす》）の手によって英訳され、イギリスのパークスにも届けられた。しかし、新政府は蝦夷地下賜の件を聞き入れなかった。

品川沖に停泊していた開陽丸には士気を感じた旧幕臣等が続々と集まっていた。

勝安房は釜次郎が江戸を脱走するとは、つゆ思いもしていなかった。後に安房が著した「勝海舟日記」の八月七日の章にも、「榎本より四日の返書到来、文面穏かにて、更らに世上風聞脱走等の意あらず」とある。

幕府の軍艦はいずれ新政府に渡さなければならない。だが、局外中立を表明したとはいえ、フランス軍艦は七隻も横浜港に錨を下ろしていた。新政府には、旧幕府軍ほどの海軍力はまだない。後々、何か不都合が起きてはと懸念して、釜次郎が開陽丸を守っているのだと安房は考えていた。はるばるオランダまで出向いて建造した船である。容易に新政府へ渡すのは忍びない。安房は釜次郎の胸中をそのように慮《おもんばか》っていた。

ブリュネは旧幕府軍と行動を共にすることを朋輩《ほうばい》にそれとなく話すと、彼等は口を極めて、それはよした方がいいと反対した。仕舞いにはブリュネの身辺を見張るようにもなった。これでは江戸を脱走するどころか、横浜から外へ出ることも難しい。ブリュネは腹心四名にどうしたらよいものかと相談した。折しも、イタリア公使館で仮装舞踏会が開かれようとしていた。腹心はその舞踏会の会場から脱走してはどうかと案を出し、ブリュネもこれを了解した。

会場の外でお柳を待機させ、小舟で品川沖の開陽丸に行く計画を立てた。あらかじめ身の周りの物は開陽丸に運ばせ、当日は荷物を持たない身軽な恰好で品川を目指すのだった。

二十五

海岸沿いに民家が点在する品川に着いた時、青白い月の光は異形の男達の姿を浮かび上がらせた。お柳は思わず、くすりと笑った。ブリュネはヨーロッパの狩人《かりうど》の恰好、他の四人は熊の面を被っていた。マルランという下士官はお柳の気を引くように、熊のうなり声を出した。怖い怖いと、お柳は大袈裟に身を縮めた。

手配していた舟が近づくと、船頭は彼等の恰好を見てぎょっとした表情になった。

「大丈夫ですよ。この人達は西洋芝居の役者さんなの」

お柳は船頭を安心させるように言った。それでも年寄りの船頭は怖じ気をふるい、開陽丸に着くまで一言も喋らなかった。

開陽丸が近づくにつれ、お柳は胸の動悸を覚えた。釜次郎がオランダから帰国したら必ず乗せてくれると約束した船だった。三本の帆柱は月の光を浴び、さらに白さを際立たせていた。浮《う》き城《しろ》と人々が呼んだのは、まんざら大袈裟でもなかった。

「トレビヤン」

ブリュネが感歎の声を洩らすと、後の四人も「ウィ、ウィ」と相槌を打った。

小舟が開陽丸に着くと、船体の中腹に取り付けられている入り口から梯子段が下ろされていた。お柳は船頭に手間賃を払うとブリュネに支えられて、その梯子段を上った。入り口には官服の釜次郎が迎えに出ていた。

「御前！」

笑顔で縋《すが》りつこうとしたが、釜次郎は仏頂面で「ご苦労」と応えただけだった。釜次郎は後から続いたブリュネとフランス士官達に握手を求めた。ブリュネ等の奇妙きてれつな恰好を笑うこともなかった。もっとも、開陽丸に集まって来るおおかたの者は、世間の目を欺《あざむ》くため、町人や農民、たまさか僧侶の恰好をして来る。外国人の彼等が熊の恰好をしようが、狩人の恰好をしようが釜次郎は頓着《とんちゃく》することもなかっただろう。荷物を運ぶ男達もつかの間、ブリュネ達に視線を向けたが、仕事の手を休めることはなかった。開陽丸に到着すると、ブリュネは仮装を解き、いつもの軍服姿となった。

開陽丸には、それからも続々と人が集まって来た。上野戦争で負けた彰義隊の残党も開陽丸に訪れた。深川からやって来た彰義隊の残党は丸毛《まるも》靱負《ゆきえ》、大塚霍之丞《おおつかかくのじょう》、新井鐐太郎《りょうたろう》、木下福次郎、阿部杖策《じょうさく》の五人だった。彼等は自分達を含む二百名の同志を開陽丸に乗船させてほしいと釜次郎に懇願した。新政府の彰義隊の残党狩りは凄まじく、見つかり次第、斬り殺されていた。彰義隊はそれでも徹底抗戦の構えで会津に向かおうとしたが、街道には新政府軍が網を張っていて、とてもその隙がないということだった。彰義隊の外国人嫌いは釜次郎の耳にも入っていた。そんな彼等がブリュネ達と衝突することを恐れ、釜次郎は返答を渋った。

開陽丸はすべて外国式で、外国人も多く乗り込んでいる。彼等は幕府お雇いの伝習教師である。教え子達が北の地で伝習の成果を実行しようとするのを黙って見ていられず、敢えてこの船に同乗して生死を共にする覚悟である。しかし、それでもなお外国人を忌み嫌うとするなら、とても共に行動はできない。縁のないものと諦めて別行動されるがよろしい、と釜次郎は言った。

これに対し、丸毛靱負という彰義隊の幹部は、外国人嫌いは自分達の不明であったと詫びた。

自分達の身は、すべて榎本提督にお任せするゆえ、ぜひとも乗船を許されたし、と縋った。そこまで頭を下げられては釜次郎も拒否することはできず、さっそく彼等をブリュネとカズヌーヴに引き合わせた。

お柳はブリュネにつき添った。彰義隊にブリュネの言葉を伝えるためだった。だがブリュネは柔らかい微笑を湛《たた》え、彼等と握手を交わした後、拙《つたな》いながら日本語で話し始めた。

「アナタ達、上野デ負ケマシタ。デモ弱クアリマセン。コレカラ私ト蝦夷へ行キマス。薇《ぜんまい》食ベマス。開陽ハ、タクサンヨキ船持ッテマス。負ケマセン。来年三月、アナタ達帰リマス。ソノ時、アナタ達、上野ノ桜見マス。オ花見シマスカ、酒飲ミマスカ、笑イマスカ。イエイエ、私、思イマセン。アナタ達、涙出マス」

ブリュネの言葉は彰義隊の面々の心を打った。来年、上野で桜の季節を迎える頃、もしも無事に戻って来ることができたら、彼等は散って行った同志を偲んで涙をこぼすだろう。ブリュネはそれを十分に承知していた。彰義隊の五人は外国人もまた、惻《そく》隠《いん》の情を持つことを初めて知ったのである。

お柳はブリュネの言葉の中で「薇を食べる」という意味がよくわからなかった。なるほど蝦夷地には蕨《わらび》や薇は生えているだろう。だが、他に食べ物がない訳ではないだろうと思った。

後でそのことをブリュネに訊ねると、中国の「采薇《さいび》の歌」という故事によるものだった。

中国の殷《いん》の時代、伯夷《はくい》と叔斉《しゅくせい》は孤《こ》竹《ちく》という国の皇子だった。父は皇位を弟の叔斉に継がせるつもりだった。しかし、父の死後、叔斉は兄を差し置いて自分が皇位を継ぐことはできないと、これを拒否した。伯夷は伯夷で父の遺言に背くことはできないとして国を去った。叔斉は兄の後を追った。孤竹国は仕方なく別の兄弟を君主にした。

伯夷と叔斉は年老いると、老人を大切にする周《しゅう》国で余生を送ろうと考えた。しかし、そこへ到着すると、周国は軍勢を率いて出陣するところだった。

敵は殷の紂王《ちゆう》。毒婦妲己《だつき》に溺れ酒池肉林の贅沢を重ねているという。周の発《はつ》（後の武王）は殷を滅ぼして天下統一を企てていた。伯夷と叔斉はこれを諫《いさ》めた。いかに暴君であろうとも王は王。周は殷の家臣に当たったった。主君に刃《やいば》を向けることは人の道に外れると。発は二人の言うことを聞かず、出陣して殷を滅ぼし、結果的には周の天下となった。

伯夷と叔斉はこれを喜ばなかった。周国で余生を送ることを止め、首陽山《しゆようざん》（西山）に籠《こも》り、蕨《わらび》、薇を採って暮らしたが、ついに餓死してしまうというものだった。

ブリュネは中国の故事をもって彰義隊に理解させようとしたのだが、たとえにしては難解で、果たして本当に意味が伝わったのかどうかは定かでないと、お柳は思った。その間にも釜次郎と行動を共にするべく、旧幕臣、フランス式軍事訓練を受けた伝習隊、及びフランス伝習教官、諸藩の脱走幹部等、二千名に上る人間が集まった。

慶応四年（一八六八）八月十九日夜。

釜次郎は開陽、回天、蟠龍《ばんりゆう》、千代田形《ちよだがた》、長鯨《ちようげい》、神速《しんそく》、美賀保《みかほ》、咸臨《かんりん》の八隻を率いて品川沖から脱走した。

一行は奥羽列藩同盟に期待して、一路、仙台の寒風沢《さぶさわ》を目指した。ブリュネの意見に賛同した伝習教官の中に大尉クラスはおらず、下士官ばかりだった。大尉クラスは中立の立場を守った。ただし、ブリュネが本国に背く行為に出ても、彼の身の安全を守ることは軍事顧問団にとって定められた使命だった。フランスは幕府軍の脱走を静観する姿勢をとった。

二十六

開陽丸には品川から連れて来られた女達も十人ほど乗り込んでいた。フランス人の相手をする女達だ。これから戦になるかも知れないというのに、女なしではいられない彼等の気持ちは、相変わらずお柳には理解できない。しかし、それも半ば慣れっこになって、釜次郎も他の者も特に目くじら立てているふうはなかった。

船が動き出すと、お柳の額にぽつぽつと雨が当たった。風も出て来ていた。お柳はさして心配していなかった。先進技術の粋を凝らした開陽丸である。ちょっとやそっとのことではびくともしないだろうと思っていた。ところが外海に出ると、風はさらに強さを増し、翌日には暴風雨となった。ちょうど、野分《のわき》（台風）が発生しやすい時季でもあったのだろう。

ストルム・ウェール（暴風雨）――いみじくも勝安房が言っていた言葉は現実となっ

た。

開陽丸は時代がもたらした暴風雨と、実際の暴風雨の二重の苦しみの中、北へ進むしか道はなかった。

船艙にいたお柳は船が傾く度、何かに掴まっていなければ身体を支え切れなかった。甲板から水を飲みに来た水夫《かこ》はずぶ濡れだった。波が甲板を洗うように押し寄せ、後方の帆桁《ほげた》は海中に没するようだと言った。それは大袈裟でもなかっただろう。ごくごくと水を飲み干した水夫はまた甲板に戻っていった。

激しい揺れに身を任せながら、お柳はなぜか、以前にもこんなことがあったと思い出した。あれは長崎から江戸へ向かう時だった。こんなふうに暴風雨に見舞われたものだ。その時、お柳はこれから先、自分は同じように嵐の海を進む船に乗るのではないかと、ふと思った。それは予感だったのだろうか。だが、その先のことがわからない。これから自分達はどうなるのか、無事に仙台に着くことができるのか。

(お父ちゃん、うちを守って。釜さんを守って。お玉ちゃん、イエス様に、マリア様に祈って。うち等が無事に仙台に着くように。そして……)

胸の前で両手を合わせた時、釜次郎がお柳の前にぬっと顔を出した。

「御前!」

思わずしがみついた。

「八月だから、まだ野分の心配はないだろうと思っていたが、どうやら考えが甘かったらしい」

釜次郎はそんなことを言う。

「今年は四月が閏月で二回あったから、いつもの年なら九月になっておりますよ」

お柳の言葉に釜次郎は、さあさ、失敗したという表情で顔を歪めた。

「おいらはぼんくらよ。肝腎な時にゃ、必ずどこかがズドンと抜ける。早くしろ、早くしろと会津や仙台に急《せ》かされていたのに、勝さんが待てと言うものだから、徒《いたず》らに時を喰ったのかも知れねェ」

「で、でも仙台にいけば何んとかなるんでしょう?」

「会津がそれまでもってくれたらいいんだが」

「ブリュネ教官がついております。御前、大丈夫ですよ」

「そうだな。おいらの意見に賛同したのは大尉クラスじゃ奴だけだ。もっとも、奴の後について来たのは雑魚《ざこ》ばかりだが」

「ブリュネ教官を心から慕っているからついて来たのです。御前、ブリュネ教官はフランス人ですけれど、まるで日本の侍《さむらい》のようだとあたしは思うのです」

「ほう」

「あの方が御前の意見に賛同したのは、横浜で教えを授けた歩兵達が心配だったからです。行進の仕方もわからない連中を一から教えたのですもの。弟子達と行動を共にすることは師匠のつとめと思っているのです」

「お前ェは奴の傍にいたから、おいらより奴の人となりがわかるんだろう。その言葉、おいらも信じるぜ。フランスにも武士道があるってことだな。仙台に無事に着いたら、ゆっくり飯でも喰おう。それぐらいの暇はあるだろう」

ふっと釜次郎が笑った時、船体の衝撃でお柳はよろめいた。釜次郎はお柳を支える腕に力を込めた。

「お前ェが傍《そば》にいるお蔭で、おいらも気持ちが休まるような気がすらァ」

お柳の不安を払拭《ふっしょく》するかのように、そんなことを言う。

「本当に？　御前は本当にそんなふうに思って下さいますか。うそでも嬉しい」

「うそなんざつくものか。しみ真実、本当の気持ちだぜ」

「うち、うち、昔から釜さんのことしか目に入らなかったとよ。釜さんが傍にいるだけで滅法界《めっぽうかい》もなく倖せだった」

通詞の仕事をしていた時は決して遣わない長崎弁がするりと出た。長崎の言葉でなければ釜次郎に自分の気持ちが伝えられなかったのかも知れない。

「わかっていたさ」

「奥様にはすまないことだけど、うち、うち、どうしようもないとよ」

「いいんだ、ミミー。もう言うな。とにかく、お前ェはおいらの傍にいる。それだけでおいらも満足だ」

言いながら釜次郎はじっとお柳を見た。しかし、釜次郎はお柳の傍に長居していられなかった。男達の殺気走った怒号が絶え間なく聞こえ、ものの倒れる音や船体がミシミシ軋《きし》む不気味な音も続いていた。

いきなり生温い唇でお柳は自分の口を塞《ふさ》がれた。咄嗟《とっさ》のことに声も出なかった。

「ずっとお前ェと一緒だ。離れるんじゃねェぞ」

釜次郎は怒鳴るように言って、部屋の外に出て行った。今の釜次郎の心の支えは自分である。そう思うと、不思議に恐ろしさは消えていた。

開陽は美賀保《みかほ》を曳航《えいこう》し、回天は咸臨《かんりん》を曳航していたが、回天は曳《ひ》き綱《づな》を切られた。開陽丸は帆檣《はんしょう》の上部の三本が折れ飛んだ。舵取りの水夫は投げ飛ばされ、船体は横波を受けて転回した。舵は扇のように風に煽《あお》られ、心棒は直径八寸もあったというのに、途中からねじ切れるというありさまだった。いかに堅牢な軍艦といえども、自然の脅威の前には無力だった。

とうとう、美賀保は暗礁に乗り上げ、鹿島灘《かしまなだ》で沈没してしまった。同じく航行不能となった咸臨は蟠龍《ばんりゅう》に曳航され、清水港に入ったところで新政府軍に拿捕《だほ》された。

幕府軍は初めから満身創痍の出発だった。開陽丸一隻あれば新政府軍も何するものぞと考えていた釜次郎の鼻柱も見事にへし折られた形となった。

ようやく北の集合地点、仙台寒風沢に錨を下ろすことができたのは八月の二十六日のことだった。

まずは船体の修理が先決だった。古川庄八《しょうはち》という男は水夫の本場、讃岐《さぬき》は塩飽《しあく》出身で、釜次郎がオランダ留学した時も職方として一緒に同行している頼もしい味方だった。その古川と、船大工の上田寅吉《とらきち》が中心となって開陽丸の修理がすぐさま行なわれた。上田寅吉もオランダ留学した時の仲間だった。

その間に、釜次郎の一行は伊達六十二万石の青葉城へ向かった。もちろん、お柳もブリュネ等、フランス士官の通詞として同行した。

仙台藩藩主、伊達慶邦と目通りが叶うと、幕府軍は国分《こくぶん》町の外人屋と大町の松ノ井《まつのい》屋敷を宿舎として与えられた。外人屋は釜次郎等、幕臣が使い、松ノ井屋敷はフランス人達のためだった。

しかし、頼みの仙台藩も藩内で主戦派と恭順派の真っ二つに分かれていた。佐幕の牙城会津藩は幕府軍が仙台に到着した頃、徹底抗戦の藩士三千名が鶴ヶ城に籠城していたが、周囲を新政府軍、三万の兵で取り囲まれ、落城は時間の問題となっていた。

青葉城で連日会議が開かれている間、お柳は城下の肴町《さかな》へ向かった。父親の仕事仲間であった上総屋《かずさや》清七《せいしち》を訪ねるつもりだった。

宿舎の女中に話をして、江戸からやって来た錺《かざり》職人を知らないかと訊くと、女中は方々に声を掛け、ようやくそれらしい男が肴町にいると突き留めてくれたのだ。

女中に書いて貰った稚拙な地図を頼りにお柳は上総屋清七の住まいを訪れた。何度も通り過ぎる人に道を訊いて、ようやく辿《たど》り着いたという感じだった。

そこは通りの表に面していたが、小さな平屋の家だった。油障子越しに、コンコンと錺職用の小さな金槌《かなづち》を使う音がした。懐かしさでお柳は胸がいっぱいになった。幼い頃、お柳も毎日のように平兵衛の金槌の音を聞いていたからだ。

「ごめん下さい」

声を掛けると金槌の音が止《や》み「開いてるよう」と、江戸弁が応えた。油障子を開けると、土間口を仕事場にしていた胡麻塩頭の男が怪訝《けげん》な顔でお柳を見つめた。

「小父《おじ》さん、うちのこと、覚えとる？」

朧《おぼ》ろな記憶は清七の顔を見た途端、鮮やかに甦《よみがえ》った。愛嬌のある顔は年を取っただけで、さほど変わってはいなかった。だが、清七の方は目の前のお柳がわからない様子だった。

「うちな、田所平兵衛の娘の柳とよ」

「あ……」

清七の顔がみるみる驚きに変わった。

「お柳ちゃんか？」

「そう。十年以上も経っとるから、わからんのも無理ないな。おまけに妙ちきりん、いな恰好しとるから」

お柳は照れ臭そうに笑った。

「お柳ちゃんは兄貴と長崎に行ったんだろ？　どうして仙台なんぞにいるんだ。おれァ、夢でも見てるような心地がするよう」

清七は解《げ》せない表情をしたままだ。

「うん。お父ちゃん、長崎でオランダ通詞をしとった。ばってん、お父ちゃん、長崎で死んでしもうたとよ。薩摩か長州の連中に殺されたんや。それで、うち、お母ちゃんと一緒に江戸へ戻ったとよ。小父さんを訪ねたけど、その頃、小父さんは仙台に行ってしまった後やった」

清七は平兵衛の死を知らなかったらしい。途端に涙に咽《むせ》んだ。

「すまんなあ。苦労を掛けてしまったなあ」

盛んに洟《はな》を啜《すす》って頭を下げる。

「ううん、それは仕方のないことやけん、もうよかよ。幸い、うち、榎本の釜次郎さんに会って、通詞にならないかと言われてフランス通詞になったとよ。こんな恰好しとるのはそういう訳ね。おなごは役人にはなれんけん、男になりすましてお役目をしとるとよ」

「そうか、榎本の坊ちゃんなあ……」

「仙台にも船で一緒に来たとよ」

「しかし、仙台も官軍につくか、賊軍につくかで、揉めているということだ。お柳ちゃん、くれぐれも気をつけな」

「うん、わかっとる。小父さん、うち等のこと、賊軍と言うのはいけん。幕府軍や」

お柳は清七の言葉を柔らかく訂正した。

「そ、そうだな。賊軍と言っちゃ、榎本の坊ちゃんに無礼だ。気をつけるよ。ささ、こんな所で立ち話も何んだ。むさい所だが、中へ上がって茶でも飲んでくれ。晩飯は喰っていけるのかい」

「そうしてもおられんとよ。うち、フランス人の世話があるけん」

そう言うと、清七は途端に慌て出し、奥の女房を声高に呼んでいた。

半刻（約一時間）ばかり清七と話をしたお柳は、また寄せて貰うと言って暇乞《いとまご》いをした。

清七は国分町まで送ってくれた。仙台にいる内は暇ができたら必ず顔を見せろとくどいほど念を押していた。

二十七

仙台にいる間、幕府軍に動きがあった。

大鳥圭介は江戸城が開城となった慶応四年の四月十一日、フランス式軍事訓練を受けた精鋭部隊五百名を率いて江戸を脱走していた。

以後、他の部隊も加わり、二千名に膨れ上がった部隊は宇都宮、日光、会津と転戦して仙台まで敗走していた。仙台で、釜次郎率いる幕府軍と合流した。

大鳥は播州赤穂藩《ばんしゅうあこうはん》の医者の息子として生まれ、岡山の閑谷《しずたに》学校で漢学を学び、大坂の緒方洪庵《おがたこうあん》に蘭学を学んだ。さらに江戸へ出て、坪井忠益《ちゅうえき》の塾で蘭学と兵学《へいがく》を学んだ秀才である。安政四年（一八五七）には講武所師範役を務めていた江川太郎左衛門の塾に迎えられ、兵書を講じた。それから、文久元年（一八六一）に江川太郎左衛門御鉄砲方附《かたつき》蘭書翻訳方出役《でやく》として幕府に出仕するようになった。

さらに歩兵差図役頭取勤方《ほへいさしずやくかしらどりつとめかた》、歩兵頭並《かしらなみ》に転じ、慶応四年からは歩兵奉行だった。軍隊を率いる能力には長《た》けている男である。

合流したのは大鳥の部隊だけではなかった。新撰組副長だった土方歳三《ひじかたとしぞう》も釜次郎の所へやって来た。京都守護職を務めていた会津藩藩主、松平容保の命を受け、新撰組が京都を守っていたのは周知の事実である。近藤勇《こんどういさみ》が処刑され、行き場所のなかった彼が会津を経て仙台にいた幕府軍と行動を共にしようとしたのは自然のなりゆきでもあったろう。

土方は新撰組局長の近藤勇と同郷の武蔵国《むさしのくに》の出身で、共に剣術の修業をした仲間だった。

時の将軍、徳川家茂《いえもち》が上洛した際、幕府は護衛役として剣術の心得のある者を募った。

土方は近藤とこれに応募したのである。以後、近藤は壬生《みぶ》村に本陣を置く新撰組の局長として、土方は副長として京都の警戒にあたっていた。土方の剣術の腕は薩長の志士達を震え上がらせるほどだったという。

釜次郎が土方に葵《あおい》の御紋入りの黒ラシャの士官服を与えると、土方はその恰好に合わせて髪を切った。弓なりの眉の下の眼は匕首《あいくち》のようだと釜次郎は評した。

釜次郎が恰好に合わせてサーベルを差したらどうかと土方に勧めると、西洋の刀じゃ、大根も切れめェと皮肉な口を叩き、愛用の日本刀は離さなかった。

仙台・伊達藩の勤皇論者である執政《しっせい》(首席家老)遠藤文七郎《ぶんしちろう》は、気持ちの揺れている藩主に古式ゆかしい装束をまとって涙ながらに帰順を訴えた。遠藤は在所に引っ込んでいたが、幕府軍がフランス士官を伴って仙台にやって来たと知ると、汚らわしい夷狄《いてき》に青葉城下の土を踏ませるとは何事かと、慌てて在所から駆けつけたのだ。しかし、藩主、伊達慶邦の側近達は何かにつけて仙台を悩ませてきた薩長を滅ぼしたいという思いでいた。藩校・養賢堂《ようけんどう》の教師達も薩長が王政復古の名を借りて、己れの奸計を呈していると主張した。当然、遠藤とは反目した。

慶邦の気持ちが揺れていたのは、正室八代姫《やよひめ》が徳川慶喜の妹であり、会津藩藩主、松平容保の養嗣子《ようしし》の喜徳《のぶのり》もまた、慶喜の実の弟であったからだ。心情的には、慶邦は幕府軍につきたいが、戦局は新政府軍に分がありそうな気配でもある。頼みの奥羽列藩同盟も秋田藩や津軽藩の離脱が続き、まことに心許《もと》ない。

そうこうする内に幕府軍が軍艦を率いて仙台入りし、徹底抗戦を勧める。連日の城内の会議は一向に進展する様子が見られなかった。

そんな慶邦を見て、業を煮やした遠藤は藩の剣客《けんかく》、桜田春三郎《しゅんざぶろう》を呼びつけ、釜次郎とフランス士官、それにフランス通詞を斬れと命じた。桜田は勤皇論者だったから、あいわかったと、二つ返事でそれを引き受けた。

桜田が一番最初に目をつけたのは、お柳だった。

仙台藩の剣客桜田春三郎にとって、お柳はやり易い相手だった。日中は松ノ井屋敷にいるが、夜は国分町の外人屋に戻る。時々、肴町にも出かける。その時のお柳は、伴もつけずに一人である。小柄でなよなよとした風情は、別に剣を使わずとも拳骨の一、二発もくれて、その細い首を絞《し》めたらすぐに始末がつきそうだった。それなのに、すぐさま実行に移さなかったのは、お柳と榎本釜次郎との関わりが桜田の気持ちに妙に引っ掛かっていたからだ。

それと言うのも、仕事を終えたお柳が外人屋に戻ると、釜次郎の座敷で二人でなかよく酒を酌《く》み交《か》わし、食事をしている様子である。単なる通詞ならば、とてもそんなことはしない。これは、お柳が釜次郎と何か縁続きの人物ではないかと疑問が湧いたからだ。

もしも、それが本当なら、お柳を手に掛けた時、釜次郎は怒りのあまり、仙台藩に大砲の一発も撃ちかねないと思った。その疑問を解消すべく、桜田は肴町の上総屋清七を狐小路《きつねこうじ》の同志の家に呼び出して事情を訊いた。

上総屋清七は桜田が剣客だということは知っていた。清七は伊達家の奥方を始め、老女達から贔屓《ひいき》にされていた男である。伊達家に関係する人物については、それとなく覚えていた。清七は桜田の口吻からお柳の命が狙われていることを察した。兄貴分の田所平兵衛を殺され、さらにその娘まで殺されてなるものかと清七は思った。

それで、お柳には口止めされていたが、清七は桜田にずばりと言った。

「腕に覚えのある方がおなごを斬ったとあっては、とんだ笑い者になりやすぜ」

「なに、女だと？」

桜田は眼を剝《む》いた。

「へい、さようで。あの田所の父親は、元はあっしと同じ錺職人をしておりやしたが、毛唐《けとう》の言葉に通じていたんですよ。そのお蔭で長崎のオランダ通詞に抜擢されやした。

榎本の御前とも江戸にいた頃からの知り合いでさァ。御前が長崎伝習所へ修業に行った時は、父親はずい分、面倒を見たはずですぜ。あの田所は一人娘で、餓鬼の頃から親父の指南よろしく、毛唐の言葉をぺらぺら喋っていたんですよ。ところが、世の中は攘夷だ、何んだと物騒になりやして、父親は薩摩か長州の奴等に殺されちまったんです。娘は仕方なく母親と一緒に江戸に戻り、芸者に出た。お座敷で偶然、榎本の御前と会いやして、ちょうど、フランス人が何人もやって来たところだったんで、おい、お前ェ、通詞になれ。あい、御前、となった次第でさァ。榎本の御前にとっちゃ、あの田所は言わば世話になった恩人の娘ですぜ。それでも旦那、殺《や》るんですかい」

　清七は半ば脅すように桜田に言った。桜田は同志と顔を見合わせ、思案する表情になった。

「それにですね、榎本の御前は仙台をどうこうしようという腹はねェんですよ。御前の目的は北の蝦夷地だそうです。仙台はその途中だから、ちょいと寄って、もしも官軍に往生している様子なら援護してやろうと思っていただけです。それなのに御前の周りの者を滅多やたらと手に掛けたとなっちゃ、仕舞いにゃ、伊達のお殿様はお腹を召さなければならねェ事態になりかねやせんぜ。どうかここは、堪《こら》えてやっておくんなせェ」

清七は必死の思いで続けた。清七の言葉に桜田はぐうの音も出ず、その時はおとなしく清七を肴町に帰した。清七はすぐさま、このことを国分町のお柳に知らせた。お柳も驚いて釜次郎に伝え、外人屋と松ノ井屋敷の警備が強化された。そうなると、いかに腕に覚えのある桜田春三郎といえども、容易に隙を衝くことはできなかった。

しかし、仙台青葉城の城内は、次第に帰順、降伏の方向へ傾いていった。

仙台藩執政遠藤文七郎は最後に大広間で釜次郎に嚙みついた。

賊魁《ぞっかい》徳川はすでに降伏している。その家来に我々は、あれこれ指図される筋合はない。蝦夷地だろうがどこだろうが、勝手になさるのがよろしかろうと、五体を震わせ、こめかみに青筋を立てて怒鳴った。

その瞬間、今まで礼儀正しいもの言いをしていた釜次郎の顔に、さっと朱《しゅ》が差し、がらりと態度が変わった。

「おう、そこの青びょうたん。黙って聞いてりゃ徳川様の悪口雑言《あっこうぞうごん》の数々。手前ェだって、今まで徳川様のお蔭でぬくぬくと禄《ろく》を食《は》んでいたんじゃねェか。それを言うに事欠いて賊魁だと？　べらぼうめい！　手前ェ達にわざわざ言われなくとも、蝦夷地のことはおいら達でやるさ。金輪際、お力なんぞ借りやしねェよ。さしものご名藩が薩長の連中に膝を屈したとなったら、末代まで悔いが残ると、こちとら親切心でご忠告に来たまでよ。この先はどういうことになるか、この榎本、高みの見物を致しやしょうというものだ」

釜次郎は巻き舌で、いっきにまくし立てた。

遠藤は釜次郎の豹変ぶりに声もなく、真っ青な顔で、相変わらず五体をぶるぶると震わせているばかりだった。釜次郎はそんな遠藤にせせら笑いを残して大広間から去った。

九月十五日、宇和島藩の勧降使《かんこうし》が仙台入りし、仙台伊達藩はついに降伏した。

仙台に滞在中、古屋佐久左衛門率いる衝鋒隊《しょうほうたい》、星恂太郎《ほしじゅんたろう》率いる額兵隊《がくへいたい》、新撰組の残党等も幕府軍に合流した。開陽丸は何んとか航行できるまでに回復した。釜次郎はいよいよ蝦夷地へ向かう決心を固めた。

開陽、蟠龍、神速《しんそく》、回天、長鯨《ちょうげい》、それに伊達藩に貸与していた大江《おおえ》、鳳凰《ほうおう》、回春《かいしゅん》を取り戻し、総勢二千七百名をそれぞれ分乗させ、十月十七日、一路蝦夷地へ向けて錨を上げた。この時、千代田形は庄内藩に与えた。

二十八

その年は、やけに雨の多い日が続いたと思う。

日本中が官軍か旧幕府軍につくかで揉めに揉め、幾多の兵士が山野を這いずり回って戦い、ある者は命を落とし、またある者は傷ついた。そのとばっちりを受け、町や村が戦火に焼かれた。目を覆うばかりの惨状に天の神も涙の雨を降らせたものか。各地で大雨の被害が出て、信濃川《しなのがわ》は百年ぶりの大洪水に見舞われたという。

だが、蝦夷地に向けて航行する開陽丸から眺める空は久しぶりに晴れていた。北へ進むごとに海の色は深い群青に変わった。

横浜の海を初めて眺めた時も、お柳は長崎との海の違いを強く感じたものだが、北の海はさらに違いがあった。吸い込まれそうな群青色は波頭の白を際立たせる。波頭は尖《とが》り、あたかも鋭利な刃物のようだ。その海に突き落とされたら、冷たさより先に痛みを覚えるのではないかとお柳は思う。

七隻の船に分乗させているとはいえ、二千七百名余りの人数である。当代一の蒸気艦開陽の中も人で溢れ返っていた。人いきれで息苦しくなると、お柳は甲板に出た。

風はすでに冬のもので、頬にきりきりと痛みを覚えるほどの冷たさだった。

四方、海また海。釜次郎はこの景色をいやというほど眺めてきたと思えば、お柳は改めてその苦労が偲ばれた。

仙台に逗留中、お柳は国分町の外人屋で釜次郎と何度か夕食を共にして、つかの間の幸福を味わった。そして、蝦夷地行きが決定した夜、お柳は、釜次郎と他人ではなくなった。お柳は後悔しなかった。むしろ、心のどこかでそれを待ち望んでいたような気がする。おたみの顔が脳裏を掠《かす》めたけれど、これでいいのだ、お柳は気後れする気持ちを振り払った。

お柳が海を眺めていると、横にすっと女が立った。着物の上にどてらを羽織り、その襟を手できつく掻き合わせている。後れ毛が風に煽《あお》られて逆立っているように見えた。

品川の妓楼から連れて来られたお駒《こま》という女だった。フランス人の夜の無聊《ぶりょう》を慰める女達の一人である。年は二十五、六だろうか。

泥水を啜《すす》る暮らしが長いせいで、表情は荒《すさ》んでいる。いつもお柳を小意地の悪い眼で見る女だった。

「寒いですね」

お柳は愛想のつもりで声を掛けた。お駒は鼻先で、ふんと笑った。

「船底にいると息がつまるよ。寒いけど息をつぎたくなるのさ」

「そうですね」

「何んだって、こんな寒い海を越えてまで戦をしなけりゃならないんだろう。全く気が知れないよ」

「…………」

「蝦夷ヵ島に行くことになるなんざ、夢にも思わなかったよ。すっかり見世の親仁《おやじ》に騙《だま》されちまった。あんたは最初《はな》っから知っていたのかえ」

「ええ……あたしは通詞ですから、お務め向きのことは、ある程度心得ておりますよ。蝦夷地に共和国を造るために皆さん、がんばっているのです。ご一新で幕府の家臣は禄をいただけなくなったので、蝦夷地を開拓して生計の道を立てるのです」

お柳は釜次郎から教えられたことをお駒に言った。

だがお駒は「そんなこと、あたしの知ったことじゃない」と、皮肉に吐き捨てた。

むっとして黙ったお柳の表情を楽しむように、お駒は続けた。

「新撰組の土方って、いい男だよねえ。噂には聞いていたけどさ」

お駒が言うように、確かに土方の容貌は人目を引いた。土方は女好みの男であったかも知れない。お柳は、ふっといやな気持ちになった。

「お駒さん、あなたはカズヌーヴのお相手ということになっております。余計なことは考えないで下さい」

お柳はぴしりと言った。カズヌーヴは馬の飼育に長《た》けた男である。下士官ながら幕府軍と行動を共にするブリュネに士気を感じて、自分も一緒にやって来たのだ。明るい性格ではあるが、女なしには一日もいられない質《たち》だった。だが、釜次郎の力になってくれるのなら、女たらしだろうが何んだろうが構わないとお柳は思う。

「ふん、偉そうなことはお言いでないよ。あんただって、あたし等とご同様じゃないか」

お駒の言葉に、お柳は胸が冷えた。釜次郎とのことを早くも感づかれているのかと思った。お柳は唇を噛み締めてお駒を睨《にら》んだ。

「おお、こわ」

お駒は首を竦《すく》めた。

「おっしゃりたいことがあるのでしたら、はっきりおっしゃって下さい」

お柳はお駒に詰め寄った。

「別に」

お駒は、お柳の視線を逸らした。居心地の悪い沈黙が続いた。

「田所さん、コンキュバインって言葉、知ってるかえ」

しばらくしてお駒はためすように口を開いた。睨んだお柳への反撃に出ていた。コンキュバインは、英語で「妾《めかけ》」という意味がある。お駒と他の女達を船に乗せる時、直截《ちよくせつ》な表現を避けて、軍の上層部では、その言葉が遣われていた。

「あたし等はコンキュバインさ。それから、あんたもね」

「…………」

ぐっと言葉に詰まった。

「田所さん。あんた女だろ？　どうも様子がおかしいとは思っていたんだ。それに、仙台じゃ、松ノ井屋敷に泊まらず、国分町に泊まっていた。恋しい恋しい榎本の御前ってね。他の者はごまかせても、あたしの目はごまかせないよ」

お駒は勝ち誇ったように言った。

「ええ、おっしゃる通り、あたしは女ですよ。女は通詞といえども、お上は雇ってくれませんからね。榎本の御前に惚れているのも、お察しの通りですよ。でも、それがどうしたと言うんですか」

「ほほ、図星を指されて開き直ったか」

お駒は愉快そうに笑う。

「いっそのこと、あたしは本当のお妾になりたいものですよ。そうしたら、お務めの煩《わずら》わしさもなくなるし、お駒さんから悪態《あくたい》をつかれることもないでしょうから」

そう言うと、お駒の笑顔は唐突に引っ込んだ。お柳は、お駒に気圧《けお》されまいと言葉を続けた。

「お妾ってのは、旦那が来る日だけお愛想してりゃいい結構なご身分だ。お駒さんだって、カズヌーヴに呼ばれた時だけ、いそいそご機嫌を取って、他は何んにもしなくていいじゃないですか。ところが、あたしときたら、朝から晩までフランス人に呼びつけられて、ああだこうだと世話をしなきゃならない。気の休まる暇もありゃしない。たまに代わって下さいよ。はん、その時は頭を大たぶさに結ってさ、似合わない男の着物を着るんだ。貸してやるよ、お父っつぁんの着物。一日、何もせずに御前の傍にいられたら、どれほど気が楽だろう。誰が好きこのんで、こんな恰好するかえ？　気をつけてものをお言いよ」

胸の思いがいっきに弾《はじ》けていた。おとなしいと思っていたお柳が、いきなり蓮《はす》っ葉《ぱ》な口を利いたので、お駒は心底驚いた顔になった。お駒の唇が寒さのせいでもなく震えていた。

お柳は、すぐに言い過ぎたと後悔した。お駒の機嫌を損《そこ》ねてはカズヌーヴに迷惑が及ぶ。お柳は声音《こわね》を弱めた。

「あたしの父親は長崎で通詞をしていたんですよ。でも、父親は攘夷党の連中に殺されてしまった。それでおっ母さんと二人で江戸に戻って来たの。もともと、あたし達、江戸の生まれだから。でも頼る人もいなくて、あたしは下谷の御数寄屋町から芸者に出たんですよ。それから、お座敷で和泉町の御前と偶然に会ったんです。御前とは昔からの知り合いでした。御前はとても驚いて、芸者をやめて通詞になれっておっしゃったの。あたし、子供の頃から御前を慕っていたので、言う通りにしたんですよ」

「惚れていたから妙ちきりんな恰好をしてまで榎本様のお力になりたいと思った訳だ」

「ええ……」

「見上げたもんだよ、屋根屋のふんどしだよ」

お駒は冗談に紛《まぎ》らわせた。ようやくお柳に対する敵意は鳴りを鎮めていた。お柳の打ち明け話が功を奏したようだ。

「戦が終わったらどうするのだえ。榎本様のお世話になるのかえ」

お駒は心配そうに訊いた。

「戦が終わったら……」

お駒の言葉を鸚鵡《おうむ》返しにして、お柳は言葉に窮した。戦が終われば釜次郎は妻の許に帰る。自分も多分、おたみの所に戻るだろう。

そして釜次郎との縁も切れる。考えたくないことだった。お柳は俯《うつむ》いて首を左右に振った。

「御前のお母様にもお姉様にも、あたしの家は大層お世話になりました。あたしが御前に厄介を掛けちゃ、恩を仇で返すようなものだ。それはできない相談でしょうよ」

「そう……」

お駒は割り切れないような顔で応えた。

「でもさ、いっそ、田所さんが羨ましいよ」

お駒はそんなことを言う。

「どうしてですか」

お柳は怪訝な眼を向けた。

「あたしゃ、惚れるということがどういうものか、とんと忘れちまっているからさ」

「…………」

「カズヌーヴは優しいよ。だけどさ、あいつだって戦が終わればフランスに帰っちまうじゃないか。あんまり情けを掛けても後で切なくなるばかりだと思ってね」

それきり、お柳とお駒は黙って海を見つめていた。この先、どうなるのだろう。戦が終わる時には、どんな結果が待っているのだろう。お柳には予想すらつかなかった。

「オ駒サン、オ駒サン」

官服のカズヌーヴがお駒を探しに来た。辺りも憚《はばか》らず大声で呼んでいる。甲板にいた水夫《かこ》達はカズヌーヴに気づかれないように苦笑いした。

「さあて、あたしもコンキュバインの仕事に精を出そうかねえ。田所さん、さすがに江戸前の芸者だけあったよ。久しぶりにいい啖呵《たんか》を聞いた。ありがとよ」

お駒は悪戯《いたずら》っぽい表情で言った。カズヌーヴはお駒の肩を抱き、髭面を頬に押しつける。

お駒は笑って応える。いつもなら耳を塞ぎたくなるようなお駒の甘え声も、その時だけは気にならなかった。

二十九

お柳にとって、みちのく仙台さえ北に思えていたのに、蝦夷地は、さらにはるか北だった。十月十七日に出航した艦隊は、その二日後に暴風雪に見舞われた。大江が座礁するという危機もあったが、何んとか沈没は免れた。釜次郎は蝦夷地上陸の作戦をあれこれと考え、外国船が停泊している箱館港は敢えて避け、内浦湾《うちうら》に入り、十里ほど北上した鷲ノ木《わしき》沖に投錨することを決めた。

まず回天が到着し、二十日に開陽と鳳凰が、大江は二十一日に到着した。その他の船も、さして日を置かず到着した。

開陽から初めて眺めた蝦夷地は、どこもここも白い雪で覆われていた。目を凝らせば、海岸沿いに民家らしいのが点々と建っている。どこに行っても人は住んでいるものだと、お柳は妙なところに感心したものだ。

釜次郎は軍議を開き、まず遊撃隊の隊長の人見勝太郎《ひとみかつたろう》が箱館府知事、清水谷公考《しみずだにきんなる》へ蝦夷地下賜の嘆願書を差し出すこととなった。その後で、箱館までの本道を大鳥圭介が七百名の軍を率いて進む。一方、土方歳三は海沿いの間道を五百名の軍を率いて進むという二つの方法を取った。作戦は、さほど時間を掛けずに決められたが、お柳は内心で雪の中の進軍に一抹の不安を覚えた。ブリュネは以前に雨の戦は難儀であると洩らしたことがある。

それが雪に変わるとどうなのだろう。もっとも、天候がどうであろうと、戦となったら四の五の言ってる暇はないが。

人見勝太郎の遊撃隊とは将軍の親衛隊の役割を担った組織だった。人見は京都の生まれで、父の勝之丞《かつのじょう》は二条鉄砲奉行所の同心を務めていた。その家の長男に生まれた人見は文武両道に優れた若者だった。

将軍家茂が上洛した際、父ともどもに徴用され、お務めに就いた。だが人見は、江戸城が明け渡された時、同じく遊撃隊隊長の伊庭八郎《いばはちろう》と若手の隊員を率い、江戸を脱走する。人見は東海道を死守する構えで箱根の山中を走り回った。その時の戦で伊庭は左手首を落とす重傷を負ったという。

伊庭はいつも懐《ふところ》に手を入れていた。最初は手首がないとは気づかなかったので、お柳はずい分、無礼な若者だと思っていたのだ。釜次郎に仔細を知らされて、なるほどと納得した。しかし、左手首が使えないのは不自由に違いない。美男子であるだけに、お柳はひそかに同情を寄せていた。

心形刀流《しんぎょうとうりゅう》という剣術家の家に生まれた伊庭は天才剣士の誉《ほまれ》が高い。右腕だけでも伊庭は、敵と戦う気力は十分だった。

その後、人見と伊庭は奥羽戦争に参戦し、仙台において釜次郎と合流した。人見は徹底抗戦の考えでいたので、蝦夷地行きにも迷いはなかった。人見が嘆願書を差し出す役目を任されたのは、遊撃隊隊長としての指導力と、胆力を買われてのことだった。

十月二十二日、人見の先発隊は、七飯《ななえ》峠下で警護に就いていた箱館府、松前藩、津軽藩の兵の襲撃を受けたが、大鳥圭介の軍が援護して勝利を飾った。

十月二十三日には鷲ノ木沖に蟠龍、神速、長鯨、回春が到着し、幕府軍の艦船はすべて集結した。目指すは洋式築城、五稜郭《ごりようかく》であった。

十月二十四日。大鳥軍は雪の中を進軍して大野《おおの》村、七重《ななえ》村で一戦を交え、苦戦を強いられながらも何んとか勝利した。

土方歳三も海沿いの川汲《かつくみ》峠で敵と遭遇したが、小隊だったので、これも撃退することができた。

箱館府の清水谷公考は、このままでは勝ち目はないと踏み、一旦は津軽に逃れることを決意し、十月二十五日に船で津軽藩領へ渡った。だから、翌二十六日に大鳥軍が五稜郭の裏門から入城すると、中は無人の状態であったという。やがて土方軍も湯の川村から五稜郭に到着し、入城を果たした。幕府軍にとって、まずは、さいさきよい出発であった。

釜次郎は五稜郭を陥落させた報告を受けると、次は松前藩攻略の作戦を練った。

松前藩十三代の藩主松前伊豆守崇広《たかひろ》は外様大名ながら家茂の信頼が厚く、老中格に抜擢された男だった。しかし、家茂の跡を継いだ慶喜とは意見が合わず、しばしば対立した。下関事件に絡む外交上の責任を問われた崇広は官位を剝奪《はくだつ》され、国許謹慎の処分を受けた。

意気消沈して国許に帰った崇広は病を得て、慶応二年（一八六六）、三十八歳の若さで没した。その後、養嗣子《ようしし》徳広《のりひろ》が十四代の藩主に就いていた。だが、この徳広も病弱な体質で、藩政は執政（首席家老）の松前勘解由《かげゆ》、蠣崎監三《かきざきけんぞう》、関左守《せきさもり》などの家臣の手に委ねられていた。

ご一新の前後、各藩でクーデターが頻発していたが、この松前藩もご多分に洩れなかった。特に松前藩は藩主と縁戚関係にある家臣が長年に亘《わた》って藩政を牛耳《ぎゅうじ》って来たので、それに不満を覚えていた家臣が世の中の変化に乗じて藩政改革と称したクーデターを敢行して、成功している。ご一新前は佐幕を目指していた松前藩も、釜次郎等が進軍する頃には、すっかり官軍に恭順の姿勢をとっていた。

釜次郎は松前藩に蝦夷地来島を伝え、和平協力を求めるつもりだったが、松前藩は反旗を翻《ひるがえ》してこれを退《しりぞ》けた。釜次郎は土方を隊長とする八百名の軍を松前に送った。その中にはカズヌーヴ、ブッフィエ等、フランス人も含まれていた。

松前藩の攻撃は、城の裏門を開けて大砲を撃ち、終わると裏門を閉めるという稚拙なものだった。奇襲を得意とする土方は松前藩の隙を衝き、一斉攻撃を掛けた。敵が怯《ひる》んでいる間に自ら白刃を抜いて城内になだれ込み、ついに官軍の北の拠点、松前城を占領してしまった。

この時、蟠龍は海上から土方隊を援護するべく松前に向かった。白神岬沖から松前港までは津軽藩旗を艦船に立てていたが、松前港に着くや、すぐに日章旗にすげ替え、官軍の艦船を乗っ取るというやり方だった。いわゆるアボルダージュ（接舷攻撃）と呼ばれるもので、ブリュネが幕府軍に指導した作戦だった。幕府軍は日章旗を軍の旗として使用していたのだ。

松前藩主徳広は館《たて》から江差《えさし》、さらに乙部《おとべ》村へと逃走した。

開陽は品川を脱出する際、暴風雨で舵を損傷した。仙台で古川庄八等が応急処置を施し、何んとか鷲ノ木までは航行できたが、再び、調子を悪くしていた。鷲ノ木に投錨した状態で修理が進められた。五稜郭占領の報告の後、開陽は様子を見ながら箱館港に入った。

お柳は開陽の中で五稜郭占領と松前城占領の報告を聞いた。その時はブリュネと手を取り合って喜んだものだ。

箱館に到着して間もなく、フランスのフリゲート艦ミネルヴ号が箱館に入港して、海軍見習い士官のニコル、コラッシュ、クラトー、プラディエ、トリプーの五人がブリュネを援護するために開陽に乗船した。

ブリュネはフランスの命令に背いて幕府軍と行動を共にしたが、フランスは、それでブリュネを見放した訳ではなかった。官軍と幕府軍を静観しながら、戦争が終わったあかつきにはブリュネの身柄を無事にフランスへ連れ帰るという義務があった。ブリュネはフランス皇帝の信頼厚い軍人だった。ブリュネを失うことは、フランスにとっても大きな損失となるはずだ。

お柳の仕事も、ますます繁忙《はんぼう》を極めた。

三十

幕府軍の次の目的は江差攻略であった。

江差は松前に次ぐ繁華な町だった。文政元年（一八一八）当時の最盛期には、「江差の五月は江戸にもない」と言われたほど鰊《にしん》漁で沸き立っていた。収獲した鰊は北前船で京、大坂に運ばれた。それで財を成した豪商の屋敷が江差に建ち並んでいる。住民も一万人を数える。江差は松前藩の経済の中心地でもあった。

開陽は十一月十四日に箱館を出港し、松前港に到着した。釜次郎はブリュネとともに松前に上陸し、占領した松前城に入った。お柳も通詞として同行した。

幕府軍は軍議の傍《かたわ》ら、大広間に宴を張り、勝利の美酒に酔った。釜次郎は、その夜、松前から江差に向かい、翌朝には土方軍を海上から援護するつもりだと皆に伝えた。

ブリュネは未だ開陽の舵の調子に不安を覚えていて、松前に留《とど》まるよう釜次郎に忠告した。人見勝太郎もブリュネの意見には賛成だったようで、わざわざ出かけなくても、江差攻略は時間の問題だと言った。

しかし、釜次郎は「なに、気休めに大砲の二、三発も撃ってくるだけだ」と、にべもなく応えた。釜次郎は開陽に対して絶対の信頼を置いていた。ブリュネは、幾ら当代一の蒸気艦でも、欠陥を抱えているからには慎重に対処するべきだと思っていた。折りしも、開陽の修理を担当していた古川庄八と上田寅吉は休養を取って箱館にいた。開陽の今の状態がどのようなものであるか、詳しいことは、その場にいた連中にはわからなかった。

城の外は大雪だった。凪はさらに強かった。

開陽はその夜、五つ半（午後九時頃）に松前を出港し、翌朝、江差に到着した。

江差は日本海側にある。海はこの地方独特のシタキと呼ばれる北西の風が強く吹きつけていた。それでも、艦長の沢太郎左衛門は開陽を巧みに操《あやつ》って江差沖に投錨した。すぐさま、鷗島《かもめじま》と山の手へ向けて発砲したが、何んの反応も見られなかった。江差に駐屯していた松前藩の兵は、すでに退却した様子だった。幕府軍は江差占領にも成功したのだった。釜次郎は使者を出して、土方軍に江差占領を伝えさせた。

だが、快進撃の喜びはつかの間のことだった。宵から風雪はさらに強まった。開陽が投錨した所は、周囲二千キロにも及ぶ暗礁海域であったのだが、この時、幕府軍の中でそれを知る者は一人としていなかった。投錨した泥土の下は硬い岩盤だった。開陽は錨ごと岸に押し流され、錨綱まで切れ、ついに暗礁に乗り上げてしまった。蒸気機関を限度一杯に上げても艦底は深く岩盤に喰い込み、船体を立て直すことはできなかった。

お柳はキッチンで、パンとミルクの軽食を摂《と》っていた。男達が暗礁に乗り上げたと大騒ぎしていたのは知っていたが、それほど危機感は覚えていなかった。今までの航海中にも、何度か危険な目に遭っている。風雪が収まれば何んとかなるだろうと思っていた。キッチンにいた中国人のコックの表情にも切羽詰まったものはなかったと思う。

お柳はミルクが苦手だったが、陳《ちん》という名のコックは、ミルクに砂糖を加えパンを浸して食べるとおいしいと教えてくれた。仕事が忙しくてまともな食事ができない時、お柳はパンとミルクで腹拵《はらごしら》えをすることが多かった。

前夜、慌ただしく松前港を出て、その日の早朝から江差攻撃だった。江差占領の報を聞いて、緊張の糸が弛むと、お柳は途端に空腹を覚えた。

陳は横浜の外国人居留地にいた男で、開陽が江戸脱出をする際に雇われた。陳は十九歳で、お柳にとっては弟のようなものだった。

ミルクに浸したパンを口に運び「おいしい」と言うと、陳は嬉しそうにお柳へ笑みを返した。

と、その時、激しい衝撃がお柳を襲った。

開陽は一斉に砲門を開き、その衝撃の反動で浅瀬からの脱出を図ろうとしたのだった。

お柳は座っていた椅子から投げ出されて尻餅をついた。テーブルのカップも引っ繰り返り、キッチンの床にミルクの白いしみが拡がった。

「田所サン、大丈夫カ？　怪我シナカッタカ」

陳が慌ててお柳の腕を取った。

「大丈夫」

応えた途端に第二弾の衝撃がきた。今度は陳も足許を掬《すく》われた。キッチンの調理器具が耳障りな音を立てて床に転げ落ちた。

船内が騒がしくなった。「水が入って来たぞ！」という男達の激しい声が盛んに聞こえた。

「座礁シタ……」

陳はぽつりと呟いた。

「この船はどうなるの？　沈没するの？」

お柳は早口に訊いた。

「ワカラナイ。デモ、船ニ穴ガ空イタラ、モウイケナイ」

深刻な事態だというのに、陳の口調はどこか呑気に感じられた。お柳は、この開陽が座礁するなんてあり得ない、そんな馬鹿なことは起こるはずがないと強く思った。

「デモ、沈没スルマデ時間掛カル。田所サン、心配スルナ」

陳の慰めの言葉は、少しもお柳の慰めにはならなかった。風雪は依然として強く、陸に避難することさえ難しい状況だった。

座礁してから四日目。風雪が僅かに弱まった隙に開陽の乗組員は手分けして兵器、弾薬、その他必要な物を陸に運んだ。その後、全員に退却の命令が下った。乗組員は、ひとまず松前藩の陣屋に入った。

陸に上がると開陽が傾いているのがお柳にもよくわかった。傾きは時間とともに徐々に進んだ。頬を錐《きり》で突き立てられるような寒風が吹いていたが、陣屋で呑気に暖を取るような者はいなかった。誰しも開陽の姿を固唾を呑んで見守っていた。まだ釜次郎が上陸していなかった。

お柳は、釜次郎が開陽と運命を共にするつもりではないだろうかと俄に不安だった。

一旦は上陸したが、お柳は忘れ物をしたと言って、再び開陽へ戻った。釜次郎を一人で死なせたくなかったからだ。開陽には艦長の沢太郎左衛門と大塚霍之丞《かくのじょう》が残っていた。二人は釜次郎を必死で上陸するよう説得していたのだ。お柳は自分も釜次郎と一緒に開陽に残ると二人に告げた。沢はうるさそうに大塚へ顎をしゃくった。早く追い返せという表情だった。大塚はお柳の腕を取り、海面で木の葉のように揺れる小舟にお柳を乗せようとした。小舟の船頭は不安顔でこちらを見上げていた。

「放して。御前が死ぬなら、あたしも死ぬ」

お柳は泣きながら大塚の腕を振り払おうとしたが、大塚はそうさせなかった。

大塚霍之丞は彰義隊の頭取並《かしらどりなみ》を務めていた男である。だが、肝腎の上野戦争の時は感冒《かんぼう》を患い、戦争には参加していなかった。戦争後、官軍の残党狩りから巧みに逃れ、他の仲間とともに品川から江戸を脱走したのだった。

小柄で機転の利く男だったので、釜次郎は大塚を側近として傍に置いていた。

「田所さん、大丈夫です。必ず榎本さんを開陽からお連れしますので、田所さんは安心してあちらにいて下さい」

大塚はお柳に約束した。大塚は、お柳が釜次郎を慕っていることを十分に承知していた。

「本当に本当？」

お柳は子供のように何度も念を押した。

「ええ。本当に本当ですよ」

優しく笑った大塚の顔を見て、お柳はようやく納得した。

釜次郎は沢と大塚の必死の説得でようやく上陸を受け入れた。すぐに箱館に応援を頼み、開陽を救出するという言葉に硬い決意を翻したのだ。だが、急遽《きゆうきよ》やって来た回天と神速にその力はなかった。再び激しさを増した風雪のために、回天はなす術なく箱館へ戻り、神速はスクリューを損傷して開陽と同じように座礁してしまった。

万事休すだった。

釜次郎は陸から開陽の姿を身じろぎもせずに見つめていた。はるばるオランダまで足を運び、建造からつぶさに見てきた船である。言わば釜次郎の青春のすべてが凝縮された船だった。オランダ語では「フォール・リヒター（夜明け前）」という名で呼ばれた。開陽丸と命名したのは内田恒次郎である。内田もオランダ留学生の一人だった。開陽とは北斗七星の六番目の星の名であった。まさに北の地へ行く運命を担《にな》った船でもあった。

それなのに、このていたらく。恐らく、釜次郎にとって目の前の景色は信じられないものだったろう。お柳は釜次郎の胸中を思うといたたまれなかった。

座礁して十日目。ついに開陽は水面からその姿を消した。

釜次郎は唇を真一文字に引き結び、左手は刀の柄《つか》をしっかりと摑み、微動だにせず、その様子を見つめていた。乗組員も開陽の終焉に咽《むせ》び泣く者が多かった。だが、釜次郎に誰一人言葉を掛ける者はいなかった。いや、掛けられなかったのが正直なところだったろう。その時、釜次郎の戦は終わっていたのかも知れない。釜次郎の何かが欠落してしまったことをお柳は感じた。それは士気であったかも知れないし、明日という希望であったのかも知れない。だが、戦は続くのだ。釜次郎は蝦夷共和国を成立させるまで、まだ戦わねばならなかった。

幕府軍は松岡四郎次郎《まつおかしろうじろう》を頭《かしら》とする部隊を江差に、伊庭八郎の部隊を松前に駐屯させて箱館へ戻った。

明治元年（一八六八）十二月二日。

釜次郎は箱館港に碇泊していたフランスの軍艦に朝廷への「味死百拝《まいしひやくはい》」の嘆願書を託した。箱館、松前、江差を占領したので釜次郎が提唱していた「蝦夷共和国」を認めさせる趣旨の嘆願書である。

釜次郎は蝦夷共和国の首長に徳川慶喜の弟である徳川昭武《あきたけ》を立てる方針だった。

箱館では全島平定の祝賀が催された。満艦飾《まんかんしょく》の艦隊は祝砲を上げ、幕府軍はラッパ手を先頭に馬で亀田村まで行進した。ブリュネ等、フランス士官もこれに参加した。

箱館が賑わいを見せていた頃、輔相《ほしょう》岩倉具視は釜次郎の嘆願書を受け取っていた。

だが、岩倉は嘆願書に拒否の態度を示した。一つの国に二つの政府は要らない。岩倉の意見は当然と言えば当然だった。

明治二年（一八六九）正月。

釜次郎の許へ岩倉から嘆願書の不採用の通知が届いた。これにより、幕府軍は軍備を強化する必要に迫られた。

ブリュネの指導により、五稜郭を整備し、北の神山《かみやま》の台地には四稜郭《しりょうかく》と名づけた要塞を新たに設置した。この他にも周辺の各地に要塞を設置した。だが、この頃から幕府軍は資金の不足が目につくようになった。

運上金の前借、借上金の強要、箱館府民からの人夫の徴発《ちょうはつ》、貨幣の私造、挙句は箱館の各町に関所のごときものを作り、府民から通行税を取るというあり様だった。幕府軍の行為は箱館府民には至極迷惑なものだった。

釜次郎は嘆願書の不採用にも拘《かかわ》らず、蝦夷共和国は樹立したとして、入《い》れ札《ふだ》（投票）によって役職を決定した。釜次郎はこれにより、蝦夷共和国の総裁に就任した。

三十一

幕府軍組織概要
☆総裁　榎本武揚（釜次郎）
☆仏国士官隊　ジュール・ブリュネ
☆副総裁　松平太郎
☆海軍奉行　荒井郁之助《いくのすけ》
☆陸軍奉行　大鳥圭介

☆陸軍奉行並　土方歳三

☆箱館奉行　永井玄蕃《げんば》

☆箱館奉行並　中島三郎助《さぶろうのすけ》

☆開拓奉行　沢太郎左衛門

☆会計奉行　榎本対馬《つしま》・川村録四郎《ろくしろう》

☆松前奉行　人見勝太郎

☆江差奉行　松岡四郎次郎

☆江差奉行並　小杉雅之進《まさのしん》

☆第一列士満《レジマン》　仏人フォルタン

☆第二列士満　本田幸七郎《こうしちろう》・仏人マルラン

☆第三列士満　仏人カズヌーヴ

☆第四列士満　古屋佐久左衛門・仏人ブッフィエ

☆砲兵隊　関広右衛門《こうえもん》

☆工兵隊　小菅辰之助《こすげたつのすけ》・吉沢勇四郎《よしざわゆうしろう》

☆器械方　宮重一之助《みやしげいちのすけ》

☆病院掛　高松凌雲《りょううん》

（注＝レジマンとは聯隊を意味する）

入れ札で決められた幕府軍の役職は右記の通りである。

官軍は幕府軍の攻略の機会を窺《うかが》っていた。

二月には開陽と神速の沈没の報が官軍側に届いていたらしい。それは官軍の様子を探っていた密偵からの報告で幕府軍に知らされた。

さらに密偵は、官軍が旗艦甲鉄《こうてつ》を擁して、幕府軍追討の準備を着々と進めていると も報告してきた。

甲鉄はフランスのボルドーで建造され、南北戦争後にアメリカ海軍に引き渡された艦船である。旧名ストーンウォール・ジャクソン。新型のアームストロング砲五門と旧式砲二門を搭載していたが、航洋能力は低く、使用されずにワシントンに係留されていた。

その頃、小野友五郎《ともごろう》を代表とする使節団が軍艦購入のためにアメリカにいた。使節団はストーンウォールを一目で気に入り、買い取ることにした。

慶応四年（一八六八）の四月二日に日本に回航されたが、残金十万ドルを残して戊辰戦争が始まったので、残金は支払われないままだった。そのため、アメリカは引き渡しを拒否して、甲鉄は横浜港に係留されていた。

官軍は甲鉄の残金を支払い、これを自分達の物とした。

幕府軍は密偵から甲鉄が宮古湾に北上する情報を得ると、開陽と神速を失い、低下した海軍力を補うべく、甲鉄を奪取する作戦を立てた。作戦は例のアボルダージュ（接舷攻撃）だった。

ブリュネが再度、幕府軍の隊員に作戦の方法を指導する横で、お柳は淡々とブリュネの言葉を訳した。ブリュネは興奮すると、すこぶる早口になる。他の通詞では手に余ったからだ。当初はフランス人の世話だけだったお柳も、月日が経つ内に戦の内容にも深く関わるようになっていた。釜次郎はそんなお柳を満足そうに見ていた。

明治二年三月二十日。

甲鉄が宮古湾に投錨すると、箱館からは回天、蟠龍、それに秋田藩から没収した高《たか》雄《お》の三艦が宮古に向かった。

これが日本の海戦史上、特筆すべき宮古湾海戦と呼ばれるものである。

回天には海軍奉行の荒井郁之助、回天艦長の甲賀《こうが》源吾《げんご》、陸軍奉行並の土方歳三、フランス士官のニコル等が乗り込んでいた。お柳もニコルの通詞として回天に乗り込んだ。

箱館はようやく春の兆しが訪れ、甲板から箱館の民家の家並がくっきりと見えていた。

だが、宮古近くの鮫村《さめむら》辺りから霧が出て、さらに嵐となってしまった。よくよく幕府軍は天候に恵まれない巡り合わせになっていると、お柳は内心で独りごちた。おまけに高雄はエンジントラブルを起こし、蟠龍は行方不明となった。宮古湾突入は回天一艦で行なわなければならない状況だった。

甲鉄に接近すると、荒井郁之助は「アボルダージュ！」と大声を張り上げた。回天の隊員は甲鉄に乗り移ろうとしたが、その時、甲鉄と春日《かすが》に搭載していたガトリング砲が火を噴いた。春日は旧名をキャンスーと言い、薩摩藩が慶応三年（一八六七）にイギリスから購入した快速船で、官軍の艦船の中では甲鉄に次ぐ大きさのものだった。

甲賀源吾は、甲鉄に乗り移ろうとして撃たれ戦死した。

遠江国《とおとうみ》掛川藩士の家に生まれた甲賀は、幕府海軍奉行矢田堀景蔵《やたぼりけいぞう》から航海術を学び、矢田堀の推挙で幕府の軍艦操練方手伝出役《そうれんかたてつだいでやく》となる。その後、航海することと数度。航海術の手練《てだ》れでもあった。甲賀の他にも幕府軍の隊員は官軍の砲火を浴び、海に投げ出される者が続いた。

勝ち目がないと踏んだ幕府軍は退却の信号を高雄に送って箱館に引き上げた。僅か小半刻（約三十分）の戦闘だった。だが、幕府軍の死傷者は五十名に達した。

行方不明だった蟠龍は二十四日になって宮古湾に入ろうとしたが、甲鉄が箱館に向けて北上するのを認めると、急ぎ箱館に戻った。

エンジントラブルを起こしていた高雄は羅賀浜《らがはま》で座礁した。隊員は高雄に火を放ち、南部藩に降伏した。この時、乗り込んでいたコラッシュは捕虜《ほりよ》として捕らえられ、江戸に護送された。

ブリュネは宮古湾海戦の惨敗よりも、コラッシュが捕虜となったことに深く傷ついていた。自分を慕って幕府軍へやって来たのに、そのような結果になり、無念でならなかったのだ。ニコルも足に傷を負った。

お柳はブリュネを慰めたが、ブリュネの表情は、晴れることはなかった。

三十二

五稜郭の箱館奉行所に本陣を置く幕府軍は官軍上陸の対策を練った。連日軍議が開かれ、釜次郎の表情にも憔悴の色は濃かった。ブリュネは体調を崩し、保養のために谷地頭《やちがしら》の温泉に出かけた。

つかの間の休息時間に、お柳は日本茶を淹《い》れて釜次郎の部屋を訪れた。

釜次郎の部屋は箱館府知事の清水谷公考《きんなる》が寝泊まりしていた所である。幕府軍の他の隊員は市中の寺や民家に分宿していた。

「御前……」

控えめに声を掛けると、椅子に座っていた釜次郎は首をねじ曲げ、お柳を見てにッと笑った。

「日本茶をお持ちしました。いかがですか」

「ありがとよ。わざわざ日本茶と断りを入れるところは、お前ェも国際色豊かな通詞になったもんだ。昔は茶と言やァ、日本茶と決まっていたもんだが」

「あたしは長崎にいた頃、シナ茶や紅茶も飲んでおりましたよ。でも、ほっと息をつぎたくなる時は日本のお茶が一番ですよ」

「いかさまな」

釜次郎は素直に肯いて湯呑を口に運んだ。

「うまい！」

感嘆の声を上げた。お柳は釜次郎の髪が伸びているのが気になった。

「おぐしが伸びましたね。髪結床《どこ》にいらしたらどうですか。箱館にも髪結床がございますから」

「開陽の髪結いをしていた奴が気に入りだったのよ。しかし、奴は国に帰っちまった。箱館の髪結いの腕がどうも信用ならなくて、このままにしていたが、ちょいとむさ苦しいか？」

「ええ、ちょいとね。箱館は長崎や横浜と同じ頃に開港しておりますので、ざんぎり頭をやる西洋床の職人も割合多いと聞いております。大塚さんとご一緒にいらしたらいいですよ」

そう言うと、釜次郎は気のない様子で小さく肯いた。

「お柳、お前ェ、おいらに何か話があるんじゃねェのか」

釜次郎はお柳の顔をしみじみ見て言う。

「ええ、まあ……」

お柳は曖昧《あいまい》に応えた。

「言ってみろ」

「………」

お柳はブリュネが意気消沈しているのが気になっていた。その理由は、もちろん、コラッシュが捕虜となっているからだ。だが、それを言い出すことには気後れを覚えた。官軍対策をあれこれと練っている時に、それはいかにも瑣末《さまつ》なことに思える。

逡巡した表情のお柳に、釜次郎は自分の膝を叩いた。そこに座れと言っていた。

お柳は障子を振り返った。誰かに見られたら恥ずかしい。釜次郎は腕を伸ばして強引にお柳を膝に乗せた。うなじに唇を這わせながら、着物の襟の合わせ目に手を入れる。

お柳の小さな胸を、やや乱暴な仕種で揉みしだく。お柳は眼をしばたたいた。

「御前、人が来ます。もうそのぐらいで勘弁して下さい」

「フランス人がどうかしたか」

だが、釜次郎はやめなかった。そのくせ、お柳の胸中をあれこれ詮索した。

「ええ。ムッシュブリュネはコラッシュが捕虜となったことを、ひどく案じておられます。御前、コラッシュは殺されるのですか」

そう訊くと、釜次郎は唐突に手を止めた。

お柳は釜次郎の膝から下りると、椅子の前に置いてある机の横に立ち、身じまいした。

「大丈夫だ、お柳。たとい官軍といえどもフランス人を殺したりはしねェ。そんなことをした日には、日本とフランスが戦をしなけりゃならねェ羽目になる。官軍だって、まんざら馬鹿でもねェ。そこんところは、よく心得ているはずだ」

「では、コラッシュは、いつ釈放されるのですか」

「おいら達がコラッシュを釈放しろと言えば、敵は、それなら、おとなしく降伏せよと言うに決まっている。今すぐにはできねェ相談よ」

「戦が終わったら釈放されるのですね」

「多分な」

「そうですか……」

予断は許されないと思った。コラッシュの身柄がどうなるのかは、釜次郎でもわからないと思った。

「御前のお言葉、ムッシュブリュネに伝えます。少しは元気になってくれるでしょう」

「頼むぜ。だが、奴のアボルダージュ作戦は失敗した。その手はもう二度と使えねェ。開陽もねェ、神速もねェ、高雄もねェ。ねェねェ尽くしよ。後は白兵戦けェ……難儀なこった」

釜次郎は独り言のように呟いた。

「箱館も松前も江差も占領したというのに、官軍はまだ蝦夷共和国を認めないのですか」

「ふん、奴等はおいら達が占領した所を取り戻そうとしているのよ。それにどこまで踏みこたえられるかが問題よ。最後の最後になったら、おいらは腹をかっさばいて死ぬ覚悟よ。いいか、お柳。そん時は泣いたりわめいたりするんじゃねェぞ」

「いやだ、御前が死ぬなんて。そんなことになったら、あたしも死ぬ」

お柳は膨れ上がる涙をこらえて叫んだ。

「お柳、おいら達はな、蝦夷地に遊びに来た訳じゃねェんだ。戦に来たんだぜ。もしも官軍に負けたとなったら、おいらは最高責任者だ。死んでお詫びをしなきゃならねェ。それが侍の筋《すじ》よ」

「そんなに上様に恩義を感じているんですか」

「上様？」

釜次郎は皮肉な表情で訊いた。

「上様たァ、どこのお人のことだ。そんな者は、もうこの世にいねェ。鳥羽・伏見の戦であの人が家臣を置き去りにして江戸へ逃げ帰った時から、おいらはあの人のために働くのをやめたんだ。おいらが意地を通しているのは、父上ともどもお世話になったご公儀に対してだ。駿府の一大名のことなんざ、知るものか」

釜次郎は吐き捨てるように言った。お柳はそれ以上、何も言えず、空の湯呑を盆にのせて釜次郎の部屋を出た。

出た途端、ふいに吐き気を覚えた。慌てて厠《かわや》へ向かい、お柳は激しく吐いた。苦しさに湧き出た涙を拭った時、お柳は新たな難題が起きたことを悟った。

妊娠した。それが紛れもない事実として、お柳に突きつけられた。

スネパ、ル、モマン（よりによってこんな時に）。お柳は途方に暮れる思いで、廊下から庭を見つめた。

箱館は桜の季節を迎えようとしていた。

箱館奉行所の庭に植わっている細い桜が薄紅の蕾《つぼみ》を膨らませていた。やや冷たい春風が、その桜の枝をさわさわと揺らしていた。

三十三

ブリュネが五稜郭に戻ると、お柳は釜次郎の言葉を伝えるためにブリュネの部屋を訪れた。季節の変わり目で、ブリュネは身体中に湿疹ができていたのだが、谷地頭の温泉に入って、やや症状は和らいだと言った。

お柳はコラッシュが殺される心配はないようだとブリュネに伝えると、ブリュネは眉を持ち上げて、「メルスィ。ムッシュ榎本の言葉を信じます」と、応えた。

「また谷地頭においでになるのでしたら、五稜郭ではなく、もっと近い所へ宿舎を移したらいかがですか」

お柳はブリュネを慮《おもんばか》って言った。「いや、ここで結構」と、ブリュネは応えた。五稜郭にいると、故郷にいるような気分になると言い添えた。

「それはなぜでしょうか」

「私はスイス国境に近いベルフォールという所で生まれました。ベルフォールは城砦都市で、その形はまさに五稜郭と同じものです」

「まあ……」

お柳は五稜郭と同じ形をしたものが外国にもあることに驚いた。

十七世紀の後半、フランスは国境に多くの城砦都市を築いたという。ベルフォールもその一つだった。

ブリュネの父、ジャン・ミシェル・ブリュネはベルフォールの守備隊、竜騎兵第三連隊に所属する獣医将校だった。軍人の家に生まれたブリュネは五歳までベルフォールで過ごし、後にパリへ転居した。

ブリュネは陸軍士官学校、砲兵学校に学び、砲兵少尉に任ぜられ、メキシコ戦線に赴《おもむ》いた。

その時の軍功により、ブリュネはレジオン・ドヌール勲章を授与された。僅か二十四歳の若さだった。ブリュネはフランスの軍人のはえぬきであったのだ。

ブリュネはベルフォールで過ごした記憶を鮮明に持ち続けていた。そこがどれほど美しい町であったか、どれほど楽しい日々を過ごしたかを熱っぽく語った。

お柳の脳裏に、その時、長崎が浮かんでいた。坂の町、長崎。友人のお玉と味わった楽しい日々が甦った。

「私は教えを授けた生徒達と行動をするためにフランスに背き、江戸を脱走しましたが、何か目に見えない力に引っ張られたような気がしておりました。箱館の五稜郭に来て、その理由がよくわかりました。この五稜郭が私を呼んだのだと」

帰巣本能という言葉は知らなかった。しかしお柳は、それに近いものを感じた。

ブリュネはお柳に思い出の土地があるのかと訊いた。お柳は「ウィ、ムッシュ」と、張り切って応えた。それは長崎であると。

「長崎……」

ブリュネは感慨深い表情になった。一度訪れてみたい町だと言い添えた。お柳の父親が長崎の出島でオランダ通詞をしていたと打ち明けると、ブリュネは大いに納得した様子だった。それで君も通詞の道を志《こころざ》したのかと。

「お父上は長崎におられるのですか」

ブリュネは興味深い表情で訊く。

「攘夷党の連中に暗殺されました」

お柳は俯《うつむ》き、低い声で応えた。その途端、ブリュネは額に手をやり嘆息の声を洩らした。それから、父親を暗殺したのはサッチョーかと確かめるように訊いた。

「恐らくそうでしょう。父親は榎本さんの家と昔からつき合いがありましたので、あたしを通詞に雇って下さったのです」

「父親の仕事は子供に大いに影響するものですね。アラミスはお父上の仕事を見ている内にフランス語を覚えたのでしょう。私も父親が軍人でなかったら、軍人の道を選ばなかったかも知れません」

ブリュネは遠くを見るような眼になった。

鳶《とび》色の瞳は故郷に思いを馳せているかのようだった。

「ムッシュブリュネは、本当は何んのお仕事をしたかったのですか。絵描きさん？」

「それは違います。絵は士官学校の必須科目でしたから、是非とも覚えなければならないものでした。好きも嫌いもありません。そうですね、私は花屋か靴の職人になりたかった。学校への行き帰りに花屋と靴屋があったのです。外から眺めていると、実に楽しそうでした」

「軍人になってから楽しいことはなかったのですか」

「ありましたよ。しかし、それよりも辛いことや苦しいことの方が多かったと思います。一番辛かったのは目の前で友人が死んだことですね。ああ、私は何んという職に就いたのかと神を呪ったこともあります」

「でも、イエス様やマリア様にお縋《すが》りすれば、きっと苦しみや辛さは消えていくものなのではないですか」

「君はキリシタンですか」

ブリュネは驚いた顔になった。

「いいえ。でも仲のよかった友人はキリスト教を信仰しておりました。お玉ちゃんが教えてくれました」

「お玉ちゃん……それは女性ですか」

「ええ……」

お柳は途端に居心地が悪くなった。自分も女性であるとブリュネに告白する訳にはいかなかった。ブリュネはお柳の胸の内を察したのか、それ以上、追及はしなかった。

「アラミス、お父上の敵《かたき》を討ちましょう。サッチョーをやっつけるのです」

ブリュネはお柳を励ますように言った。

明治二年四月九日。

官軍の総参謀山田市之丞《いちのじよう》、陸軍参謀黒田清隆《きよたか》、海軍参謀増田虎之助《とらのすけ》は協議の末、乙部《おとべ》村に隊を上陸させることを決定した。

官軍の乙部村上陸は幕府軍にとって予想外のことだった。すぐに江差の守備隊が攻撃に向かったが、官軍の砲撃に敗退した。守備隊は乙部村から一里ほど南下した田沢に敗走した。

江差奉行の松岡四郎次郎は江差沖から発砲する官軍に対して抗戦困難と判断すると、幕府軍の退却を決意する。官軍は一日で江差を奪回してしまった。

そうした中、土方歳三の隊だけは意気盛んだった。己れの持ち場を死守する構えで鶉山道《うずらさんどう》の二股口《ふたまたぐち》へ出陣した。

四月二十三日の二股口の戦闘で、土方隊は三万二千発の銃弾を撃ち尽した。フォルタンはその時の状況をブリュネに伝えている。味方の顔は火薬の粉で真っ黒に煤《すす》け、さながら悪党のようだったと。

この土方の部隊だけが官軍を撃退できたが、他は敗走に次ぐ敗走だった。

大鳥圭介は官軍に負けると、にやにや笑う癖があった。幕府軍の隊員は大鳥の顔を見て、ああ、また負けたのだと判断するようになった。大鳥は茂辺地《もへじ》や矢不来《やふらい》を守っていたが、官軍の甲鉄と朝陽《ちょうよう》が茂辺地沖から攻撃して来ると矢も盾もたまらず撤退した。

官軍は艦船を駆使して攻撃を仕掛けていた。

海軍力の低下した幕府軍の急所を突いていた。いまさらながら、幕府軍は開陽の損失が悔やまれてならなかった。開陽があれば、開陽さえ無事だったら。空しい言葉が誰しもの胸をよぎっていた。

朝陽は旧名をエドという。安政元年（一八五四）に幕府がオランダに発注した蒸気艦だった。朝陽は咸臨丸と準姉妹船だった。汽缶（ボイラー）が故障していたが、その後修理されて箱館にやって来たらしい。

大鳥の部隊は箱館近くの有川《ありかわ》まで退却し、土方の隊も五稜郭に戻った。

その間にも官軍は松前を奪回し、木古内《きこない》を占領した。幕府軍にとって残された占領地は箱館と五稜郭のみとなってしまった。

お柳は仕事が忙しい内は身体の不調を忘れられたが、少し気を抜くと、すぐに吐き気に襲われた。鼻が敏感になっているようで、ものの匂いが強く感じられた。

特にフランス人の体臭が耐え難かった。

食事の世話を焼き、台所に引き上げた拍子に吐き気を感じた。お柳は勝手口から外に出て、松の樹《き》の根方に吐いた。何も吐くものがなくなり、黄色い胃液まで出てきた。

お柳の背中が優しく摩《さす》られた。振り向くと釜次郎の側近の大塚霍之丞がいた。

「大丈夫ですか。高松先生に診て貰ってはどうですか」

「いいえ。それには及びません。すぐに治まります。胃腸が弱い質《たち》なので」

お柳は口許を拭って立ち上がった。その拍子に、くらっと目まいを覚えた。大塚は慌ててお柳の腕を支えた。

「田所さん、余計なことを申しますが、お腹に子供ができたのではないですか。先日から再三、吐き気を催すことが多いように思います」

「そんなこと……」

お柳は大塚の視線を避けた。大塚は特に男前と言えないが、誠実な人柄が顔に表れている。

「榎本さんに申し上げましょう」

「いいえ、それは駄目。御前に知れたら、あたしは江戸に戻されてしまいます。あたしは、今は帰りたくないんです」

お柳は切羽詰まった顔で大塚に言った。

三十四

ブリュネは、この戦争の勝算を怪しむようになった。幕府軍は次々と敗退し、死傷者は増える一方だった。蝦夷地へ向かう時は二千七百名の人数がいたのに、もはや半分以下に減少している。フランス人の同志も怪我をしている者が多かった。

伝習を授けた教え子達と行動を共にするために蝦夷地までやって来たのだが、ブリュネの目には、箱館陥落も時間の問題に思えていた。徒《いたず》らに箱館に留《とど》まるより、潔《いさぎよ》く退去すべきとの判断を下した。何より、捕虜となったコラッシュの安否が気がかりだった。

ブリュネは釜次郎に話をするため、お柳に仲介を頼んだ。

「ムッシュブリュネ、あなたは本船に退却なさるのですか」

恐れていたことを口にすると、ブリュネは苦渋の表情で肯いた。

「最後まであたし達と一緒に行動しては下さらないのですか」

「アラミス、もう無理です。私は幕府軍が勝利するための、何んの方法も持ち合わせてはいないのです」

「あたしはムッシュブリュネを侍のような方だと思っておりました。侍なら、最後まで責任を取るべきです」

「残念ながら、私はフランスの軍人で、日本の侍ではありません。最後の責任を取るのはムッシュ榎本であって、私ではない」

ブリュネは驚くほど冷淡に聞こえる声でお柳に言った。今の今まで、ブリュネとは心が通じ合っていると思っていただけに、お柳の胸は凍った。

「私は自分の処分をフランス政府に任せ、その代わりにコラッシュを釈放して貰います。彼を助けるためにはそれしか方法はありません。同志を見捨てる訳にはいかないのです。アラミス、わかって下さい」

「ウィ」

お柳は短く肯き、釜次郎に面会を申し込んだ。

激怒するかと思っていた釜次郎は、意外にもブリュネに握手を求め「今まで大変にお世話になり申した。榎本、深甚《しんじん》の謝意を表する次第であります。あなたの退却により、捕虜となっていたコラッシュも必ずや釈放されるでありましょう」と、ブリュネと同じことを言った。

「あなたの士気に感じて、わが軍に応援して下さった九人のフランス士官にも心から感謝致します。しかし、あなたはフランスから懲罰を受けることになるやも知れません。それが、この榎本にとっては断腸の思いであります」

釜次郎はブリュネのこれからのことを慮って続ける。

「もとより、それは覚悟の上のこと。私もウトレイ公使のお怒りを買っておりますので。しかしながら、本国に背いて江戸を脱走したのは、あくまでも私の意志です。ムッシュ榎本は、そこまでご心配する必要はありません」

「恐らくは、これが今生の別れとなるやも知れません。どうぞ、本国へお帰りになっても恙《つつが》なくあそばされることを祈っております」

「ありがたいお言葉、痛み入ります。私も武運をお祈りしております」

二人のやり取りを通訳しながら、お柳は堪えても堪えても涙がこぼれた。

釜次郎はそんなお柳をちらりと見てから、「時に退却はフランス国の船でなされますか」と訊いた。心持ち、釜次郎の声は低くなった。

「箱館港に碇泊しているコエトロゴン号に、我々の救援を求めたいと思います」

「さようですか。昼間は人の目につきやすいので、夜陰にまぎれて移動されるのがよろしかろうかと思います」

「そのつもりでおります」

「最後に一つだけお願いがございます。その田所通詞を一緒に連れ帰っては貰えませんか」

釜次郎の言葉に、お柳は眼を剥いた。通訳はせず「御前、何をおっしゃるんですか」と、釜次郎に嚙みついた。ブリュネは「ドゥースマン（落ち着いて）」とお柳を制した。

「あたしは最後まで御前と一緒におります。それはムッシュブリュネにはお話ししません！」

お柳は悲鳴のように叫んだ。釜次郎はお柳を睨むと流暢な英語でブリュネに言った。ブリュネは英語を理解していた。ブリュネは了解したというように大きく肯いた。暴れるお柳を次の部屋から大塚が飛び出して来て止めた。それと同時に何人かの隊員も顔を覗かせた。

「この際、コンキュバインも一緒に戻って貰うことにするか。もはや奴等も御用済みだ」

釜次郎は独り言のように呟いた。

「御前、後生です。お傍《そば》に置いて下さい」

お柳は必死で縋った。

「うるせェや。もうお前ェの役目も終わったんだ。この先は女に戻ってお袋さんに孝行しろ」

釜次郎の言葉に、その場にいた連中は驚きの表情になった。疑わしい気持ちではいたが、お柳をはっきり女と認めることはできなかったのだ。

釜次郎はもう一度ブリュネに握手を求めると、その場から出て行こうとした。

「御前！」

お柳は大塚に支えられながら悲鳴のように叫んだ。

「アラミス、達者でな」

釜次郎は、ふわりと笑った。その瞬間、お柳の中で何かが弾《はじ》けた。今までフランス人が好んで遣った愛称を釜次郎は言ったことがなかったのだ。

ここに来て、わざわざそう言った釜次郎をお柳は憎んだ。

「釜さん」

大塚の手を邪険に払って、お柳は蓮《はす》っ葉《ぱ》に呼び掛けた。

「何んね、アラミスって。釜さんは今、うちのお務めは終わりだと言うたやなかか。うちは元の田所柳に戻っとうと？　もう、アラミスではなかよ。ばってん、わざわざアラミスと呼ぶ理由は何んね」

釜次郎は、ぐうの音も出せず、お柳を睨んだ。

「釜さんは迂闊者《うかつもの》とよ。肝腎なところでズドンと抜けたことを言いよる」

「お柳……そう呼べばいいのか」

釜次郎は思い直して言う。

「そうやなか。それも違う。釜さん、うちのこと本当は何んと呼んでいたか、ここにいる人達に教えたらよか」

「………」

「ミミーと呼ばんね。うちをそう呼んでいたと?」

憮然として部屋を後にした釜次郎の背に、お柳はなおも覆《おお》い被《かぶ》せた。

「ミミーと呼ばんね!」

三十五

明治二年（一八六九）、五月一日。

お柳とブリュネ、その他フランス士官、お駒等女性達は五稜郭が落ちる前にフランスの軍艦コエトロゴン号に乗船した。幕府軍の数人がお柳達を見送ってくれたが、その中に釜次郎の姿はなかった。

お柳は釜次郎に啖呵《たんか》を切った後で自分の部屋に戻り、眼が腫《は》れるほど泣いた。ミミーと呼べと叫んだのは、お柳の女の意地だった。自分はただの通詞ではない。釜次郎からミミーと呼ばれていた親しい存在だったのだと周りに知らせたかったのだ。つまらない意地だ。そのために釜次郎に恥を掻かせてしまった。落ち着くと、お柳は自分の言動を後悔した。

抜け殻のようになったお柳を慰めてくれたのは、カズヌーヴの敵娼《あいかた》、お駒だった。カズヌーヴは松前の戦闘で重傷を負った。横浜に着いたら病院で手当てを受けなければならないだろう。カズヌーヴは大袈裟な声で痛みを訴える。痛みや傷に対する堪え性は日本人の方が勝《まさ》っているとお柳は思う。

お駒はカズヌーヴの看病の合間にお柳の傍に来て、髪を撫でたり、手を握ったりして励ましてくれた。

「御前は本心でおっしゃったんじゃないよ。田所さんをこれ以上危ない目に遭わせないためだよ。もしかして、御前は降参する覚悟をしているのかも知れない」

お駒は釜次郎の気持ちを察しているように言う。

「でも、あたしは最後まで一緒にいたかった。たとえ、官軍に捕まって命を落とすことになっても構わないと思っていた。だって、これは戦だもの」

お柳は必死の表情でお駒に訴えた。

「あんたの気持ちはわかっているよ。だけどさあ、田所さんが女だってこと、ばれてしまったじゃないか。御前でなくとも、皆んな、これ以上、田所さんをここに置く訳にはゆかないと思っているよ」

「でも……」

「それに、今のあんたの身体じゃ、どうしたって無理というものだ」

お駒はお柳の腹の辺りをちらりと見た。

「知っていたんですか」

お柳は掠《かす》れた声でお駒に訊いた。

「ああ。あたしだけじゃなく、他の妓《おんな》達も知っているよ。皆んなで心配していたのさ。御前は何んて？」

お駒は釜次郎が当然知っているものと思っていた。お柳は力なく首を振った。

「打ち明けてはいないの？」

お駒は眼をみはった。

「だって、この先、どうするのさ。江戸のおっ母さんは腰を抜かしてしまうよ」

「わかっています。でも今は何も考えられない。もう堕ろすこともできないほど大きくなっちまってるから、産むしかないとは思っているけど」

「…………」

「お駒さん、心配しないで。なるようになる。お母ちゃんがいるから、あたしは大丈夫」

お柳はお駒を安心させるように笑顔を拵《こしら》えて言った。

「不憫《ふびん》だねえ……」

お駒はそう言って眼を拭《ぬぐ》った。

コエトロゴン号に乗り込む時、釜次郎の側近の大塚霍之丞はお柳にそっと言葉を掛けた。

「田所さん、後のことは心配しないで下さい。総裁のお命は、きっとおれ達が守ってみせます」

大塚はお柳の眼をまっすぐに見つめていた。

何か言いたげなのが気になった。釜次郎の周りにいた男達の中で、大塚は特にお柳に親切だった。釜次郎とのことも大塚は十分に承知していたはずだ。それでもなお、お柳に向ける眼には好意的なものが感じられた。お柳にはそれが訝《いぶか》しかった。

「よろしくお願い致します」

お柳は低く応えて頭を下げた。

「戦が終わったら、田所さんの家を訪ねて行きます」

大塚は慌てて言い添えた。それは何んのために。お柳は疑問に思ったけれど、その時は何も言わなかった。大塚は、お柳が釜次郎のその後のことを知りたがっているとでも思っていたのだろうか。だから訪ねて行くと言ったのか。

「お宅は上野の近くでしたね」

大塚は確認するように続けた。

「ええ。下谷の御数寄屋町にある吹貫《ふきぬき》横丁という所ですよ」

「わかりました」

大塚は張り切って肯いた。

コエトロゴン号に乗り込み、甲板に出ると、船は間もなく岸壁を離れた。

大塚はいつまでもお柳に手を振っていた。

ああそうか。大塚は釜次郎の代わりにお柳を見送ってくれたのだと、ようやくお柳は合点した。御数寄屋町を訪ねることも釜次郎の指示だろう。

甲板ではブリュネが遠ざかる箱館の町を眺めていた。お柳はブリュネの傍に近づき、同じように町を見つめた。寒いばかりで少しもいい思い出はなかったはずなのに、別れるとなればお柳の胸に感慨深いものが拡がった。

その夜は風もなく、海岸沿いの民家の仄《ほの》灯りが蛍火のようにちらちらと揺れていた。牛が寝そべっているような形の箱館山は夜の闇に紛れてしまっている。その山は故郷の長崎にあった稲佐山《いなさやま》とほぼ同じ高さだという。

箱館山ばかりでなく、町の風情は、どこか長崎に似ていた。今になって、そのことに気づく自分が不思議だった。

ブリュネは、そっと眼を拭った。お柳はブリュネの腕に自分の手を添えた。

ブリュネは薄く笑い、「寂しい」と言った。

「ウィ」

お柳は短く相槌を打った。ブリュネにこの先待ち受ける運命は、お柳にも予想ができない。フランス本国に背いて行動したブリュネが、このまま、ただで済むとは思えなかった。

だが、その時のブリュネは、自分が指導し、心から愛した生徒達の武運を祈るばかりだったろう。お柳とブリュネは言葉もなく、黙って町の灯を眺めるばかりだった。

コエトロゴン号は速力を上げ、ついに箱館の町は二人の視界から消えた。

三十六

榎本軍と行動を共にしたフランス士官達の行為はフランス公使ウトレイの反感を買うものだった。ウトレイはブリュネ等、フランス士官を日本から強制退去させ、フランス本国において裁判に掛けると日本の新政府に約束して、捕虜となっていたコラッシュを釈放させた。

ブリュネは品川を脱走してから翌年の五月まで軍籍を解かれ、休暇の扱いとなっていた。

カズヌーヴとトリプーは重傷を負っていたので横浜の海軍病院に収容されたが、ブリュネと他のフランス士官は横浜上陸が許されず、船が到着すると、すぐにデュプレックス号に乗り換え、そのままサイゴン経由でマルセイユへ送還されることとなった。

お柳はデュプレックス号が横浜港を出るまでブリュネの傍にいた。

ブリュネは乗船するまでの僅かな時間、思い出話を語ってお柳を笑わせた。

とうとう乗船の合図が出ると、ブリュネはお柳をきつく抱き締め、頬に唇を押しつけた。

「メルスィ、ボク」

ブリュネは笑顔でお柳に感謝の言葉を言ったが、鳶色の瞳は涙で潤んでいた。

岸壁で妓達とお柳は甲板で手を振るフランス士官達を見送った。皆、お柳や妓達の名前を口々に叫んでいた。

お柳が最後に遣ったフランス語はオ、ルヴォワール。

別れの言葉だった。それに対し、ブリュネは、ちぎれるほど手を振りながら「サヨナラ、サヨナラ、アラミス」と、日本語で応えていたけれど。

横浜でお柳は妓達と別れた。船で日本橋に戻り、そこからゆっくりと歩いて下谷へ向かった。

一年ぶりの江戸は初夏を迎えていた。暑過ぎる陽射しはお柳の大たぶさの頭へじりじりと照りつけた。

箱館では官軍と幕府軍が戦をしているというのに、江戸はそれを微塵も感じさせない。

通りを異人が当たり前のような顔で歩いている。その表情にも戦を感じさせるものはなかった。江戸は釜次郎の必死の思いに拘らず、もはや新しい世の中へ突入しているようだった。

お柳の足許は覚つかなかった。船に揺られたせいもあろうが、どこか心は虚ろだった。

身重のお柳は途中、何度か立ち止まり、水茶屋で喉を潤しながら下谷へ向かった。

吹貫横丁に入ると、母親のおたみが洗濯している姿が目についた。張り詰めたものがいっきに緩んだけれど、お柳はしばらくの間、おたみの姿を見つめていた。

桶の水を流し、井戸の傍に桶を立て掛け、おたみは疲れた腰を摩《さす》る。ふと背後に人の気配を感じて振り向いた。

「お柳！」

驚きと喜びで、おたみは悲鳴のような声を上げた。

「お母ちゃん、ただいま」

お柳はわざとそっけなく応えた。

「まあまあ……ご苦労さんだったねえ。蝦夷ヵ島から戻ったのかえ。船でかえ」

立て続けに訊きながら、お柳の荷物を受け取り、家の中に促《うなが》す。住まいも周りの景色も、お柳が出て行った時と少しも変わっていなかった。それはお柳を安心させるとともに、気の抜けたものも感じさせた。

箱館での日々がまるで夢のように思えた。

(うちは本当にあそこへおったと？　釜さんがまだ箱館で官軍と戦をしとるのに、うちは何んで江戸におると？　おかしか)

お柳は僅かに平静を欠いていたようだ。

上がり框《かまち》にお柳が腰を下ろすと、おたみは、かいがいしく濯《すす》ぎの水を運んで来た。おたみはお柳の足袋を脱がせて汚れた足を洗ってくれる。自分がするべきことを人にさせるのは何年ぶりだろう。水の冷たさはお柳の頭を痺れさせたが、それはすこぶる心地のよいものだった。

「毎日ね、自身番《じしんばん》に行って、大家さんから蝦夷ヵ島の様子を聞いていたんだよ。でもさあ、官軍の方が優勢と言われて、あたしは心配でたまらなかったんだよ。もしも榎本の坊ちゃんの軍が負けたら、お前の命もないものと、一時は覚悟したものさ。でも、戦に勝って、お前はこうして無事に戻って来た。あたしゃ、何も言うことはないよ」

　おたみはお柳の足を洗いながら弾んだ声で言った。

「お母ちゃん、戦に勝ったから、うちが戻った訳やなか。官軍に捕らえられる前に釜さんは、そっと船に乗せてうちを江戸に帰したとよ。もう、釜さんの軍に勝ちは見込めない。フランスの軍人も皆んな引き上げたとよ」

「それじゃ、坊ちゃんはどうなるんだえ」

　おたみは、つかの間、手を止めて、お柳を見つめた。

「釜さんは最高責任者だから、負けが決定した時は……どうなるかわからん。後は官軍の采配に従うしかないだろう」

「殺されるのかえ」

　おたみは切羽詰まった顔になって訊く。今までの例からすれば、そういう可能性は高い。

　だがお柳は、おたみの問い掛けには応えず、黙って唇を嚙み締めただけだった。

「榎本の奥様も若奥様もお辛いことだろうねえ。坊ちゃん、若奥様と一緒になって、まだそれほど月日が経っていないというのに」

「仕方がない。これが戦や。仙台から蝦夷地に向かう時は三千人近くの人がいたんや。それが、残ったのは千人そこそこや」

「二千人も人が死んだのかえ」

おたみは確かめるように訊く。

「うん。毎日毎日、大砲の音が聞こえない日はなかった。命を取り留めた者でも腕や腹をやられて、高松先生という医者は寝る暇もない忙しさだった」

幕府軍の中で怪我をしていない者を数える方が早かっただろう。宮古湾海戦の時は、目の前で甲賀源吾が回天から甲鉄に飛び移る刹那《せつな》、砲弾を浴びたのをお柳は見ている。甲賀だけでなく、他の兵士達も砲弾に倒れ、小石が落ちるように、ばらばらと海に散った。甲鉄の甲板は回天から見たら、一間半も下方にあった。アボルダージュ（接舷攻撃）作戦の敗因の理由でもあったろう。

「大変だったねえ。お前、よくがんばったよ。これもお父ちゃんが守ってくれたお蔭だ。お前はお父ちゃんの代わりを務めたんだからね。お父ちゃんもあの世で喜んでいるよ」

おたみは、しゅんと洟《はな》を啜《すす》った。

「さあ、それはどうだか……お母ちゃん、うち、何んや身体が切ない。少し横になりたい」

お柳は湿っぽくなったおたみに構わず言った。黙っていたら、おたみの繰り言が続くと思ったからだ。

「あいよ。今、蒲団を敷いてやるよ。湯屋は後にするかえ」

「うん」

おたみはお柳の足を手拭いで拭くと、すぐさま蒲団の用意を始めた。お柳はのろのろと着物と袴を脱ぎ、襦袢《じゅばん》だけになった。

おたみは糊《のり》を掛けた寝間着をお柳の前に差し出した。

「襦袢も汗になっているから取り替えた方がいいよ」

「うん」

上半身裸になったお柳におたみは愛しげな眼を向けたが、その眼は途中から驚きの表情に変わった。お柳の乳首は黒ずんでいた。それは妊婦にしか見られない兆候だった。

「お柳、お前、やや、ややができているのかえ」

おたみは恐る恐る訊いた。お柳は返事の代わりに短い吐息をついた。

「だ、誰の子なんだえ」

おたみは動転した気持ちを抑えて続けた。

「わからない」

「わからないって、お前……」

「寝てる間に手ごめにされたらしい」

「そんな馬鹿な！」

おたみは語気を荒らげた。

「うちは戦に行ったのや。命が長らえただけでも儲けものや。子ォができたぐらい何んね」

お柳はわざと豪気な口を利いた。

「相手はお前が名を明かせない人なのかえ」

おたみは眉間に皺《しわ》を寄せた。恐らくおたみは、お柳の腹の子の父親が釜次郎だということに気づいたのだ。

「うち、ほんまにくたくたなんや。今はそっとしておいて」

お柳はおたみの言葉をうるさそうに遮った。

お柳は手早く寝間着に着替えると、蒲団にもぐり込んだ。おたみはしばらくお柳を見つめていたが、やがて、お柳の脱ぎ捨てた着物をくるりと丸めて外に持って行った。

おたみはまた洗濯を始めた。耳を澄ますと低く啜り泣きが聞こえた。自分は親不孝な娘だと、お柳は胸で独りごちた。

疲れているはずなのにお柳はなかなか眠れなかった。遠花火のような大砲の音、青い海原、ブリュネの声、釜次郎の分別臭い表情などが次々と脳裏を掠《かす》めた。

（釜さん、うちはもう、あんたと会えんとね。うちがあんたについて蝦夷地まで行ったのは、どんな意味があったとね。うちはあんたのために男の恰好ばして通詞になったとよ。ばってん、あんたにとってのうちは、都合のよかおなごに過ぎんかったのやなかか。何も彼《か》も終わってしまえば、そんなふうにしか考えられんとよ。了簡《りょうけん》の狭いおなごと、あんたは軽蔑するだろうか。うち、あんたの本心が訊きたか。一言、好いとう、と言うてほしかった。いや、あんたが最後の最後に、うちをミミーと呼んでくれさえしたら、うちはもう何も思い残すことはなかったと。ばってん、あんたは何も言わなかった。うち、それを恨みに思うとよ。一生、恨みに思うばい……）

お柳の閉じた眼から一筋の涙がこぼれた。涙はつうっ、つうっと頰を伝い、耳の後ろに流れた。

三十七

お柳がコエトロゴン号に乗って間もなく、戦局は終盤を迎えた。幕府軍の頼みの綱の回天に官軍の砲撃が集中した。回天は浅瀬に乗り上げて抗戦したが、ついに航行不能に陥《おちい》ってしまった。

明治二年五月十一日。ついに官軍の箱館総攻撃が始まった。まず、官軍の奇襲部隊は箱館山の裏側から上陸して山頂を占領した。五稜郭の東方にある神山の台地に幕府軍は四稜郭という要塞《ようさい》をブリュネの指導で建造していた。まるで蝶が羽を拡げたような形に土塁《どるい》を巡らせたものである。そこからは箱館の市中と大森浜《おおもりはま》が一望でき、官軍の艦船が現れたことも確認できる。

その四稜郭から六町ほど離れた場所に権現台場《ごんげんだいば》という陣地も築いた。近くに東照宮神社があったことから権現台場と呼んだのだ。

四稜郭は松岡四郎次郎の部隊が守り、権現台場は本多幸七郎の部隊が守っていた。二つの部隊は官軍の攻撃によく抗戦したが、官軍は街道を南下して撤退すると見せ掛け、南の方角から突如、権現台場を襲った。それも奇襲作戦だったのだろう。ついに権現台場は官軍の前に陥落した。松岡も夕刻になって四稜郭からの撤退を決意して五稜郭に戻った。

土方歳三は一本木《いっぽんぎ》関門《かんもん》を守っていた。そこは五稜郭と千代ヶ岡《ちよがおか》陣屋の延長に位置する場所だった。幕府軍は一本木関門を通過する者から通行料を取って軍の資金の足しにしていたのである。官軍は箱館市中の奪還をめざして攻撃を仕掛けた。一本木関門を挟んで官軍と幕府軍は激しい戦闘を繰り広げた。

この時、蟠龍が官軍の朝陽を撃沈させた。

幕府軍にとって最後の快挙と言っていいだろう。

官軍の兵は虚《きょ》を衝《つ》かれた恰好で西方の異国橋へ後退した。土方はこの隙に弁天《べんてん》台場へ向かい、その近くの浜で座礁していた回天の様子を見ることにした。

回天は今や浮き砲台と化し、乗り組んでいた兵が小舟で脱出するところだった。それを対岸の七重浜にいた官軍が気づき、攻撃しようとしていた。土方は味方を援護して、無事に五稜郭方面に退避させた。

土方はそれから一本木関門に戻った。しかし、後退したはずの官軍が再びやって来ていた。抗戦するには人数があまりにも足りなかった。ここはおとなしく退却すべきではないかと土方部隊の面々は言ったが、土方は首を縦に振らなかった。

土方には二股口の戦闘で勝利した自負があった。己れの自負に掛けて一本木関門を死守する覚悟だったのだろう。だが、土方の覚悟は無謀だった。馬に乗り、関門を抜けながら官軍を追い払うという作戦に出たのだ。新撰組副長、土方歳三と聞けば、官軍は怖《お》じ気《け》をふるうとでも思っていたのだろうか。事実、土方は、「新撰組副長、土方歳三参上！」と、大音声《だいおんじょう》を発してもいる。

「土方さん、無理です。やめて下さい」

必死で止めようとする隊員を振り切り、土方は馬に鞭をくれた。だが、関門を抜けた刹那、銃弾が土方の腹部に命中し、土方は落馬して絶命した。

よしや身は　蝦夷が島辺に朽《く》ちぬとも
魂は東の君や守らむ

土方の生涯は三十五歳をもって閉じたのである。

五月十一日の戦闘では多くの犠牲者が出た。

松平太郎は箱館市中に突入していたが、戦局の悪化に同志の遺体を残して五稜郭に撤退した。人見勝太郎も負傷した。

翌、五月十二日には衝鋒隊の古屋佐久左衛門が重傷を負い、二日後に死亡した。

五稜郭落城も間近と判断した釜次郎は五月十四日の朝、オランダ留学時代にハーグ大学のフレデリク教授から進呈された「海律全書《かいりつぜんしょ》」上下二冊を官軍参謀、黒田清隆に託した。

「海律全書」は海上における国際法が記された書物だった。釜次郎はこの貴重な書物が戦火に焼かれるのが忍びなかったのだ。また、二百五十人の負傷者を湯の川の野戦病院へ送り、治療することも官軍に嘆願している。

五月十六日。官軍の兵、三百人は千代ヶ岡を襲撃した。降伏を勧める官軍に対し、千代ヶ岡陣屋を守っていた中島三郎助は徹底抗戦の構えを見せ、勧告を拒否した。浦《うら》賀《が》奉行所与力を務めていた三郎助は二人の息子とともに幕府軍に加わっていた。

千代ヶ岡陣屋には三郎助の浦賀奉行所の配下の者が五十人ほど詰めていて、五稜郭からの兵も百人ほど集まっていた。ここで三郎助の部隊はよく戦ったが、白兵戦になった時、官軍の砲弾が三郎助父子に炸裂した。

あらし吹く　ゆうべの花ぞめでたけれ
ちらで過ぐべき世にしあらねば

アメリカのペリー提督が浦賀に来航した時、応接掛《おうせつがかり》として黒船に乗り込み、折衝《せっしょう》に当たった三郎助は日本初の大型軍艦鳳凰丸《ほうおうまる》を浦賀で完成させるべく尽力した。以後、長崎海軍伝習所で学び、軍艦操練所教授という輝かしい経歴を持つ三郎助は日本の軍艦の発展に大きく貢献した人物だった。

三十八

釜次郎が降伏を決意したのは千代ヶ岡陣屋が落ちた翌日のことだった。湯の川で守備に就いていた幕府軍の二百六十人の兵が官軍に降伏し、さらに五稜郭からも二百人の兵が逃亡した。釜次郎は、これ以上の抗戦は無理と判断したのである。かくして戊辰戦争は明治二年（一八六九）五月十七日をもって終結した。

釜次郎は黒田清隆と会見し、降伏の条件を話し合った。幕府軍は五稜郭に千八人の兵が残り、これに弁天台場と室蘭《むろらん》を守っていた沢太郎左衛門の部隊を加えると、おおよそ千五百人が敗残兵だった。

釜次郎、松平太郎、大鳥圭介、荒井郁之助、永井玄蕃、沢太郎左衛門、今井信郎《のぶお》の七人は戦の首謀者として江戸へ護送された。他に士分の百八十名ほども同じく江戸へ護送され、残りは青森、秋田などで謹慎の処分となった。

その時点では、首謀者の七人は責任を取らされ、死罪になるものと誰しも考えていた。

事実、長州の木戸孝允《たかよし》、大村益次郎等は、七人を即時、斬首《ざんしゅ》すべきと主張していた。しかし、黒田清隆は違った。彼は釜次郎が「海律全書」を自分に託したことで、幕府軍が徒《いたず》らに官軍に抵抗したのではないと考えていた。また、日本に二つの政権は必要なしと言うものの、徳川家の家臣として、幕臣のその後の道が立つように画策した釜次郎の気持ちが黒田には理解できた。何より、釜次郎の数々の経歴から、殺すには惜しい人物と黒田は考え、助命嘆願運動に奔走するのである。

「お柳、お柳！」

おたみが甲高い声を上げながら家の中に入って来た。ぷっくりと膨れた腹をしたお柳は団扇を使いながら、「何んね、大きな声で。腹の子が驚きよる」と、苦笑交じりに言った。

「榎本の坊ちゃんが江戸に戻って来たらしいよ」

「え？」

つかの間、お柳は呆気に取られた表情になった。幕府軍が降伏した報は聞いていた。お柳はその時、釜次郎の命はないものと覚悟したのだ。

だが、釜次郎は江戸に戻って来たという。

それはなぜだろうかとお柳は思った。

「釜さんは和泉町のお屋敷に戻ったと？」

息をついで、お柳はおたみに訊いた。

「いいや。牢屋に入れられたらしい」

やはりという気がした。これから色々と取り調べを受け、その後で裁判になり、釜次郎の処分が決定するのだろう。

「だけどさあ、榎本の坊ちゃんの命は、もしかしたら助かるんじゃないかと大家さんも、皆んなも言っていたよ」

おたみは裏店《うらだな》の大家から世の中の動きを聞かされたようだ。大家は世情に長けた男らしい。

「どうして」

「何んでも官軍のお偉いさんが榎本の坊ちゃんを助けようとしているんだって。そりゃそうだよ。これからの日本を背負って立つには坊ちゃんはぴったりの人だからね」

そんなにうまく行くものだろうか。お柳は半信半疑だった。もちろん、お柳は、釜次郎の死を望んではいない。命長らえるのなら滅法界もなく嬉しい。

お腹の子の名乗りを上げなくても、釜次郎が生きていればお柳の励みにもなる。出産予定日は九月の半ばになると産婆は言っていた。

箱館から戻って来ても、暮らしに不足を覚えてはいなかった。お柳はおたみと子供を育てながらも、三年ほどは何もしなくていいほどの蓄えがある。当分は先のことは考えなくてもよかった。

おたみは吹貫横丁の角地にある仕舞屋《しもたや》を買って何か商売でも始めようと算段しているらしい。

「暑いねえ」

お柳は開け放した障子の外を見ながら言った。

「お柳、坊ちゃんに差し入れでもしてこようか」

おたみは、ふと思いついて言った。

「あちらのお屋敷じゃ、若奥様もいらっしゃる。お母ちゃんがそんなことせんでもよかよ」

「ご迷惑になるのかい」

「そうは言わないけれど、余計なことのような気がすると」

「お前がそう言うならよすけど……」

おたみは気落ちしたように応えた。

「うち、差し入れしてほしい人が別におるとよ」

お柳は、大塚霍之丞のことを思い出していた。大塚から家族のことは聞いたことがなかった。もしも独り者なら差し入れする者もいないのではないかと思う。その時、お柳は大塚が釜次郎と一緒に牢に繋がれているものと考えていたのだ。

「誰だい、その人は」

「うん、箱館にいた時に大層親切にしてくれた人ね。釜さんの側近をしていたとよ」

「へえ」

「うちがつわりでゲーゲーやっていた時も背中を摩《さす》ってくれたとよ」

「いい人だねえ」

「そう、いい人だった。戦が終わったら吹貫横丁に来ると言うとったけど」

「そういうことなら、是非にも差し入れしなきゃね。着替えと、何かおいしいものでも。お酒は駄目だろうから、甘いものの方がいいかねえ」

「お母ちゃんに任せる。うまく会えたら、アラミスがよろしく言っていたと伝えて」

「アラミス？」

「うん。うち、皆んなからそう呼ばれていたとよ」

「妙な渾名《あだな》だねえ。まるで毛唐みたいだよ」

「フランスの国の名前らしい。うちが世話をしたフランス人が最初にそう呼んでから、皆んなもそれに倣《なら》ったとよ」

「お前、向こうでは結構可愛がられていたんだねえ」

おたみは感心したように言った。

「さあ、それはどうだか」

「お柳、差し入れする相手は何んという名だえ」

「大塚霍之丞と言いよる。霍之丞は難しい字だから、うちはよう書けん」

「わかった。カクノジョウだね」

おたみは胸を一つぽんと叩いて、外に出て行った。

縁側の軒先に揺れている風鈴が可憐な音を立てた。陽射しは強い。獄舎の中はさぞ暑いだろうと思った。

その時、蝦夷地に吹く風が不意にお柳に甦った。身体の芯まで凍えそうな冷たい風が。

湿り気の少ない雪はさらさらしていた。吹雪になると、何も彼もが白く煙って、一寸先も見えない。そんな日に戻って来た隊員達は、まるで雪だるまだった。

するめを焼き、酒を飲んで身体を温めながら、にこやかに談笑した隊員達のあの顔、この顔が思い出される。その中の何人もが戦で命を落とした。

大砲の音が間近に聞こえると、お柳の胃ノ腑《ふ》がきゅっと縮んだ。もうあの音は聞きたくない。花火ですらいやだった。

箱館から戻ってひと月も経つのに、お柳は戦のことが頭から離れなかった。いや、日が経つほどに忘れていたことが甦る。

きんぎょ売りの間延びした声が聞こえた。

買おうか。家には長崎から持ってきたビードロの鉢があった。それにきんぎょを泳がせて眺めたら、少しは気持ちが和むかも知れない。そう思うと、お柳はゆっくりと立ち上がった。腹の子が、その拍子にむにゃむにゃと動いた。

三十九

辰ノ口糾問所《きゅうもんじょ》から戻ったおたみは、大塚霍之丞がそこにはいなかったとお柳に告げた。

「何んで？」

お柳は怪訝《けげん》な思いでおたみに訊いた。

「東京に送られたのは榎本の坊ちゃんと上の連中だけで、他は津軽や箱館の牢に入れられたらしいよ」

「そう……」

「でもさあ、糾問所の前で榎本の奥様とおらく様に会ったよ」

おたみは少し興奮気味に言った。釜次郎の母親の琴《こと》と姉のらくは毎日のように糾問所へ通っているようだ。釜次郎の妻のたつは一緒じゃなかったのかとお柳は思ったが、それはおたみに言わなかった。

「黒田様は頭を丸めて釜次郎さんの命乞いをしているそうだ。奥様もおらく様も涙をこぼしてありがたいとおっしゃっていたよ。だから、大塚さんもいないことだし、奥様に差し入れの物を預けたんだ。稲荷寿司と大福さ。坊ちゃんが大喜びするだろうと、二人はおっしゃっていたよ」

おたみは嬉しそうに続けた。黒田様とは釜次郎の助命嘆願に奔走している官軍の参謀のことである。釜次郎はおたみから差し入れされて、本当に大喜びするだろうかとお柳は思った。仏頂面で稲荷寿司と大福を口にする釜次郎を想像すると、滑稽《こっけい》で、もの悲しい気分にもなった。

琴もらくもお柳が通詞として蝦夷地に行ったことは知らないだろう。自分は芝居で言うなら黒子《くろこ》だったのだ。目には見えても、黒子は舞台では存在しない約束事になっている。

通詞は田島金太郎以下、福島時之助《ときのすけ》、飯高《いいだか》平五郎の三名が新政府に届け出されただろう。

そこには、田所柳太郎（お柳）の名はない。存在しない通詞に対して、新政府もあれこれと詮索はしないだろうし、幕府軍の連中も敢《あ》えて話すことはない。お柳のことを覚えているのはフランスの軍事顧問団の面々だけだ。だが、彼等のおおかたは本国へ強制送還された。日本に残っているのは負傷した下士官ばかり。彼等に新政府が事情を訊くことは皆無だ。お柳の存在は永遠に封印されたままだろう。

これでいいのだと思う一方、通詞の仕事を忠実にこなしたという自負が、お柳を苦しめる。うちは、あの三人より、よほど役に立つ通詞だったと。

らくの話によると釜次郎等は五月の二十日に駕籠に乗せられて東京へ護送された。ひと月後の六月二十日にようやく東京へ着いたが、その途中、立ち寄った土地で、囚人とは思えないほどのもてなしを受けたという。五稜郭戦争の話を聞きたがる侍達も宿舎の前に列を作ったようだ。

賊軍だ、朝敵だと口汚く言われた幕府軍だが、徳川様の禄《ろく》を食《は》んで来た侍達は、内心ではよくぞ戦ってくれたと思っているのだ。それがお柳にとっても救いになる。

降伏した幕府軍の兵は各藩お預けの形で箱館の実行寺《じつぎょう》、称名寺《しょうみょう》、弁天台場、津軽陣屋等で謹慎しているという。一方、素直に降伏しない者の残党狩りはすさまじく、捕まった者は斬首の刑に処せられた。

そこここで置き去りにされている幕府軍の兵士の遺骸に心を痛めた箱館の侠客《きょうかく》、柳《やな》川熊吉《がわくまきち》は、ひそかに遺骸を葬った。しかし、それも官軍の勘気に触れ、熊吉は捕らえられた。

あわや斬首される寸前、薩摩藩士、田島圭蔵《けいぞう》によって熊吉の命は救われたという。

お柳は、しかし、釜次郎が助かる見込みは少ないと考えていた。かつて、戦の首謀者はことごとく死罪に処せられている。新撰組の局長であった近藤勇でさえ斬首された。新撰組は京都守護職を仰せつかっていた会津藩主、松平容保の配下で京都の治安を守っていた組織だ。何も斬首することもあるまいとお柳は思う。新撰組副長の土方歳三は五稜郭戦争で幕府軍が降伏すれば自分の命はないものと考えていただろう。どうせ散らされる命なら、とことん戦って果てたいと思ったはずだ。

そうか。土方は死に場所を求めて蝦夷地にやって来たのかも知れない。お柳は今だからそう思える。ろくに言葉を交わしたことはなかったが、匕首《あいくち》のような鋭い眼光は忘れられなかった。

尊皇攘夷に揺れていた日本。幕府の屋台骨がぐらつくと、各藩は日和見《ひよりみ》主義で他藩の動向を窺《うかが》った。恭順するか、徹底抗戦かと。それはそうだろう。三百年近く仕えていた大恩ある徳川幕府に対して、後足で砂を掛ける行為は、おいそれとできるものではない。

結局、最初から倒幕の意志を固めていた薩摩、長州が勝利したのだ。新政府と改まった呼び方をするが、それは薩摩、長州の連合組織だ。黒田清隆がいかに釜次郎の助命嘆願に奔走したところで、釜次郎の命が風前のともしびである事態には変わりがないのだ。

自分が死んでも、泣いたりわめいたりするなと釜次郎はお柳に言った。泣いたりわめいたりするものか。それは箱館で済ませている。

お柳は従容《しょうよう》として釜次郎の死を受け入れる覚悟だった。

(釜さん、あんたの命が亡くなっても、うちはこの子を立派に育てる。ばってん、生まれたのが男の子だったら、どげんしたらよかですか。女の子はいずれ嫁に行き、その家の者になるからよかですが、男の子は、そうはいかない。あんたの血を引く子を田所の姓にして、ほんまこつよかですか。それがうちは気がかりとよ。生まれるのは女の子がよか。あんなに忙しか最中に、うちに子種を宿したあんたは大した男ばい。世間の人が知ったら、目の玉を大きくして驚きよるとよ。うちは箱館を離れる時、自分の人生は終わったごたる気持ちやった。はん、終わってなどいなかった。これから が始まりや。この子を大きゅうせないけん。十五年も二十年も掛かる。釜さん、人生は長いなあ。お母ちゃんは人生は短いと言いよるけど、うちはそう思えんとよ。おかしか、おかしか釜さん。いったいどっちが本当ね。釜さん、答えてほしか）

四十

明治二年（一八六九）十月十五日。

お柳は長女、お勝《かつ》を出産した。思わぬほどの難産だったが、お勝は元気な産声を上げた。

生まれたお勝を見て、お柳は思わず、はっとした。しかめ面のお勝の表情は釜次郎とうり二つだったからだ。

明治三年（一八七〇）五月。

吹貫横丁の裏店の土間口に一人の男が訪いを入れた。お勝はちょうど昼寝に入ったばかりだったので、お柳は男の声でお勝が眼を覚まさないかとはらはらした。

「どちら様でござんしょう」

お柳は障子を開けて訊ねた。無精髭を生やした男がじっとお柳を見ていた。男の恰好は幕府軍が五稜郭戦争の頃に着用していた軍服だった。あちこち綻《ほころ》びが目立ち、当時の颯爽とした風情は失せている。それでも幕府軍の軍服であることは、かろうじてわかった。大塚霍之丞だろうか。ふと、そんな気もしたが、自信はなかった。

「大塚です」

果たして男はそう応えた。お柳はつかの間、言葉に窮した。あまりにも大塚が様変わりしていたからだった。

「箱館からお戻りになったのですか」

お柳は何事もないふうを装って訊いた。

「はい。四月に赦免《しやめん》となりました。拙者、榎本の御前のお言付けを伝えに参りました」

「言付け？　さあ、どんなことでしょう」

そう訊くと、大塚は黙った。お柳が座敷に上がれと言わないことが恨めしいような表情だった。立ち話で済ませる内容ではなかったらしい。お柳も内心で座敷に上げるべきかどうかを悩んでいた。様変わりした大塚に臆する気持ちが強かった。一年もの牢獄生活を送った大塚に以前の快活な表情は感じられない。重苦しいものが大塚の全身を覆っていた。

「おや、お客様かえ」

買い物から帰って来たおたみが気軽な声で言った。お柳は、ほっと安心した。

「お母ちゃん、大塚さんや。ご赦免になって東京へ戻って来たとよ」

「いやあ、あんたが大塚さんですか。その節は、うちのお柳がお世話になりました。むさ苦しいところですが、どうぞお上がり下さい」

おたみは大塚の恰好に頓着することもなく、中へ促した。

大塚は眠っているお勝を愛し気に見つめた。

「赤い着物を着ているところはお嬢さんですね」

大塚は確かめるように訊く。

「ええ……」

「丈夫そうで何よりです。御前もお喜びになるでしょう」

「大塚さん。この子を御前の子として名乗り出るつもりはありません。あたしだけの子です」

お柳は俯きがちになって応えた。

「あなたはそれでいいかも知れませんが、この子はててなし子になってしまいます。それはとても不憫なことです。子供に罪はないですからね」

大塚はそう言って、お勝の上掛けをそっと直した。何気なく見ていたお柳だったが、どきりと胸の動悸を覚えた。大塚の左手の人差し指、中指、薬指は第二関節から先がなかった。

大塚はお柳の視線に気づくと、「御前をお助けするためにこうなってしまいました」と、低い声で応えた。茶を運んで来たおたみも青ざめた表情をしていた。

「大塚さん。まあ、おぶうを一杯飲んで下さいましな。せっかくいらしたんですから、ゆっくりなすって、何んなら泊まってって下さいまし」

おたみは如才なく言う。

「ありがとうございます」

大塚は、そこで初めて笑顔になった。

「訳を話して下さいな」

お柳はお勝の寝顔を見つめながら言った。

「はい……」

大塚は姿勢を正した。五月の東京は桜もとっくに終わり、夏めいていた。話を始めた大塚の身体から、何やら饐《す》えた臭いもする。

赦免になり、ようやく東京に戻って来た大塚にとって、戦はまだ終わりを告げていないのかも知れない。お柳は障子を細めに開けて風を入れた。眠っているお勝が、その拍子に寝返りを打った。

四十一

降伏を決めた日、釜次郎は黒田が差し入れた酒樽を開け、幕府軍の連中の労をねぎらった。するめを肴《さかな》に酒を酌み交わす連中には、もはや重苦しいものはなく、存外にさばさばしていたという。

だが、しばらくして、釜次郎はそっと席を外した。大塚は釜次郎が小用にでも立ったものと思っていた。ところが、釜次郎は一向に戻る様子がなかった。

気になった大塚はそっと釜次郎の部屋を訪れた。そこで大塚は愕然とした。

釜次郎は今しも短刀で自害するところだった。躊躇《ちゅうちょ》する間もなく、大塚は釜次郎を止めた。だが、釜次郎は諦めない。邪魔をするなと大塚を怒鳴った。釜次郎は己れの命に代えて残された幕府軍の連中の命を守る覚悟だった。

大塚は素手で釜次郎の短刀を奪い取ったために、指を斬り落としてしまったのだ。

やがて騒ぎに気づいた幹部達も駆けつけ、はやる釜次郎を制した。手を押さえて呻《うめ》く大塚を見て、釜次郎はようやく思い留まったのだ。

大塚は携えた頭陀袋《ずだぶくろ》から、その時の短刀を出してお柳に見せた。お柳は黙って白鞘の短刀を見つめた。釜次郎の気持ちが痛いほどよくわかった。釜次郎は武士として、最期は潔く死にたかったのだ。

「どうして止めたんですか」

お柳は短刀に眼を落としたまま訊いた。

「どうしてって……」

大塚は訝しい表情でお柳を見ている。

「御前は覚悟の上で自害しようとしたのでしょう？　どうして死なせてやらなかったんです」

「田所さんは御前が死んだ方がよかったとおっしゃるんですか」

大塚の口調に怒気が感じられた。

「どうせ、官軍に殺されちまうんだ。それならいっそ、自分の手でけりをつけた方がよかったのじゃないですか」

「殺されるとは決まっておりません」

「さあ、それはどうでしょう。今まで戦を起こした者が助かったというためしがありましたか。皆んな、殺されちまったじゃないですか。御前だけが助かるなんて、あたしは信じられない」

「確かに、今までの例ではそうかも知れません。ですが、時代は変わったのです。御前はこれからの世の中に必要な人間です。土佐の坂本龍馬を筆頭に、ご一新では優秀な人物が何人も死んでおります。官軍もまんざら馬鹿ではありません。これ以上、無駄な殺傷はしないはずです。黒田さんが必死に御前の助命嘆願に奔走しておるのがその証拠です。それに、お嬢さんのためにも御前には生きていただかなければ……」

大塚はそう言って、お勝に視線を向けた。

「御前の言付けとは、この子のことですか」

お柳はようやく大塚の来訪に察しをつけた。

「むろん、それもありますが、田所さんについても御前は深く案じられておいでした」

「もう、それはよろしいのですよ。お母ちゃんと三人で何んとかやって行きますから」

「御前は、赦免になったら田所さんの家に行けと拙者におっしゃいました。そして田所さんに異存がなければ、そのう……お嬢さんの父親代わりとして面倒を見るようにと命じられました」

お柳は驚きのあまり言葉を失った。おたみもぎょっとした表情で大塚を見た。

「大塚さん、幾ら釜次郎さんのお言葉でも、それはいけません。こんな子持ちの女と一緒になるなんざ、ご両親が承知しませんよ」

おたみは早口に言った。おたみは大塚がお柳と結婚すると考えたようだ。

「いえ、拙者はすでに妻子がおります。田所さんと結婚することはできません」

大塚はすまなそうに低い声で言った。

「あ、ああ、そうでしたか。そうでしょうねえ」

おたみは早合点した自分を取り繕うように苦笑いした。

「ご家族は、どうされておいでですか」

お柳は大塚が独り者ではなかったことに驚いたが、何事もないふうを装って訊いた。

「はい。寺沢儭《しん》太《た》郎《ろう》（正明）の家に身を寄せております」

寺沢儭太郎は大塚と同じ彰義隊の隊員で、箱館でも一緒に戦って来た同志だった。

「奥様は、どうお思いになるでしょうか」

お柳は大塚の妻の気持ちを慮《おもんぱか》って言った。

「榎本さんのご命令ならば是非もありません」

大塚はきっぱりと応えた。お柳はその拍子に乾いた声で笑った。

「もう戦は終わったんですよ。御前の尻拭いをする必要もないでしょう」

お柳は皮肉な調子で吐き捨てた。だが、大塚は怯《ひる》まなかった。お勝に父親がいないのは不憫だと喰い下がった。お勝を持ち出されたらお柳も弱い。言う通りにするしかなかった。

大塚はまた、お柳一家の今後の面倒を見ることも釜次郎から命じられたらしい。しばらくお柳の家に逗留して、おたみともども先行きの相談をしたい考えだった。おたみは一目で大塚が気に入ったらしい。

近所の連中は、見知らぬ男がお柳の家で寝起きするようになると、早くもお柳の亭主が戦から帰って一緒に暮らしているのだと思うようになった。今までは亭主がいないのに子供を産んだお柳を何んとなく煙たい眼で眺めていた。近所の人間もほっとしたのだろう。

お柳は世間体という言葉を改めて噛み締めた。今はお勝のために大塚が必要だと感じるようにもなった。

大塚が釜次郎の自害を阻止した翌日、幕府軍の幹部は箱館の亀田《かめだ》村にあった官軍の屯所《とんしょ》に出頭した。そこで改めて官軍から降伏条件が提示された。五稜郭は開城し、首謀者は新政府の軍門に下ること、その他の隊員は箱館の寺で謹慎すること、武器弾薬は一切差し出すことだった。

大塚は称名寺《しょうみょうじ》に仮収容された。それから青森を経て弘前の最勝院《さいしょういん》に移されたが、明治二年の十月に再び箱館に戻され、弁天台場で謹慎生活を送った。季節は冬を迎えていたが、幕府軍の隊員、約五百名は、ろくに草履《ぞうり》、足袋の支給もなく、裸足で雪の中を弁天台場へ向かったという。五百名は弁天台場の六つの部屋に収容されたが、身体を横たえる隙間もない窮屈な毎日だった。謹慎中に命を落とした者も何人かいたらしい。

しかし、明けて明治三年の四月に赦免が決定された。大塚は解放されると、その足で東京へ向かったのだ。

過酷な謹慎生活をねぎらうと、大塚は、「いやあ、彰義隊の頃には、もっとひどい目に遭っておりますからね」と、屈託なく応えた。

大塚は上野戦争当時、彰義隊の頭取並《かしらどりなみ》を務めている。戦争に負けると、同じく彰義隊の丸毛《まるも》靫負《ゆきえ》、天野八郎らと再起を謀《はか》り、江戸城を奪回しようと画策した。潜伏していた隠れ家で天野と朝食を摂《と》っていた時に官軍に襲撃された。天野は官軍に捕まったが、大塚は隠れ家の隣りにあった神社のお堂の床下で二昼夜、身を潜《ひそ》め、難を逃れたという。

大塚はお柳より先におたみと打ち解け、吹貫横丁の角地《かどち》の仕舞屋を買い取って、早くも食べ物屋を始める算段をしていた。

もともと、釜次郎の側近をしていたぐらいだから機転が利き、行動力もある。朝飯を食べると、すぐに外に出て行って家主と打ち合わせをしたり、商売の仕入れ先を探したりしていた。その合間に和泉町の榎本家を訪れて、色々と釜次郎に関する情報を集めていた。

なぜか、家族が暮らす寺沢の住まいに戻る様子がないのをお柳は訝《いぶか》っていた。妻も子も戦が終わり、ようやく一緒に暮らせるようになったというのに、大塚はお柳の家に入り浸りだった。

尾羽うち枯らしたような恰好も、おたみがまめに世話を焼いて、こざっぱりしてきた。

髭を落とすつもりはなかったようだが、お勝が恐ろしがって泣くので、大塚は渋々、剃り落とした。箱館時代の涼し気な容貌が、やや戻った。

明治二年の六月には版籍奉還が許可となり、さらに八月になると蝦夷地一円という呼称は北海道に改められた。箱館も函館となった。

大塚は賀久治《かくじ》と改名した。世間を憚《はばか》る意味と、もちろん新しい時代に向けての心機一転のつもりだったのだろう。

四十二

辰ノ口糾問所は軍の裁判に掛けられる者を留置する牢であるが、同時に人殺し、押し込み（強盗）、放火の下手人も収容されていた。

江戸時代の名残りで、各々の牢には牢名主がいた。釜次郎が入牢となった所にも、その牢名主がいた。畳を積み上げた上から、牢名主は釜次郎の罪状を訊《たず》ねた。けちな罪を働いた者に対する苛《いじ》めは、牢内では相当のものだった。

「娑婆《しゃば》で働いた悪事だと？　べらぼうめい。おいらはな、箱館の五稜郭戦争をしてきた榎本だ」

そう応えると、牢名主は畳から下りて這《は》いつくばった。榎本武揚の名は牢内でも、すっかり有名になっていたようだ。その日から、釜次郎は牢名主に祭り上げられた。

他の幹部の松平太郎、大鳥圭介、永井玄蕃《げんば》、荒井郁之助《いくのすけ》、沢太郎左衛門も、それぞれの牢で牢名主となった。

釜次郎は読書三昧で日を暮らしたが、合間に同じ牢の囚人達に読み書きを教えた。

「わいわいがやがやと、賑やかにやっております」と獄中から知人へ手紙をしたためている。しかし、釜次郎も他の幹部も死罪になることは避けられないと考え、刑の執行を待つ覚悟だった。

新政府は釜次郎等の処遇を巡って、連日大論争となっていた。木戸孝允《きどたかよし》、大村益次郎等の長州派は即刻、死罪に処すべしと唱え、黒田清隆等の薩摩派は赦免を訴えていた。そのために両派は対立した。

明治三年の九月に釜次郎は重病に陥った。不自由な獄中暮らしでは食べ物も満足ではなかったし、敗戦の疲れがその頃になって出たものとも思われる。

釜次郎の母親の琴は何んとしても病の息子に面会したいと願い、遠縁の福沢諭吉《ふくざわゆきち》に嘆願書を頼んだ。福沢は嘆願書の原文を書き、琴がそれを清書して兵部省《ひょうぶしょう》に差し出し、ようやく面会が叶った。

釜次郎は琴との面会から元気を取り戻し、病は徐々に回復していった。

釜次郎は読書ばかりでなく、禄を失った幕臣達の役に立つように、石鹸や蠟燭の製法を書き残した。『開成雑俎《かいせいざつそ》』は最初に書いた釜次郎の著書である。さらに、卵の人工孵化《ふか》の研究、金銀のメッキ法、ガラス鏡の製法、硫酸の製法などを考案し、模型を試作したりした。もちろん、牢内でそのようなことをするのはご法度《はっと》で、釜次郎は何度も厳重な注意を受けた。それでも研究をやめようとはしなかった。それ等の研究は、いずれ北海道開発に必ず役立つはずだと信じていたからだ。

そう、釜次郎にとって、北海道は相変わらず幕臣達の再生の鍵を握る夢の土地だったのである。

釜次郎が牢に繋がれている間の明治四年（一八七一）八月。釜次郎の母親の琴は息子を案じながら、ひっそりと息を引き取った。

父親の円兵衛に続き、またしても釜次郎は親の死に目に逢えなかったことになる。

お柳は琴の訃報に胸を詰まらせた。本当なら、お勝は琴の内孫となるのだ。だが、琴はお勝の存在などつゆほども知らずにあの世へ旅立ってしまった。それはある意味で倖せだったのかも知れない。これ以上、琴に悩みの種を増やさせたくはなかったと、お柳も思う。

二歳になったお勝は片言を喋るようになった。

お勝は大塚賀久治（霍之丞）を「父《とと》」と呼ぶ。お勝は賀久治を、父親として微塵も疑ってはいなかった。賀久治を慕うお勝を見ていると、お柳の胸はほろ苦く痛んだ。お柳は、賀久治と夫婦ではない。お勝が真実を知る時、お柳は何んと言い訳したらよいのか。それを考えると、お柳は今から胸が痛んだ。

賀久治は裏店の角地《かどち》の店ができ上がると、しばらく知り合いの寿司屋に通って、寿司職人の修業を始めた。お柳は手が不自由なのに握り寿司などできるものかと訝しんでいたが、それは、口にはできなかった。だが、ものの三ヵ月もすると、賀久治は寿司屋「柳《りゆう》寿司」を開店させた。

開店した時から、もの珍しさもあってか、店は繁昌した。噂を聞きつけて彰義隊の仲間や箱館時代の朋輩《ほうばい》も集まり、毎晩、店内には賑やかな話し声が溢れた。賀久治は店の二階で寝泊まりし、お柳とおたみ、お勝は裏店の方で暮らしていた。それでも、夜になれば、おたみにお勝を預け、お柳は店を手伝った。

かいがいしく店を手伝うお柳にかつての通詞アラミスの面影はない。それでも何人かは怪訝な眼でお柳を見た。

「どこかでお会いしたことはありませんでしたか」と真顔で訊かれ、お柳は返答に困った。

「こいつの弟が五稜郭で通詞をしていたんですよ」

賀久治は、しゃらりと応える。

「ああ、アラミスだ。よく覚えていますよ。その後、弟さんはお元気ですか」

そこまで言っても気づかない。お柳がそのアラミスと気づいたのは、それからしばらく経った頃だった。連中は改めて、男装して通詞に就いていたお柳に感心したふうだった。

釜次郎が辰ノ口糾問所にいる間に黒田清隆は北海道開拓使次官に就任した。この時、長官は不在だったので、黒田は実質上、最高責任者として采配を振るうことになる。黒田はアメリカから技術者を日本に呼び寄せ、北海道の開拓に乗り出す考えだったが、何も彼《か》もアメリカ人に任せるのには不安を覚えた。開拓には北海道をよく知っている日本人を加え、でき得るならば日本人が主導権を握って進めたいと考えた。その日本人とは釜次郎をはじめとする幕府軍の連中だった。彼等なら北海道の気候風土に明るい。これ以上の適任者はいなかった。また、黒田は釜次郎が牢内で北海道に役立つ研究を続けていることも洩れ聞いていた。

黒田は釜次郎の助命が叶ったあかつきには、北海道の開拓使の一員に加えるつもりだった。

黒田は福沢諭吉や西郷隆盛を後ろ盾にして、釜次郎の助命嘆願運動をさらに強く進めた。

だが、長州派は、相変わらず釜次郎の処刑を求めてやまなかった。黒田は仕舞いには、「奴を斬るなら、その前におれを斬れ」と息巻いた。

最終的には西郷隆盛の意見が長州派を抑えた。西郷は「榎本こそ憂国の武士である。彼が五稜郭戦争に幕臣を率いて行ったのは、すべて徳川家のためである。そのような義と情に溢れた人物を長く牢内に閉じ込めるのは政府の失態である。一刻も早く赦免させ、新政府の役人に重用《ちょうよう》すべきである」と、長州派の使者、品川弥二郎に語ったという。

かくて、西郷の言葉が功を奏し、明治五年（一八七二）一月六日。釜次郎以下、五名の者に赦免状が出されたのである。

残念なことは、一緒に収監されていた松岡磐吉《いわきち》（四郎次郎）が赦免状を受け取る前に牢内で死去していることだった。釜次郎は赦免になったことで、もちろん、黒田清隆には感謝の気持ちでいっぱいだった。

しかし、新政府の役人に就くことは拒否した。黒田への感謝は別として、薩摩長州の連合組織の新政府へ自分が参加するつもりは、さらさらなかった。

黒田は北海道開拓使という魅力的なポストで釜次郎を誘った。黒田のやり方は腹ペコの馬の前に好物の人参をこれ見よがしに振り回すようなものだったろう。釜次郎の中でも深く葛藤するものがあった。だが、やがて釜次郎は決心する。一度は捨てた命である。その命を日本のために使う。それこそが戦争を引き起こした自分の真の謝罪であり、また恩返しともなる。たとい、周りが薩摩長州の連中であろうが、そんなことは、もはや関係がない。自分は精一杯やる、やれる。

迷いを吹っ切ると、釜次郎は黒田の要請を引き受けた。他の五名もそれぞれに新政府の役に就いた。

明治五年、五月。釜次郎は慌ただしく横浜から函館行きの船に乗った。

「お柳さん」

酢飯を拵えていたお柳に、賀久治は声を掛けた。お柳は手を止めて振り返った。

賀久治は沈んだ表情だった。

「どうかしましたか」

そう訊くと、賀久治はざんぎり頭に締めていた豆絞りの手拭いをむしり取った。

「御前は新政府の役人になったそうだ」

お柳は咄嗟のことに、何んと応えてよいかわからなかった。賀久治は不愉快そうに顔をしかめた。賀久治は敵として戦った薩長連合の政府の一員となった釜次郎がおもしろくなかったのだ。無理もない。賀久治は、官軍と徹底抗戦をする覚悟をしていた彰義隊の頭取並だった男である。

「二君にまみえず、とあれほどおっしゃっていたのに……」

賀久治は独り言のように呟《つぶや》いた。

四十三

黒田清隆は、北海道開拓使次官の就任に先立ち、明治三年（一八七〇）の八月から二ヵ月間、カラフト及び北海道東岸を視察した。

視察を終えて帰京した黒田は政府に建議を呈した。その中には開拓の熟練者を外国から雇うという項目も含まれていた。北海道の開拓を西洋技術の導入によって進めるという黒田の意向は当初から変わっていなかった。この計画を実行に移すべく、黒田は翌年の明治四年に二十余名の留学生を伴《ともな》い、アメリカに渡った。

黒田はそこでアメリカ合衆国農務局総裁、ホラシ・ケプロンを知り、彼を日本に招聘《しょうへい》することに成功した。同時に開拓に必要な機械も多数購入した。ケプロンとは任期四年の契約を結んだ。これが日本のお雇《やと》い外国人の最初である。

黒田は開拓使次官とともに陸軍や政府の要職を兼任していたので、その立場を利用して、開拓使の登用はすべて黒田の息の掛かった連中で占められた。「黒田王国」と陰口を叩かれたゆえんである。だが、黒田は開拓使次官に就任してから滅多に北海道へは訪れず、もっぱら東京芝《しば》の増上寺《ぞうじょうじ》内に設けられた出張所で指示を出していた。開拓移民は廃藩置県によって職を失った士族が中心だった。彼等に生計の道を与えることが、そもそも北海道開拓の主旨でもあった。

特に東北各藩は積極的に北海道への移住を希望した。廃藩置県以前も仙台伊達藩は六十二万五千石を二十八万石に減封《げんぽう》され、南部藩は二十万石を十三万石に削られた。会津藩は二十八万石を斗南《となみ》三万石へ移封《いほう》という状態だったからだ。東北各藩の士族達が北海道開拓移民の草分けとも言えただろう。

北海道だけでなく、カラフトも黒田の悩みの種だった。カラフトにおけるロシアと日本の国境問題は何度も交渉したにも拘《かかわ》らず、未だ解決されないままになっていた。明治に入ってからもロシアの進出は目ざましく、カラフトではロシア人と現地日本人の間で小ぜり合いが続いていた。

ところが、突然、ロシア側から千島列島とカラフトとの交換の意志が呈示された。この交渉がうまく行けば、カラフト問題は一挙に解決する。黒田は日本側の使者として釜次郎を抜擢した。

明治七年（一八七四）一月。

開拓中判官から海軍中将に転じた釜次郎は駐露特命全権大使に任命され、千島・カラフト交渉のためにロシアのペテルブルク（ロシア帝国の首都）へ赴いた。

翌明治八年（一八七五）五月。カラフトとウルップ島以北の千島列島の交換条約は締結された。

明治八年ともなると、東京はすっかり様子が変わった。外国人と接する機会の多かったお柳は西洋文化に対し、ことさら驚くことはなかったというものの、東京の目まぐるしい変貌ぶりにはため息が洩れた。特に京橋、銀座界隈は以前の面影を全く失ってしまった。

その界隈は煉瓦街となり、夜にはガス灯が点《つ》いた。明治五年の火事で、その辺りは五千戸が焼失した。それをきっかけに新しい町造りが始まったのだ。新橋、横浜間には鉄道も開通した。

日本は欧米文化を取り入れるため躍起になっているとお柳は思う。西洋料理店の進出も盛んで、また牛鍋屋が人々の人気を集めていた。そのせいか、場末の柳寿司の景気は低迷していた。

賀久治は、もはやこれまでと諦め、店を閉めることをお柳に告げた。

「それで、これからどうするんですか」

お柳は自然、詰る口調になる。この何年かは商売のお蔭でお柳一家と賀久治一家の口を賄《まかな》って来たのだ。いくばくかの蓄えもできたが、店を閉めるとなれば先行きが不安だった。

「榎本の御前に前々から工部省に入れと勧められていたんだ」

賀久治はお柳の視線を避けて言った。

「大塚さんは御前に見切りをつけたのじゃなかったんですか」

「あの時はな」

釜次郎が黒田の推薦で政府の役人になった時、賀久治は口汚く釜次郎のことを罵《ののし》った。

お柳はそれを覚えていた。

「だが、時代は変わった。いつまでも徳川様を引き摺っていてもどうなるものではないと思うようになった」

「店がいけなくなったから、役人に鞍替えする気になったんでしょう?」

お柳がそう言うと、賀久治は居心地悪そうに黙った。

「御前の傍で仕事をしたいのね」

お柳は賀久治の気持ちを察して続けた。

「あの人の命を助けたのはおれだ。死なせるにはどうしても惜しい人間だったからだ。きっとその先、日本のために何かしてくれると信じていた。その通り、御前は過去を振り切って、自分がするべきことをしている。おれも見習いたいと思ってな。お柳さんならおれの気持ちはわかってくれるだろう?」

賀久治は言い訳するように声を張り上げた。

「ええ。ようくわかりますよ。あたしも子供の頃から、御前が日本に必要な人間だと思っておりましたもの。その通り、御前は今回のロシアとの問題を見事に解決したじゃないですか。大塚さんが役人になりたいのなら、あたしは四《し》の五《ご》の言いませんよ。もともと寿司屋のおかみさんになろうなんて思っていた訳じゃなし」

「相変わらずさっぱりした女だ。御前が惚れる訳だ」

「よしてよ。御前のことは箱館できっぱりけりをつけたのだから。大塚さんが、わざわざ御前の話をするのは、まるであたしに当てつけているように聞こえる」

「そんなつもりはないんだが……」

「ねえ、今だから訊くけど、お勝の父親になれと言われた時、大塚さん、正直、どう思った？」

「別に」

「別にって、何も感じなかったの？」

お柳は賀久治の顔を見つめた。ざんぎり頭に豆絞りの手拭いが板についている。今さら勤め人ができるのかとお柳は思う。

「御前に右を向けと言われりゃ、おれは黙って右を向く。それが側近の心得だ」

「………」

「うそだよ。むろん、他人の子を自分の子にするには、平気という訳にはいかない。だが、相手が御前なら、是非もないと思っていた。それに、男装して通詞をしていたお柳さんが、ずっと気になっていた。ぺらぺらとブリュネと話しているお柳さんを大したもんだと思っていた。お柳さんが男だったら、今頃は政府の役人になっていただろう」

「ムッシュブリュネ……」

長いこと口にしなかった名前だった。どうしていることだろうと思った。

「通詞をしていた田島さんにも会ったよ。あの人は今、陸軍にいる。五稜郭当時のフランス人は皆、本国へ帰ったのかと訊いたら、これが驚くじゃないか、十人の内、五人も日本に留《とど》まっているらしい」

「誰と誰？」

「デブスケ、マル公、ブッタ、カズ公、それにデシャの野郎だ」

ブリュネを慕って行動を共にした下士官達だった。デュブスケ、マルラン、ブッフィエ、カズヌーヴ、デシャルム。懐かしい顔がお柳の脳裏を駆け巡った。

「もっとも、マル公とカズ公は死んだそうだ。デブスケは日本人の嫁さんを貰って帰化したらしい。ブッタも同じだ。デシャの野郎は一旦フランスへ帰ったんだが、二、三年前にまた日本へ舞い戻ったらしい。奴等は、よほど日本が気に入ったんだな」

「そうですか」

「デシャの話では、ブリュネがフランスへ帰ると、すぐさま、プロシアとの戦争が始まったらしい。ライン防衛軍に配属されて、ザール何んとかの戦闘やら、何んとかバッハの戦闘やらに駆り出されたようだ。メッツの戦闘で捕虜になり、半年近く監獄に入れられたらしい」

フランスに帰国したブリュネは一八七〇年（明治三）三月に現役へ復帰し、中部フランス・シャテルロー兵器工場の副工場長に就いた。

同年七月。普仏戦争が始まると、ブリュネは砲兵大尉としてライン防衛軍に配属された。

八月二日のザールブリュッケンの戦闘、六日のフォールバッハの戦闘、十六日のグラヴロットの戦闘、十七日のサン・ブリヴァの戦闘に参加した。しかし、メッツ攻囲戦で捕虜となり、その年の十月にハンブルクに送られ、翌年一八七一年（明治四）の三月まで捕虜生活を強いられた。

釜次郎も三年近く牢獄生活を送った。日本とフランスの距離を隔てているとはいえ、二人には獄舎の狭い窓から空を見上げていた共通する時期があったのだ。それもまた、因縁であろうか。

しかし、一八七二年（明治五）、陸軍大臣副官として復帰してからブリュネの目ざましい昇進が続く。一八七三年（明治六）の三月から在オーストリア・フランス大使付武官としてウィーンに赴任。砲兵大佐に昇進したという。

「皆んな、出世しておめでたいこと。大塚さんも、せいぜい気張ってお勤めして下さいな」

お柳が言うと、賀久治は苦笑して鼻を鳴らした。

四十四

賀久治が工部省に入省を勧められたのは、釜次郎と同じく辰ノ口糾問所で赦免となった大鳥圭介が開拓使として新政府に出仕し、その後、大蔵省、陸軍省を経て、明治八年の今年から工部省に転じたからだ。

大鳥は釜次郎の助言もあり、まだ役職に就いていなかった賀久治を登用することにしたのである。

その年、柳寿司の店は居抜きで人に譲り、一家は賀久治の通勤の便を考えて氷川《ひかわ》神社の傍の氷川町に移った。

工部省は伊藤博文、山尾庸三《ようぞう》等の意見を入れて創設された新政府の部署で、鉱山、製鉄、灯台、鉄道、電信等、重工業の殖産興業を担当した。賀久治にとっては、今まで手がけたことのない仕事だった。工部省の傍には工学寮と呼ばれた技術教育機関があった。

賀久治はそこで半年ほど研修を受けてから、しかるべき役職に就くはずだった。だが、ひと月も経つと、賀久治は早くも弱音を洩らすようになった。幕府軍の連中も工部省に登用されていると言うものの、実態は、やはり薩摩長州の連合組織である。ましてて指のない賀久治には相当に風当たりが強かったらしい。釜次郎の自害を止めるためにそうなったと説明しても周りは理解してくれなかった。むしろ、なおさら賀久治に冷たくなった。

釜次郎率いる幕府軍のせいで命を落とした官軍の兵も多かった。彼等は釜次郎がカラフト・千島列島の交換を成功させても、依然として苦々しく思っている連中ばかりだった。

日本の近代化は教育の機関に波及し、明治五年から学校制度が敷かれた。文部省はフランス、アメリカに倣《なら》い、全国に小学校を開設して教育の普及に努めた。明治六年の全国の小学校数は一万三千に上った。とは言え、就学率は男子で三十九パーセント、女子は僅かに十五パーセントにしか過ぎなかった。

数え年七歳になったお勝は明石《あかし》町の小学校へ通っていたが、そこは、官立ではなく、江戸時代の手習所《てならいどころ》を踏襲した小規模な私塾だった。お勝は毎日、風呂敷に石板《せきはん》と石筆《せきひつ》、それに弁当を包んで明石町の山本小学へ通っていた。

山本小学の師匠の山本東斎《とうさい》は、ご一新前は幕府の祐筆《ゆうひつ》を務めていた六十過ぎの男で、温かく思いやりのある人物だった。東斎は居残りさせてまで弟子達を指導する熱心な面もあったので、父母達の評判は高かった。お柳もお勝を東斎の所へ通わせてよかったと思っていた。

その日も帰りが遅いお勝をお柳は迎えに行った。案の定、書き取りの試験がうまく行かなかったので、居残りして復習させられていたという。

「おっ母さん、何んで先生は英語を教えてくれないの？　あたい、いろはよりも英語を覚えたいのに」

お勝は不満そうに言う。木綿縞の袷《あわせ》は羽織と対《つい》になっている。おたみが孫のために縫ったものだ。だが、お勝はＡ六番女学校へ通う生徒のように矢絣《やがすり》の着物に海老茶の袴の恰好がしたいのだ。

宣教師のカロザース夫妻は、来日すると布教活動の一環としてミッションスクールの経営に力を入れた。カロザース夫人のＡ六番女学校は明治三年に開校された。東京最初の女学校である。生徒は富裕な家の娘達で、お勝には縁のない所だった。

「山本先生は英語がご専門じゃないから仕方がないよ」

お柳は東斎を庇《かば》うように応えた。

「でも、おっ母さんは子供の内から外国の言葉を覚えた方がいいって言ったでしょう？」

「ああ、それはそうだけど」

「アメリカ人は赤ん坊でも英語を喋るんでしょう？　だったら……」

赤ん坊でも英語を喋るという言い方がおかしくて、お柳は笑った。

「お前、そんなに英語がしたいのかえ」

お柳は試しに訊いた。お勝は張り切って肯く。その表情は釜次郎とよく似ていた。

「英語を覚えてどうするのさ」

「あたい、アメリカに留学する。それからA六番女学校の先生になる」

「へえ、すごいねえ」

「通詞もいいけれど、学校の先生の方がいい。長いドレスを着て、教壇の前で生徒に教えるの」

「A六番女学校のお嬢さん達を教えるには英語ばかりじゃなく、行儀も言葉遣いもちゃんとしなけりゃいけないよ。あたいなんぞと言っていたら笑われるよ」

「わたくし、そうですわね、よくってよ、さようでございます、ごきげんよう」

「へえ、よく知ってるじゃないか」

「肩凝《こ》っちゃうね。おっ母さんは通詞をしていたそうだけど、時々、長崎の訛《なま》りが出るよね。それでもよかったの?」

「おっ母さんが相手をしていたのは、いい所のお嬢さんじゃないもの」

「誰?」

「フランス人さ」

「すごい。それじゃ、フランス語を喋ったのね」

「ああ」

「いいな、フランス語も」

「お勝、フランス語や英語ができても肝腎の日本語がお粗末ならどうしようもないじゃないか」

「わかっている。でも、おっ母さん、あたいに英語を教えて、それとフランス語も」

「いいよ」

お柳はそう応えると、お勝は嬉しそうに笑った。血は争えないと思う。お柳の父親の平兵衛と、今や五ヵ国語に通じている釜次郎の血は間違いなくお勝にも受け継がれていた。

お勝もいずれ外国語を遣う仕事に就くような気がした。それは嬉しい半面、なぜか畏《おそ》れ多いような気持ちをお柳に抱かせる。

釜次郎はまだロシアに赴任したままだ。ロシアだけでなく積極的にヨーロッパも視察しているようだ。それはすべて北海道開拓のためだった。開拓に対する所見、ラッコやアザラシの毛皮の見本を日本に送っているという。

釜次郎は昔も今も、常に北海道のことを考えているのだとお柳は思う。北海道を考えるということは、とりも直さず、徳川の家臣達のことを考えることでもあった。

二人が家に戻ると、家の前に人垣ができていた。近所の人間が心配そうに中の様子を窺っていた。

「あの、すみません。何かありましたでしょうか」

お柳は控え目に声を掛けた。お柳を認めると、近所の女房は「お柳さん、大変だよ。おっ母さんが倒れたらしい」と、早口に言った。

「え？」

動転する気持ちを抑えて中に入って行くと、おたみは蒲団に寝かされて医者の手当てを受けていた。台所でも、隣りの女房が洗い物をしていた。おたみの異変に気づき、手早く医者の手配をしたのは、その女房だろう。お柳は礼もそこそこに、おたみの傍に行った。

おたみは鼾《いびき》をかいて眠っていた。

「先生、大丈夫でしょうか」

お柳はおたみの顔と医者の顔を交互に見ながら訊いた。白髪の医者はかなりの高齢だったが、まだ眼や耳はしっかりしているようで、「卒中ですな。何しろこの人も年だから。引っ越しして来て、間もないそうだね。色々、疲れが溜まっていたのでしょう。少しは様子を見ないことには何んとも申し上げられませんな」と、気の毒そうに応えた。とり敢えず、処方した薬を気がついたら飲ませるようにと言い添えた。手伝いをしてくれた女房達に礼を述べて帰って貰うと、時刻は午後の八時を過ぎていた。

空腹を訴えるお勝に晩飯を食べさせると、おたみの呻き声が聞こえた。

「おっ母さん、大丈夫？」

お柳は慌てて訊く。虚《うつ》ろな眼をしたおたみは微かに肯いたが言葉は喋らなかった。右手は動くが左手は棒のように動かない。卒中を患った年寄りはお柳も何人か知っている。おたみはそんな年寄り達と同じように半身に麻痺《まひ》を起こしていた。

これからどうしよう。お柳は暗澹《あんたん》たる気持ちだった。思えばおたみに頼りっ放しのお柳だった。しっかりしなければと胸で呟いたが、心細さはたとえようもなかった。

賀久治は工部省の寮に泊まり込んでいるので、翌日にならなければ連絡が取れなかった。

お柳は眠る気にもなれず、おたみの傍でひと晩を過ごした。元気な時のおたみの顔が何度も脳裏を駆け巡った。

（お母ちゃん、お父ちゃんが死んでから、もう十一年にもなるとよ。早いなあ。この十一年を、お母ちゃんはどんな気持ちでおったとね。たった十一年でも、うちは百年も生きたごたる気持ちとよ。お勝が無事に嫁に行ったなら、うちはもう、何も望みはないと。お母ちゃん、うちがお父ちゃんに倣って通詞の真似事をしとったこと、お母ちゃんはほんまこつ、喜んでおらんとじゃなかか。そうね、おなごは当たり前がよか。フランス語や英語を喋らなくても、おなごは生きてゆける。うち、それがようくわかった。ばってん、うちはそれを知ってしまった。どげんするとね。この先、知ってしまった言葉をどこへ捨てたらよかね。うちの悩みはそれね。なあ、お母ちゃん、うちはこの先、どげんしたらよかね）

お柳は瞼を閉じているおたみに心の中で問い掛けた。声は出していないのに、その時、おたみの目尻からすうっと涙が伝った。お柳は、はっとした。慌てておたみの手を握った。

「お母ちゃん、しっかりして！」

お柳は涙声で叫んだ。傍でお勝も「お祖母《ばあ》ちゃん」と呼んでいた。

おたみは眼を閉じたまま、「もう、いい」と呟いた。何がもういいのだろうか。お柳はおたみに呼び掛けたが、それきりおたみは何も応えなかった。

四十五

釜次郎のロシア滞在は明治七年から四年間に及んだ。帰国に際して釜次郎はシベリアを横断して北海道に渡り、小樽、札幌、函館に立ち寄ってから東京へ向かった。

釜次郎は帰国後、役職を退き、小樽に購入した土地で農業の実験を試みる気持ちでいた。

しかし、ロシア赴任中に、西南戦争で西郷隆盛が戦死し、さらに大久保利通が暗殺されると政府内に人材の不足が囁かれるようになった。釜次郎の退職は周りに押し留められた。

明治十二年（一八七九）、四十四歳の釜次郎は外務大輔《たいふ》に推挙された。

賀久治はおたみが倒れたことを理由に工部省を辞め、知り合いの料理屋へ手伝いに行ったり、人足仕事に出て僅かばかりでも暮らしに必要な給金を運んでいた。相変わらず、自分の家族の所とお柳の住まいを行き来する生活が続いていた。

釜次郎が帰国し、外務大輔に就任した知らせを聞いて間もなく、おたみは二度目の発作を起こし、とうとう帰らぬ人となってしまった。葬儀は近所の人々が集まっただけの寂しいものだった。


お柳は暮らしの不足を補うため、偶然にもA六番女学校の生徒の英語を見ることになった。それはお勝の師匠である山本東斎の勧めだった。

お勝が東斎に、「あたいのおっ母さんは英語とフランス語ができるの」と、得意そうに喋ったせいだ。それで知り合いの娘が英語に往生していると聞いて、お柳に英語をさらってやってくれと頼んできたのだ。

お柳が引き受けたのは十七歳の二人の女生徒だった。明治政府のスポンサーであった岩崎財閥を血縁に持つ少女達だった。

岩崎貞子《さだこ》と岩崎梅子《うめこ》は従姉妹《いとこ》同士であり、大層仲がよかった。お金持ちの娘にしては、さばさばしていたので、お柳も気が楽だった。岩崎貞子と梅子を教えるついでにお勝も一緒に教えられるというものだった。

貞子と梅子は女学校の授業が終わると、その足で氷川町へ訪れ、二時間ほど英語の補習をお柳から受けた。帰りは賀久治が二人を自宅まで送り届けた。二人の家から入る謝礼が思わぬほど高額だったので、お柳の暮らしも何んとか滞《とどこお》りなく続けられるというものだった。

釜次郎は帰国すると工部省を辞めた賀久治が気になったらしい。自宅に呼んで、色々、積もる話をしたようだ。その時、釜次郎は賀久治に小樽《おたる》へ行かないかと持ち掛けた。購入した小樽の土地の管理人をしてほしいということだった。賀久治は一も二もなく、これを引き受けた。料理屋の手伝いや人足仕事をしていても将来性がないと思ったのだろう。

「そうですか。決心されたんですね」

お柳は長火鉢の灰を炉扇《ろせん》で均《なら》しながら低い声で言った。感慨深いものがお柳の胸に拡がっていた。賀久治が傍にいたから、お柳は女所帯の心細さを感じることもなかったはずだ。

お柳が賀久治と男の女の関係にならなかったのは、やはり釜次郎の存在が大きかったからだろう。賀久治も釜次郎の思い人に手を出してはならないと、自分を戒《いまし》めていたのだ。そうは言っても、この十年余りの年月は重い。

娘のお勝は賀久治が小樽へ行くと聞かされてから泣いてばかりだった。

「あちらのご家族も、この際、お連れしたらいいですよ。奥様に、あたしはずい分、ご不自由を掛けてしまった。堪忍して下さい」

お柳は殊勝《しゅしょう》に詫びた。

「本当は、お柳さんも一緒に小樽へ行ってほしいのですが」

賀久治も別れ難い様子で言った。

「それは駄目。これ以上、我儘《わがまま》は言えませんよ。大塚さんは、お勝の父親としてよくやっていただきました。この先は奥様とお子様と水入らずでお暮らしなさいまし」

「本当に大丈夫ですか」

賀久治はそれでも心配そうだった。

「ええ」

お柳は涙を堪え、無理に笑顔で応えた。

「まあ、御前もいることだし、お勝のことは心配いらないでしょう」

賀久治は得心したように言う。

「そんな。あたしはこれ以上、お勝のことで御前に迷惑を掛けるつもりはありませんよ」

それはお柳の正直な気持ちだった。

「御前は五稜郭の戦で亡くなった同志を未だに忘れておりません。特に幼い子供達が残されている家には、まめに手紙や志を届けております。その子供達の学費の面倒も見るつもりなのです。ましてお勝は御前の娘だ。誰に遠慮することなく援助を受けるべきです。それは御前からも言われております。お柳さんが無駄に意地を張らないようにとおっしゃっておりました」

「………」

お柳が、援助などいらないと意地を通すことを釜次郎はとっくに先回りして考えていたらしい。

「小樽に着いたら、手紙で住所を知らせます。御前に言い難いことは、おれに言ってくれても構いません。いいですね」

賀久治はお柳に念を押した。

釜次郎が所有している小樽の土地とは、政府が払い下げたおよそ十万坪の土地のことで、釜次郎は明治五年（一八七二）に但馬《たじま》出身の北垣国道《きたがきくにみち》という男と共同で購入したものだった。北垣は文久三年（一八六三）に起きた「生野《いくの》の変」の首謀者の一人だった。生野の変とは福岡藩士、平野国臣等の尊攘派が天誅《てんちゅう》組の乱に呼応して但馬の生野で兵を挙げた事件である。生野の変は幕末動乱の魁《さきがけ》とされる事件だった。その北垣と釜次郎にどのような繋がりがあったのか定かに知らないが、とにかく二人は当時、原野に等しい小樽の土地を五円ずつ出し合って購入したという。ところが小樽の町が拡がるにつれ、宅地としてその土地が注目され、僅か五円で購入した土地はその百倍もの地代を稼ぐほどになったのである。あと数年もしたら地代は千円にも上がるだろうと噂されていた。

こうなると地代の徴収など様々な雑事をこなす管理人が必要になってくる。賀久治が役所勤めに難渋していると知って、釜次郎は迷わず管理人として白羽の矢を立てたのだ。

賀久治が慌ただしく小樽に向かうと氷川町の家はお柳とお勝の二人暮らしになった。お勝は賀久治を恋しがって寂しいと涙ぐむことが何度かあった。そんなお勝を見ながら、お柳も感傷的な気分になったものだ。

お柳は、毎日、午前中に掃除やら洗濯をこなし、それが済むと、夕食の買い出しに行く。夕食の下拵《したごしら》えをしていると、もはや女学校の下校時間である。岩崎貞子と梅子は無事にA六番女学校を卒業し、代わって水野《みずの》歌子《うたこ》、中根《なかね》華子《はなこ》という娘がお柳の弟子になった。家にやって来た歌子と華子にお八つと茶を振る舞い、それから英語をさらってやる。彼女達はついでに学校の宿題も済ませて帰るのである。

お柳は二人と一緒にお勝にも英語を教えていたが、もの覚えはお勝の方がずっと上だった。お柳は語学には向き、不向きがあることを知った。歌子と華子は英語と聞いただけで頭を抱える娘達だった。

「最初はたどたどしくてもいいのですよ。肝腎なのは毎日声に出して喋ることですよ。特に異人さんがいらっしゃる舞踏会等では勇気を出して話し掛けてごらんなさいまし。お話が通じると嬉しいものですよ」

お柳はそう助言するが、二人はどうも引っ込み思案の性格らしく、舞踏会があっても壁の花と化している様子だった。

「歌子お姉様と華子お姉様はとてもおきれいなのに英語がまずくて興醒めだわ。おきれいな顔も台なし」

十二歳になったお勝は夕食を摂りながらそんなことを言う。二人の影響でお勝のもの言いも、大層きどっていた。

「結婚して旦那様と外国で一年も暮らしたら、すぐにぺらぺらと喋るようになるよ」

お柳は二人を庇うように言った。

「そうかしら。おっ母さんは別に外国に行かなくても英語は上手じゃないの」

「それはあんたのお祖父《じい》ちゃんが通詞をしていたんで、おっ母さんは毎日さらって貰っていたからさ」

「ふうん。だけど歌子お姉様と華子お姉様は毎日女学校で英語を教えられているのに、ちっとも覚えない。これはあれね、筋《すじ》ね」

「筋？」

「そう。お三味線のお っ師匠《しょ》さんがよく言うじゃない。あんたは筋がいいよって」

お勝の言い方がおかしくてお柳は声を上げて笑った。

「お勝は英語がいやじゃないのかえ」

お柳は娘の顔を見ながら訊く。時々、眉間に皺を寄せて困り顔をするのは釜次郎とうり二つだった。

「あたい、お祖父ちゃんとおっ母さんの血を引いているから、筋はいいのよ」

「そうだねえ……」

言いながら、心の内で、あんたの本当のお父っつぁんは、それはそれは外国語が堪能なんだよ、と呟いていた。だがそれは口が裂けても言えないことだった。おたみが亡くなった今、お勝の本当の父親を知っているのは賀久治だけだった。それでいいと思いながらも、お柳はお勝が不憫《ふびん》だった。

名乗りを上げさえすれば、お勝はA六番女学校も外国留学も可能だった。だがそれはお柳の勝手な思いだ。そうすることにより、どれほど榎本家に迷惑が及ぶか、お柳は察していた。

(お勝はうちの子、うちだけの子。大塚さんはお勝の将来のために釜さんがよこしてくれた仮のてて親だ。うち、それがようくわかっていた。大塚さんはお勝の成長に不安がなくなったから小樽に行ったんだ。多分、大塚さんは、東京へは戻らんとよ。うち、そんな気がする。もっとも戻ったところで大塚さんの仕事はない。大塚さんは小樽に自分の骨を埋めるだろう。大塚さん、堪忍な。我儘なうちを許して。うち、昔も今も思いを掛ける人はただ一人とよ)

お柳は改めて自分の気持ちを確認するのだった。そんなお柳の胸の内が聞こえたのだろうか。江戸が桜の季節を迎えた頃、お柳は釜次郎から手紙を受け取った。花見がてら向島《むこうじま》の榎本家の寮《りょう》(別荘)にお勝を連れて遊びに来いというものだった。釜次郎は賀久治が小樽に行ったので、誰憚《はばか》ることもなく呼び出しを掛けたのだろう。お柳に躊躇《ちゅうちょ》するものがあった。だが、自分の娘の顔が見たいという釜次郎の気持ちも理解できた。もしもこの機会を逃したら、永久にお勝は実の父親と会えないのだ。

「お勝。お前、お花見に行くかえ」

お柳は英語の単語帳を開いているお勝に聞いた。お勝はかつてのお柳のように単語帳を離さない。夕食を済ませた後のことだった。

「どういう風の吹き回し？」

お勝は怪訝な眼をして訊いた。

「おっ母さんの昔の知り合いが向島に寮を持っているのさ。それで花見においでと誘ってきたんだよ」

「お金持ちなのね、おっ母さんの知り合いって」

「ああ、今は金持ちさ。だが、昔は貧乏御家人だったよ」

「凄い。出世なさったのね」

「ああ。とてつもなく出世した……行くかえ」

お柳は確かめるようにもう一度訊いた。

「うん」

「そいじゃ、お祖母ちゃんが縫ってくれたお振り袖を着せて上げるよ」

「ついでにびらびら簪《かんざし》もつけさせてね。この間、華子お姉様からいただいたから」

「ああいいよ。お行儀よくしておくれよ。先様《さきさま》に笑われないようにね」

「わかってる」

お勝はそう言って自分の部屋へ引き上げた。

一人になったお柳は鏡台の前へ行き、自分の顔をじっと見つめた。そこには分別臭い中年女の顔があった。箱館で釜次郎と別れてから十一年の月日が流れていた。

四十六

お柳とお勝は向島まで舟を頼んだ。

大川は波もなく穏やかだった。向島に近づくと舟の上から薄紅色の真綿を被せたような桜並木が目についた。

「おっ母さん、きれいだねえ」

お勝は感歎の声を上げた。朝早く髪結いを頼み、お柳はお勝の頭をきれいに結わせた。

中根華子から進呈された簪は大袈裟過ぎるように感じたが、お勝はそれを嬉々として頭に飾った。お柳も一張羅《いっちょうら》の晴れ着を纏《まと》った。

榎本家の寮は大川に面して建っている。座敷から続いているテラスは大川にせり出していた。

釜次郎はそのテラスの板の間に胡坐《あぐら》を掻き、ゆっくりと酒を飲んでいた。その姿は舟の上のお柳にもよくわかった。胸が塞《ふさ》がった。

舟は釜次郎の座っていたテラスの傍をゆっくり通り、近くの舟着場に向かった。釜次郎はつかの間、こちらに視線をよこした。お柳は頭を下げた。釜次郎はにこりともせず、傍のお勝をじっと見ていた。

「あの小父《おじ》さんの所なの？」

お勝は恐る恐る訊く。

「ああ。政府のお偉いさんをしているお人だ」

「何んだか怖そう」

「大丈夫だよ。根は優しいお人だ」

「そう……」

それでもお勝は不安そうだった。

寮には釜次郎の姉のらくと、下働きの小女《こおんな》がいた。十五、六の小女が、お柳とお勝を中へ招じ入れると、らくが慌てて傍に来た。

「まあ、田所のお柳ちゃん？　本当にお柳ちゃんなの？」

らくは驚いた表情でお柳を上から下まで、しみじみ眺めた。

「ご無沙汰致しておりました。父がその節は大層お世話になりました」

お柳は恐縮しながら挨拶した。

「何を言ってるの。お世話になったのは釜次郎さんの方ですよ。今日はよくいらっしゃいましたねえ。まあ、こちらは娘さん？　あら、お柳ちゃんより背が高いじゃないですか」

らくは気軽な口を利いた。らくは御鷹匠《おたかじょう》の鈴木岩五郎《いわごろう》という男の許へ嫁いだが、夫が亡くなった後、実家へ戻り観月院《かんげついん》と称していた。向島の寮はらくが寝起きする住まいでもあった。

「姉上！」

釜次郎の焦《じ》れた声が聞こえた。お柳を一人占めするなと言いたいらしい。

「あらあら、釜次郎さんがおかんむりよ。ささ、あちらへ参りましょう。眺めがいいのよ」

らくは苦笑して二人を促した。

「御前、ご無沙汰致しておりました」

お柳は三つ指を突いて頭を下げた。お勝も「ご機嫌よう」と、短く挨拶した。

「へへえ、これがお勝かい」

釜次郎は照れたように笑った。

「大塚が小樽に行って寂しいかい」

釜次郎はお勝の顔を覗き込むように訊いた。

「ええ、とても」

お勝はおずおずと応える。

「そうか、寂しいか……奴はいい父親だったらしいな」

「大塚さんにはよくしていただきました。とても口では言えないほど感謝しております」

お柳が話を始めると、お勝は外の景色を気にするようなそぶりを見せた。釜次郎はそれを察すると、「お勝、こっち来て景色を眺めな。今日はいい按配に天気がいい。絶好の花見日和だ」と言った。

「それでは遠慮なく」

お勝は長い袂を翻《ひるがえ》してテラスの手すりの傍に近寄ると、陽射しを避けるように額に手をかざした。

「お勝よう、お前ェ、外国語は何か遣えるか」

釜次郎は試すように訊いた。

「はい。英語を勉強しております」

「ほう。ハウドゥユドゥ、アイム、タケアキ・エノモト、エンド、ユウ?」

「アイム、カツ・タドコロ。ナイス、ミーチュー。センキュー」

お会いできて嬉しいと、お勝が型通りの返答をすると、釜次郎は嬉しそうに声を上げて笑った。

「お柳、でかした。よく仕込んだ」

「御前……」

別に仕込んだ訳ではなかった。お勝が覚えたいと望んだからだ。

「お勝。お前ェ、将来どうしたいのよ」

釜次郎は丼《どんぶり》の酒をぐびりと飲むと上機嫌で訊いた。

「ええ。わたくし、できればアメリカに留学して、もっと英語を覚え、それからA六番女学校の教師になりたいと思っております」

「大したもんだ。並の娘なら花嫁さんになりたいなんぞと、しおらしく言うのによう。A六番女学校の教師とは畏れ入る。お前ェ、そこに通っているのかい」

「いいえ。わたくしは山本小学で手習いをしております」

「ん?」

釜次郎の表情が動いた。

「A六番女学校は、あたしが英語をさらってやっているお嬢さんが通っているのですよ。お勝はあこがれているだけです」

お柳は仕方なく応えた。

「通わせたらいいじゃねェか」

釜次郎はにべもなく言う。

「でも……」

「何んだ、学費の工面ができねェのか」

「申し訳ありません」

「小父《おじ》様、よろしいのよ。英語はおっ母さんが、いえ、お母様が教えて下さるから」

お勝はお柳を庇うように口を挟んだ。

「ささ、何もございませんけれど、お花見ですから、松花堂《しょうかどう》弁当をご用意しました。お柳ちゃん、お勝ちゃん、召し上がって」

らくは小女に手伝わせて料理を運んだ。松花堂弁当の他、お勝のために花見団子も用意されていた。

「姉上、お柳に猪口《ちょこ》をやってくんな。こいつは見かけに寄らず、いける口なんだ」

「あらあら、気が利きませんで。お春、猪口を持っておいで。お勝ちゃんはお茶でよろしいわね」

らくは笑顔でお勝に訊いた。小女はお春と呼ばれていた。

「小母様《おば》、どうぞお構いなく」

「まあまあ、お行儀のよろしいこと」

「姉上、お勝は英語が達者だ。だが、A六番女学校には通っていねェそうだ」

釜次郎はらくの意見を求めるような感じで言った。

「釜次郎さんが通わせて差し上げたらいいでしょう。平兵衛さんへの恩返しのつもりで」

世話になったお柳の父親のことを、らくは持ち出した。

「そ、そうだよな。A六番女学校へ通えない腹いせに、そこの教師になろうってんだから、お勝も相当な意地っ張りだ」

「誰かさんとそっくり」

らくが何気なく言った言葉にお柳の胆《きも》が冷えた。まさか、らくは、お勝を釜次郎の娘と知っている訳ではあるまいか。

「おっ母さん。あたし、A六番女学校へ通えるの？　いいの？」

お勝は眼を輝かせて訊いた。お柳は言葉に窮して、「さあ、どうしたらいいでしょうね」と曖昧に応えた。

「心配するな。ちゃんとおいらが段取りをつけてやる。ただし、うんと勉強すると約束しろ」

「うん。あたい、英語は誰よりも負けない」

お勝は張り切って応えた。

「おう、最初は、わたくしときどっていたが、あたいになったたか。いや、気に入った」

釜次郎は終始、機嫌がよかった。

食事が終わると、らくはお勝を誘って散歩に出た。お柳と釜次郎に積もる話をさせたいと気を遣ったのだ。

「おらく様はお勝のことをご存じなのでしょうか」

お柳は不安になって訊いた。

「いや、話してはいねェが、お勝の顔を見て察しをつけただろう」

「申し訳ありません」

「籍には入れられなかったが、お勝のことは嫁に行くまで面倒を見るから心配するな」

「ありがとうございます」

「苦労を掛けたな」

ねぎらいの言葉に、お柳は涙ぐんだ。

「何も彼《か》も済んでしまえば遠い夢よ」

釜次郎はお柳の涙を見ないようにして独り言のように言った。

「そうですね」

「ブリュネも軍隊に戻ったようだし……奴にも何か恩返しをしてェと考えている」

「すばらしい人でした」

「そうだな」

二人は静かに酒を飲み、大川と桜の景色を眺めた。桜は春になれば蕾をつけ、花を咲かせる。ふと、箱館の五稜郭の桜のことをお柳は思った。

「五稜郭の桜もよかったよなあ。どこかきりっとして、いかにも北国の桜という風情だった」

お柳の胸の思いが届いたのだろうか。釜次郎はそんなことを言った。

「ええ……」

話したいことは山のようにあるはずなのに、釜次郎を前にしては、お柳は何も言えなくなる。釜次郎のもの言いは変わっていなかったが、利かん気な表情は鳴りをひそめ、まるで牙《きば》を抜かれた狼のようにも感じられた。

恭順するということは、一人の男の表情をこうも変えるものであるらしい。だがお柳は、御前は変わった、とは言わなかった。

寂しいものが釜次郎から伝わってくるのを、お柳もまた、寂しさとして受け留めていただけだ。

「お柳、幾つになった」

唐突に釜次郎は訊く。

「いやですよ、御前。とうに三十を過ぎましたよ」

「そうか、お柳も三十を過ぎたか。おれは四十五だ」

明治十三年（一八八〇）のこの年、釜次郎は海軍卿《かいぐんきょう》として外交の仕事に従事していた。

「早いものですねえ」

「ああ、早いものだ。もうミミーとは呼べねェな」

「………」

はっとお柳は釜次郎の顔を見た。釜次郎は、まだあのことに拘《こだわ》っているのだろうか。お柳が箱館から東京へ戻される時、ミミーと呼べと釜次郎に詰め寄ったことだ。

「あたしはミミーじゃありませんよ。田所柳という町家の女です。フランス通詞だったことも、五稜郭の戦のことも、皆んな、なかったも同然」

「それでいいのか」

「ええ、それでいいの」

お柳は釜次郎に酌をしながら応えた。不思議なことに、通詞としての自分の足跡が抹殺されたことなど、もはやどうでもいいことに思えた。

お柳は、ただ釜次郎の役に立ちたかった。

その目的は十分に果たされたはずだ。誰が知っていなくてもいい。釜次郎さえ覚えていてくれたら、お柳は、何も思い残すことはない。それにふと気づいたのだ。それは、やはり釜次郎と直接会ったせいだろう。

「済まねェ」

釜次郎は低い声で謝った。

「御前、謝ったりなんてしないで。御前と一緒に品川から開陽丸で仙台、箱館まで行けた。ずっとお傍にいられた。あたし、滅法界《めっぽうかい》もなく倖せでした。御前はちゃんと約束を守って下さったから」

「約束？」

「お忘れですか。御前はオランダへ留学する時、戻って来たら開陽丸に乗せてやるとおっしゃったんですよ」

「そうだったかな。とんと覚えちゃいねェ」

「浮き城と呼ばれていた美しい船でしたねえ。もしも、あの開陽が沈没しなかったらと、あたし、何度も考えたものです」

「よしちくれ。もう開陽のことなんざ、おいらは忘れたよ。あれが座礁した時、おいらは官軍に降伏すべきだったんだ。さすれば、あれほど死人《しびと》も出なかった……」

釜次郎は意気消沈した表情で言う。

「ごめんなさい。いやなことを思い出させて。そうですよね。御前は戦に行ったんですもの。もしもだの、仮にだのと考えても仕方がありませんね。つまらないことを申し上げてしまいました。肝腎なのは、これからのことですね」

お柳は釜次郎を励ますように威勢よく言った。

「ありがてェ。そう言われて、おいらも気が楽になった。また、おいらも新政府に転じたことで色々言われている。おいらは見ざる、聞かざる、言わざるの精神でお務めに励んでいるのよ。それに免じて許してくれ」

「御前……」

「新政府の連中は優秀なのもいるが、おおかたはぼんくらよ。ほれ、おいらが五稜郭が落ちる前に『海律全書』を黒田に託したことは覚えているだろ？」

「ええ。オランダから持ち帰った大事なご本でしたねえ。御前はそれが戦火に焼かれるのを惜しんで黒田様に託したんだ」

「おうよ。おいらはその時、烏有《うゆう》に帰《き》すを惜しむ、と手紙を添えたのよ。ところが、官軍の連中は、それを烏《からす》の所有に帰するのは遺憾だと訳したんだぜ。後で、皆んなで大笑いしたものよ」

「呆れた。それは語学の能力よりも日本語の理解の問題ですね」

「まあ、昔は酒井雅楽頭《うたのかみ》を酒井ガラクノ頭とか、井伊掃部頭《かもんのかみ》を井伊ハライベノ頭と読んだ奴もざらにいた。幕末は特にひどかった。そんな輩《やから》が軍隊の士官になって大きな顔をしていたんだから、徳川様も滅びる訳だ」

　釜次郎の言葉にため息が混じった。釜次郎は自身の転身に対して何んの言い訳もしていない。あれこれ言い訳するのは男としてみっともないと、釜次郎は考えているのだ。

「お身体を大事になさり、これからもお務めに精進して下さいませ。御酒《ごしゅ》も少し控えて」

「べらぼうめい！　酒が飲めなくて生きている甲斐《かい》があるかい」

その時だけ、昔の釜次郎を彷彿させるように豪快に言い放った。

四十七

明治十四年（一八八一）五月。

ジュール・ブリュネはパリの日本大使館において日本の天皇より勲《くん》三等旭日《きょくじつ》章を授与された。日本の軍隊に貢献した印である。この時、かつてのフランス通詞であった田島応親《まさちか》も授与式に出席していた。十二年ぶりで再会した二人は、もちろん感無量であったことだろう。

お勝は釜次郎の後ろ盾でA六番女学校へ通うようになった。あこがれの矢絣の着物に海老茶の袴、足許は革靴である。前を束髪《そくはつ》ふうにし、後ろの髪だけ背中に垂らした髪型で、大きなリボンを飾っていた。

お勝は、誰が見ても、いい所のお嬢さんにしか見えない。舞い上がったようなお勝に、お柳は、「いいかえ、英語の成績がお粗末だったら、榎本の御前に申し訳が立たない。すぐに女学校を辞めさせるからね」と念を押した。お勝は「わかっているわ」と、お柳の小言をうるさそうに遮《さえぎ》った。

明治十五年（一八八二）。釜次郎は駐清特命全権公使として北京に赴任し、日清間の紛争解決に尽力した。そこまでが釜次郎の外交官としての華々しい経歴である。第一次伊藤博文内閣が成立すると、釜次郎は逓信《ていしん》大臣に任命され、以後、国家の様々な問題を政治家として解決して行くことになる。

明治十六年（一八八三）十一月。

イギリス人、コンドルの設計による鹿鳴館《ろくめいかん》が十八万円の巨費を投じて日比谷練兵場の傍に完成した。鹿鳴館は上流階級の子女に西洋流の社交術を体得させ、欧米風の淑女に仕立てる目的のための施設だった。維新以後、外国人との交流が拡がるにつれ、日本人女子のマナーの悪さが問題にもなっていたからだ。

お勝もA六番女学校で外国人の教師から西洋料理の食べ方、社交術を習っていた。

お勝はアメリカへ留学し、A六番女学校の英語の教師になるという夢があったが、在学中に外務省の三十歳になる男性からの縁談が持ち上がった。それは釜次郎の意向でもあった。釜次郎の折り紙つきの男ならば間違いもなかろうと、お柳は渋るお勝を説得した。

お勝がその縁談を承知したのは夫となる男がイギリスの日本大使館に赴任することが決まってからだった。イギリスは英語の本場である。外国留学を夢見るお勝には、これ以上の縁談はなかった。

結婚式は内輪だけで行なわれたが、その席には逓信大臣の釜次郎が大塚賀久治の名代《みようだい》として着いていた。

賀久治は仕事上、どうしても出席できなかったのだ。お勝は少し残念そうだったが、忙しい合間を縫ってお勝の結婚式に出席してくれた釜次郎には大層感激していた。

明治十九年（一八八六）十月。お勝と夫の栂野尾《とがのお》正義《まさよし》は横浜から船でイギリスへ向かった。洋装のお勝は大層美しく見えた。

「おっ母さん、おっ母さん」と、涙ながらに叫ぶお勝を、お柳も涙をこぼしながら見送った。

二人を乗せた船が見えなくなると、お柳は一抹の寂しさとともに安堵感も覚えた。もう、お柳の気掛かりはなくなった。完全に自由だと思った。だが、四十歳のお柳の人生はまだ続く。これからどうして生きてゆけばよいのか、それもまた途方に暮れる思いだった。

釜次郎から仮装舞踏会の招待状が送られて来たのは、お勝がイギリスへ旅立ってから半年後の明治二十年（一八八七）、四月のことだった。

国家改革に奔走してきた政府の官僚達は明治も二十年を過ぎて、ようやくひと息つける状態となった。この小康状態に彼等を駆り立てたものは国益の名を借りた舞踏会という娯楽だった。

この年、釜次郎は子爵を授与された。

お勝の結婚式まで、お柳は色々と気苦労があった。お勝の婚家は、維新前は幕府の勘定奉行所の役人をしていた家柄だった。お勝の姑《しゅうとめ》に当たる女は毛利家の祐筆《ゆうひつ》を務める家から栂野尾家に輿入《こしい》れしたという。町人の家に育ったお柳にとって、先様《さきさま》の仕来たりには、ついていけないものも多々あった。姑は最初、お勝を嫁にするのには反対だったらしい。

Ａ六番女学校に通い、英語が遣えるお勝ではあったが、どうも家柄がもう一つ不満だったようだ。大塚賀久治の元彰義隊の頭取並《かしらどりなみ》はともかく、維新前の賀久治の身分がはっきりしないのも原因だった。そう言えばお柳も賀久治が幕臣であったということ以外、詳しいことは知らなかった。釜次郎に尋ねても要領を得ない様子だった。釜次郎と賀久治の繋がりは戊辰《ぼしん》戦争が起きてからのものだったからだ。

賀久治の家族と長く同居していた同じく彰義隊の寺沢正明《まさあき》（傀太郎《しんたろう》）は幕府の奥御《おくご》

膳所《ぜんしょ》の役人で、後に奥詰銃隊《おくづめじゅうたい》に編入している。賀久治は、寺沢とは断金《だんきん》の契りの仲だったので、恐らく、賀久治も似たような境遇とは察せられたが、はっきりした出自となると不明だった。お柳は小樽の賀久治へ手紙で問い合わせた。ほどなく賀久治から返信があった。そこには、こと細かく自分の出自を記していた。旗本、岡田與一郎《よいちろう》の三男として生まれた賀久治は後に大塚家に入っている。京都見廻組《みまわりぐみ》、彰義隊を経て幕府軍に参戦したのだ。身分は釜次郎よりも上だった。栂野尾家に対しての面目は立った。しかし、世の中が大きく変わったというのに、一組の男女が婚姻するとなると、相変わらず維新前の身分が影響するのかと、お柳は皮肉な気持ちだった。

お勝の夫の栂野尾正義は釜次郎から見合いを勧められ、実際にお勝に会うと、一目で気に入ったという。英語の堪能なお勝は正義が仕事をして行く上で理想的な女性だったからだ。町家暮らしの捌《さば》けた性格と、外国人を前にしても、もの怖じしないお勝が正義には魅力的に思えたようだ。

そんなことで、縁談はとんとん拍子に進んだが、結納を交わした辺りから、お柳は栂野尾家と自分の家との違いを痛感することが多かった。お勝に恥を掻かせまいと、お柳は、らくの住む向島の寮へ何度も通い、教えを請《こ》うた。それでもお勝の姑は、わが家のお仕来たりは、こうこうでと、まるでお柳に意地悪をするように難題を吹っ掛けた。仕舞いには、らくが自ら栂野尾家に乗り込んで、お柳の代わりに問題を解決してくれた。

だから、お勝と正義が無事に結婚式を終え、イギリスへ旅立つと、お柳は、どっと疲れを覚えたのだ。

ようやく疲れは癒えたが鹿鳴館で行なわれる仮装舞踏会に出席する気持ちなど、さらさらなかった。

だが、返事がないお柳に釜次郎は業を煮やし、下男を寄こして出席を促した。仮装など面倒と応えると、下男は、ご婦人ですから、正装であれば何んでも構わないだろうと言った。何より釜次郎がお柳の出席を心待ちしていると言い添えた。すげなく断っては、後で下男が釜次郎に叱られるだろうと思い、お柳は渋々、承知した。

仮装舞踏会――お柳はブリュネと江戸を脱走した時のことを思い出した。ブリュネと腹心のフランス人はイタリアの公使館で開かれた仮装舞踏会に出席し、その扮装のまま横浜から品川へ向かったのだ。ブリュネはヨーロッパの狩人の恰好をしていた。

まさか、日本人の仮装舞踏会が開かれることになろうとは、お柳は予想もしていなかった。どうせ外国の真似だろうが、真似をするなら、もっと他に気の利いたものがあるだろうにと、お柳は内心で苦笑した。

恰好は特に仮装しなくても構わないと言ったが、お柳は御数寄屋町で芸者をしていた頃の衣装を残していた。黒紋付《くろもんつき》に献上博多《けんじょうはかた》の帯を締めれば年増《としま》芸者のでき上がりである。それにしようと決めた。

他人の眼からは仮装であろうが、それはお柳のかつての姿だ。いや、仮装と言うなら男装して通詞に就いていたことこそ、大いなる仮装かも知れない。

ふと、釜次郎はどんな恰好をするのだろうと思った。あれほどお柳の出席を促すからには、特別な恰好をしてお柳に見せたいのではないかとも考えた。釜次郎のことだから、とんでもない恰好で出席した人々の度肝を抜く魂胆かも知れない。そう思うと、何んだか、その日が来るのが楽しみになった。

明治二十年（一八八七）五月二十日。

朝から髪を結い、顔見知りの箱屋《はこや》に着物の着付けを頼み、お柳は仕度を調《ととの》えると人力車に乗って鹿鳴館へ向かった。

四十八

鹿鳴館の大広間では楽隊の奏でる音楽に合わせ、思い思いの恰好をした男女がワルツやカドリールを踊っていた。

ダンスが得意でない女性達は壁際の椅子に座り、西洋扇《おうぎ》をぱたぱたさせながら噂話に興じていた。

西洋扇の陰で囁《ささや》かれる噂話は傍にいたお柳の耳にも自然に入ってきた。

「奥様、あの方をごらんになりまして？」

「ええ。いの一番に眼に入りましたことよ。太田道灌《どうかん》の山吹の故事に因《ちな》んだおつもりかしら。楚々《そそ》とした賤《しず》の女《め》姿とは」

「新聞にあれほど書きたてられたので、もしや今夜はおいでにならないのではと思っておりましたのよ。余計な心配でございましたわねえ。まあ、楽しそうなこと」

「賤の女のお相手がヴェニスの貴族では、お似合いのお二人とはお世辞にも申し上げられませんわね」

その後で、きどった笑い声が聞こえた。中年の二人の女性達の噂に上っているのは戸田伯爵夫人《とだはくしやく》で、彼女は伊藤博文《いとうひろぶみ》との情事が醜聞《しゆうぶん》として府下の新聞に報じられたばかりだった。

当の伊藤博文はヴェニスの貴族の恰好で、おめず臆《おく》せず、戸田伯爵夫人と楽しそうにダンスをしていた。どこの世界でも男と女の醜聞は酒の肴になるようだ。

三河万歳《みかわまんざい》の恰好は井上馨《かおる》、山県有朋《やまがたありとも》は奇兵隊時代の軍服だった。いずれも維新前は長州勢だ。

お柳は戊辰戦争の縮図を、その会場で見る思いがした。やはり幕臣の姿は少なかった。

釜次郎の姿が見えなかった。あれほどお柳に出席を勧めながら、自分は野暮用ができて欠席したのだろうか。それなら、後で、こっぴどく叱ってやろうと内心で考えていた。

「おっ師《し》匠《よ》さん、ごきげんよう」

お柳は突然、肩を抱かれた。驚いてその顔を見ると、岩崎貞子と梅子だった。二人とも結婚して華族の一員となっていた。二人は薔薇《ばら》色のお揃いの夜会服を着て、束髪《そくはつ》の頭には、これまた薔薇の花簪《かんざし》を挿《さ》していた。

「まあ、ご無沙汰致しております。お二人ともお元気そうで」

お柳は笑顔で応えた。ようやく知った顔に会い、ほっとする思いだった。

「おっ師匠さんは芸者さんの扮装ですね。よくお似合いですよ」

梅子はお柳の着物の袖に触れながら言う。

「あなた達はどんな趣向なの？」

「ヨーロッパの貴婦人よ」

貞子は冗談めかして応えてから、噴き出すように笑った。

「おっ師匠さん、お勝ちゃんは結婚されたのですってね。おめでとうございます」

梅子は、つかの間、真顔になって頭を下げた。貞子も慌てて頭を下げる。

「ありがとうございます。これで肩の荷が下りましたよ。気が抜けたようになっていたら、榎本の御前から今夜のパーティのお誘いを受けたのですよ」

「まあ。おっ師匠さんは榎本様のお知り合いだったのですか」

貞子は眼を丸くした。

「氷川町のあばら家に住んでいる女が御前の知り合いだなんておかしいでしょう」

お柳は自嘲的《じちようてき》に言った。

「そんなことありません。おっ師匠さんは、どこか並の人と違っておりましたもの。語学が堪能なので、どういう方なのかなあと二人で話し合っていたのですよ」

貞子は梅子に相槌を求める感じで応えた。

「あたしの父親がオランダ通詞として長崎にいた頃、御前はよく遊びにいらっしゃっていたのですよ。ほら、御前は長崎の海軍伝習所で修業されておりましたから」

釜次郎との関わりを説明したが、貞子も梅子も海軍伝習所の存在を知らなかった。お柳は時代が変わったものだと、つくづく思った。

会場は人いきれでむっとして暑かった。貞子と梅子はお柳に気を遣い、冷たい飲み物を持って来てくれた。ひと口飲んで、喉《のど》の渇きを癒やした時、楽隊の音楽は雅楽風の旋律になった。

それまで閉じられていた会場の扉が開けられると、会場の喧騒は一瞬静まった。お柳も扉の方へ眼を向けた。

釜次郎が縹色《はなだ》（薄い水色）の熨斗目《のしめ》、麻裃《あさがみしも》の恰好で粛々《しゆくしゆく》と入場してきた。お柳は思わず息を飲んだ。釜次郎の恰好は幕臣の正装だった。そればかりではなく、後ろには挟み箱《はさばこ》、草履取り《ぞうりと》、槍持ち《やりも》の従者まで引き連れていた。

その強烈な自己表現にお柳は圧倒された。

これまで、釜次郎に対して様々な批判が浴びせられていた。変節漢《へんせつかん》、痩《や》せ我慢《がまん》等と。しかし、釜次郎は一切の弁解をしていなかった。お柳でさえ、釜次郎は牙を抜かれた狼のようだと感じていたのだ。だが、それはお柳の誤解だった。

釜次郎は未だ幕臣としての誇りを失ってはいなかったのだ。彼の胸の内には江戸開闢《かいびやく》以来、二百六十余年の歴史が脈々と刻みつけられていた。それを長州、薩摩勢にこれでもかと見せつけたのだ。あっぱれな侍ぶりであった。どこからか拍手が起きた。すると、その拍手は会場内に拡がった。お柳も涙をこぼしながら夢中で掌を打った。

貞子と梅子はお柳の涙を訝《いぶか》しみながら、それでも一緒に拍手していた。

四十九

お勝が結婚して家を出ると、お柳は完全な独り暮らしになった。考えてみたら、独り暮らしというのは、この年になって初めての経験だった。

夜、蒲団に入っていても、風が表戸を叩く音すら泥棒でも来たのだろうかと恐ろしくなった。話相手もおらず、下手をすると二日も三日も人と口を利かないことすらある。

ずっとこの先、こんな暮らしが続くのだろうかと思うと心細い気持ちになった。

お柳が何十年かぶりで長崎のお玉に手紙を書いたのは、お玉の夢を見たせいだ。

ひと月後にお玉から返事が来たが、それには焦《こ》がれるように逢いたいというお玉の懐かしい声が聞こえるようだった。

お玉は菓子屋に嫁いでから五人の子供をもうけ、その子供達もそれぞれに独立して今は長男夫婦と同居していた。亭主は数年前に亡くなり、離れの部屋で独りで過ごしているという。だが、お柳のことは一度たりとも忘れたことはなく、毎日マリア様にお柳の無事をオラショしていたと、泣かせるようなことも書かれていた。

お玉の手紙を読んで、お柳は長崎に帰りたいと切実に思った。江戸暮らしが長崎にいた頃よりずっと長くなったと言うものの、長崎はお柳にとって懐かしい故郷だった。あの翡翠《ひすい》色に輝く海、坂道、出島、お国訛《なま》り。すべてが好ましいものに思える。その長崎で余生を送られたらどれほどいいだろう。

すると矢も盾もたまらず、長崎に帰りたくなった。自分が長崎に帰り、小間物屋でもしながら、近所の子供達に英語を教えたい希望を手紙に書くと、お柳が決心したのなら住まいやその他の準備は一切するから、身一つで帰って来いという、お玉からの頼もしい返事があった。

お柳はしばらくして向島のらくに、その旨を手紙で知らせた。すると、間もなく、向島の寮を訪問せよと、釜次郎から連絡があった。

新暦になった八月は夏の盛りだった。

榎本家の寮から眺める大川は糊《のり》でも溶かしたように温《ぬる》んでいた。

「決心を固めたのかい」

浴衣姿の釜次郎は相変わらず丼《どんぶり》の酒を口に運びながら訊いた。忙しい公務の合間にお柳と会う時間を作ってくれたことが、お柳にはありがたく、また恐縮でもあった。

「ええ。お勝も片づいたので、これからは自分の好きなようにしたいと思いましてねえ」

首筋に流れる汗を手巾《しゆきん》で拭《ぬぐ》いながら、お柳は静かに応えた。

「それが長崎か……」

「ええ。あたしの居場所はあそこしかないような気がしますので」

「おいらも色々と旅をした男だが、南の土地は長崎が一番思い出深いぜ」

「ありがとうございます。御前にそう言っていただけると、あたしも嬉しい」

「向こうで喰っていけるのかい」

「ええ。お玉ちゃんが色々、手はずを調えてくれますので」

「小間物屋の娘だったな」

「御前、よくご存じで」

「覚えているよ。お前ェはあの娘とお手玉したり、三味線を弾いていた」

釜次郎は遠くを眺めるような眼で言う。

「あれから様々なことがありましたねえ。特に御前ときたら、日本どころか外国も走り回って、それはそれは大変なものでした」

「ペテルブルクへ行った時はよう、船から降りてから三日三晩馬車に揺られたんだぜ。いや、もっと日《ひ》にちは掛かったかな。でこぼこ道を馬車は死にもの狂いで走るんだ。おいらは天井に何度も頭ぶつけた。まだ着かねェのかと御者《ぎょしゃ》に訊けば、まだまだ先だと応える。何んにもねェ野っ原が延々と続くんだ。大陸はよう、つくづく広いと思ったもんだ。それに比べりゃ、長崎なんざ、目と鼻の先だ」

豪気に言う釜次郎の気持ちがお柳には嬉しかった。

「そうそう、御前に差し上げるものがあったんですよ」

お柳は携《たずさ》えた風呂敷包みの結び目を解いた。

それはミミーの版画だった。お柳の父親が表装して掛け軸にしたものだ。

「ミミーの絵ですよ」

お柳は掛け軸を拡げて見せた。

「へへえ、これがミミーかい。お前ェ、このオランダのご婦人にあこがれて、それでおいらにミミーと呼ばせていたんだな」

釜次郎はようやく納得したように言った。

「ええ。長崎では別に手に入りますから、これは御前の傍に置いて下さいまし」

「形見《かたみ》分けかい」

「そんな……」

お柳はぎょっとして釜次郎を見た。

「なに、冗談だよ。こっちの床の間にでも飾らせて貰うぜ。いや、ありがとう」

釜次郎は照れ笑いにごまかして礼を言った。

「お柳よう、お前ェには感謝しているぜ」

釜次郎はしみじみと続けて、お柳の手を取った。そして手の甲を優しく撫でる。お柳は釜次郎の胸に自分からしがみついた。

「御前はご立派でしたよ。いつもいつも一生懸命で。御前は男の中の男だ」

「てへッ」

釜次郎は嬉しさを隠し切れない様子で笑った。

「おいらのことを褒《ほ》めてくれるのは、おなごでは二人しかいねェ」

「………」

自分と、もう一人は、釜次郎の妻のたつだろうとお柳は思った。

「本当は三人いたんだが……」

「三人目はどなた？」

「母上さ。次が姉上で、それからお柳だ」

「奥様は？」

「あいつなんざ、褒めるものか。ただじっとおいらのやることを見ているだけだ。屋敷の奥にいるから奥様なんだろう」

「悪いですよ、そんなことをおっしゃるのは。御前のお留守をよく守っておいでだった。妻の鑑《かがみ》ですよ」

「奥のことはいいよ。おいらはお柳とこうしているのが好きだ」

それはお柳に対するお愛想だと思ったが、お柳は口を返さなかった。

榎本たつは新婚早々から釜次郎とは離れ離れの生活を強《し》いられた。五稜郭の戦、その後の三年余りの牢獄生活。さらに新政府の役人として北海道、ペテルブルク、清国と釜次郎は家を空けることが多かった。

そんな忙しい生活の中で、二人の間には三人の子供を上げている。お柳は釜次郎とたつとの夫婦仲は存外によかったのではないかと思っている。

鹿鳴館の仮装舞踏会で、お柳はたつの姿をつかの間、見掛けた。ふっくらとした頬、鼻筋の通ったきれいな鼻、おちょぼ口。体型もふっくらとしていたが、いかにも釜次郎の好みそうな女性だった。才媛《さいえん》という呼び方が最もふさわしい女性でもあったので、お柳は自分の出る幕などないと、つくづく思ったものだ。

長崎に帰る旨を伝えた今だからこそ、釜次郎は自分に対して最後の思いやりを示していたのだ。

「仙台では毎晩、御前と夕食をいただいて、あたしは奥様に申し訳ない思いがしておりましたよ」

「仙台じゃ、さっぱりいい思い出はなかったが、そう言や、毎晩、お前ェと飯を喰ったな。あれでお前ェの酒の手が上がったのかも知れねェな」

「そうかも知れませんね」

寮の中は静かだった。釜次郎の姉のらくは外へ散歩にでも行ったのだろう。だからお柳も遠慮なく釜次郎に甘えられた。

「いつか長崎に訪ねて行くぜ」

釜次郎は掠《かす》れた声で言った。

「当てにしないでお待ちしておりますよ」

「達者で暮らすんだぜ」

た。

「ええ」

応えると、釜次郎はお柳の唇を塞《ふさ》いだ。

お柳は目まいを覚えた。そして、それが釜次郎との今生の別れであることも察した。

今まで釜次郎とは何度か別れの場面があったが、いつかまた会えるという確信があった。

しかし、その時のお柳には、それが感じられなかった。今度こそ本当の別れなのだ。

赤い眼になった釜次郎はお柳を抱き締め、何度も何度も口を吸った。

(釜さん、うちは、本当はお妾でもよかった。でも釜さんは世間体を考え、奥様のことを考え、そうしなかった。うちと深間《ふかま》になったことは、釜さんにとっては予定外のことだったろう。そして予定外にお勝ができた。釜さん、内心ではうろたえとうと? ばってん、できてしまったことは仕方がないと覚悟を決めた。うち、釜さんの思いやりを十分に感じていたとよ。不安なことなど、これっぽっちもなかった。釜さんは言い訳しない。うち、釜さんのそんなところ、昔から知っていたと。今、今だから言える。うち、釜さんと巡り会《お》うて、ほんまこつよかった)

辺りはたそがれが迫っていた。迎えの舟がやって来た様子に、お柳は座り直して深々と頭を下げた。

「御前、お世話になりました。これでお暇《いとま》させていただきます」

「ああ」

「お身体を大事に、御酒を少し控えて」

「べらぼうめい！」

口汚く罵《ののし》りながら、釜次郎はそっと眼を拭っていた。

「あたし、御前と出会えて倖せでした！」

お柳はそう言って、逃げるように座敷を出た。舟に乗ると、どっと涙が溢れた。

自分の人生は終わった――お柳は大袈裟でなく、そう思った。

向島で釜次郎に別れを告げた翌日、お柳は身の周りの品を持って長崎行きの船に乗った。

長崎での居所は着いたら栂野尾家に知らせるつもりだった。

帰国したお勝は勝手なことをしたと怒るかも知れない。構うことはなかった。もう、お勝は嫁に出して自分の責任はないのだから。

お柳の気持ちは透明だった。未練も何も感じられない。それが我ながら不思議だった。

東京は暑いが、長崎はさらに暑いだろう。

だが、船の甲板に出て頬を撫でる風は心地よかった。たとい、これから野分《のわき》に遭《あ》い、船が沈没したとしても、それでも構わないとすら思った。お柳には思い残すことなど何一つなかった。

この海にフランスの言葉を捨てよう。この先、お柳にフランス語を遣う機会は万に一つもないからだ。

〈お母ちゃん。うち、ようやく決心がついたとよ。すべてオ、ルヴォワール〈さようなら〉たい。お父ちゃんもきっとわかってくれる。うちはこれから長崎でお父ちゃんとお母ちゃんと暮らした頃の思い出に生きるとよ。そうね、それがいっち、うちにふさわしい生き方と。なぜ、それに早く気がつかんかったのだろう。釜さんはお父ちゃんが言うとうた通り、偉かお人になりなさった。お父ちゃん、満足しとうと？　うちの役割はすべて終わった。いっそ、せいせいしたばい〉

お柳は次第に変わる海の色を見つめながら心の中で呟《つぶや》いた。

ジュール・ブリュネは明治十四年（一八八一）の勲三等旭日章に続いて、明治二十八年（一八九五）、勲二等瑞宝《ずいほう》章も授与された。

それは伊藤内閣で農商務大臣を務める釜次郎の意向が強く反映されたものだった。釜次郎と品川脱出から九ヵ月を共に過ごし、幕府軍のために戦ってくれたブリュネの恩に報いるものだった。

釜次郎は明治三十年（一八九七）に足尾《あしお》銅山の鉱毒事件の責任を負い、六十二歳で政治の一線から引退した。

足尾銅山は慶長十五年（一六一〇）に発見された銅山で、ここから採掘された銅は日光東照宮の建造や江戸城の建造にも大きく貢献した。それればかりでなく、長く徳川幕府の財政を支えるものだった。

明治十年（一八七七）、足尾銅山は古河市兵衛《ふるかわいちべえ》の経営となり、市兵衛は鉱山の近代化を進めた。

だが、この頃から渡良瀬川《わたらせがわ》沿岸の田畑で公害問題が浮上してきた。足尾銅山からの鉱毒が千二百町の村々に拡がったのだ。

銅山からの有害物質が渡良瀬川に垂れ流され、下流沿岸の農業、漁業に影響が出た。公害問題は深刻化し、ついには利根川水域全体にまで拡がった。衆議院議員の田中《たなか》正造《しょうぞう》がこの問題に立ち上がったが、問題解決には、なお長い時間を要したのだった。

農商務大臣だった釜次郎は現地を視察し、思わぬほどの被害に驚いた。長く徳川幕府を支えた資源が、ここに来て、数々の悪影響を及ぼしていたのだ。その事実に愕然《がくぜん》とする思いでもあったらしい。

釜次郎がこの問題の責任を取ったのは、農商務大臣としてよりも、やはり徳川幕府の家臣としての気持ちが強かったのだろう。

その後、釜次郎はメキシコ殖産事業にも着手したが失敗に終わっている。

そして明治四十一年（一九〇八）、釜次郎は病に倒れ、死去した。

享年、七十三だった。

戊辰戦争の戊辰とは、「つちのえ辰《たつ》」。干支《えと》を意味することは言うまでもない。それは慶応四年（一八六八）に始まった。この年は明治に改元された年でもある。ゆえに、この戦争は慶応戦争とも、明治戦争とも呼べない。戊辰と定めたのは新政府と歴史家の苦肉の策であっただろう。

その時代の狭間《はざま》に田所柳という女性が登場したのだ。しかし、史実には彼女の存在を示すものは何一つない。当時の関係者なら誰でも知っていたことなのに、記録には残されていなかった。

オーギュステン・マーリ・レオン・デシャルムはフランス軍事顧問団の一員として

ブリュネとともに来日した男だった。

戦争が終わると本国へ帰ったが、明治五年（一八七二）に再び来日している。

ブリュネが日本滞在中に描いたスケッチは、このデシャルムの許に相当数残された。

後年、ブリュネスケッチとして公開された中に、お柳らしき人物がいる。

「初めて出会ったフランス語を話す日本人ジッタロウ（通称アラミス）」

スケッチの隅には、そんなメモがある。ジッタロウは田島応親でも、福島時之助でも、飯高五郎でもない。この三人はフランス通詞としてその名が知られ、何枚かの写真も存在する。

だが、ジッタロウ、アラミスなる人物の写真はない。アラミスとはいかなる人物であるか、今日では誰も知らないのだ。

A・デュマが著した「三銃士」には好男子ダルタニャンと三人の銃士が登場する。すなわち、アトス、ポルトス、アラミスだ。

ブリュネはフランスのダルタニャンと呼ばれた。ブリュネはそう呼ばれることが得意だったのかも知れない。無邪気なあどけない顔をしていたお柳は、まさにアラミスにふさわしい人物だった。

ブリュネのドラマは戊辰戦争の中で展開された。だが、お柳は、ブリュネのいささか感傷的な配役など当時は知る由《よし》もなかった。

お柳のその後は知られていない。恐らくは長崎でなかよしのお玉と楽しく暮らし、幸福な一生を終えたことだろう。

釜次郎の姉のらくは、後年、向島の寮で釜次郎と起居を共にしていたが、釜次郎が亡くなると、釜次郎の遺骸のある隣りの部屋で十日余りも食を断ち、ついには亡くなった。

弟を思うらくのきょうだい愛もまた、深く頭の下がるものだった。

文庫のためのあとがき

子母澤寛《しもざわかん》さんは読売新聞の社会部記者だった時代、国定忠治の七十五年祭が地元で開催され、忠治を知っている古老から取材をして記事を書いた。大正十三年当時は、そういうこともできたのである。それが、子母澤さんが俠客譚《きょうかくたん》に興味を持った初めだという。

その後、彼は有名な俠客の実像を探るべく、各地に出かけ、当時のことを知っている古老から話を聞いて回った。座頭市《ざとういち》は本のページにすれば、ほんの数ページの話に過ぎない。それが映像化されると、勝新太郎《かつしんたろう》主演で、かくも長いシリーズとなり、人々を楽しませることができた。座頭市は実在した居合《いあい》の達人である。そして実在の市は映画よりも、はるかに凄《すご》かったと言っておこう。

子母澤さんはその内、取材の幅を大きく拡げるようになる。彰義隊《しょうぎたい》の物語は多くの作家が手がけているが、それも子母澤さんの資料に拠《よ》るところが多い。それがなければ百花繚乱の彰義隊話も、ずっと薄っぺらいものになったはずである。

さて、かく言う私も子母澤さんのお蔭で『アラミスと呼ばれた女』を書くことができた。それは子母澤さんの『ふところ手帖』（中公文庫）の中に収録されていた「才女伝」からヒントをいただいた。

幕末の戊辰《ぼしん》戦争の頃に男装してフランス通詞《つうじ》（通訳）に就いていた田島勝《たじまかつ》という女性がいたという。しかし、彼女の存在は歴史書の中に記されていない。

もしも、それが本当なら、彼女は日本で初めての女性のフランス通詞であった。しかし、当時の様々な事情から彼女の存在は隠蔽《いんぺい》されてしまった。戊辰戦争後に彼女は子供を生んでいる。子供の父親が榎本武揚《えのもとたけあき》であるかどうか、はっきりとはわからない。何より、榎本武揚の子孫の方が今でもいらっしゃるので、迂闊《うかつ》なことは言えないのである。だから、この作品は小説である、フィクションであると前置きして始めなければならなかった。

田島勝の存在に私が確証を持ったのは、後に公開されたジュール・ブリュネのスケッチを見てからである。ブリュネはフランスから軍事顧問団の一員として来日したが、榎本武揚と五稜郭戦争まで行動を共にしている。

ブリュネは写真の代わりにスケッチをして、現場の様子を本国に報告していたのだ。

彼の描いた十五代将軍徳川慶喜《とくがわよしのぶ》の肖像画は写真と何ら変わりないほど精巧なものだった。そのブリュネのスケッチの中に田島勝らしい人物が描かれている。「初めて出会ったフランス語を話す日本人ジッタロウ（愛称アラミス）」と注釈がついていた。フランス通詞は他にもいたのに、なぜブリュネはわざわざ、そんな注釈をいれたのだろうか。穿《うが》って考えれば、他の通詞のフランス語はブリュネに言わせれば、使いものにならないレベルだったのではないだろうか。アラミスのフランス語だけが信頼に値《あたい》するものだったと私は考えた。

田島勝は田島勝太郎として務めに就いていたが、カツタロウという発音はフランス人には難しく、ジッタロウ、あるいはアラミスと渾名《あだな》で呼ばれていたのだと私は推測した。

もう、ここから私は止まらなくなった。何が何でも「アラミスと呼ばれた女」の話を書かなければならないと強く思った。

それにしても、子母澤さんの「才女伝」の他に、これといった資料は見当たらなかった。

書き直しを続け、ようやくこの作品が陽の目を見ることができた時、十年の時間が過ぎていた。

わからない部分を「見てきたような嘘をつく」小説家の想像に任せ、とにもかくにも完成させることができたのは幸せだった。

ネックは田島勝の子供のことだけだった。

単行本を上梓して少し経《た》った頃、地元の新聞に五稜郭戦争当時、榎本武揚が頻繁《ひんぱん》に通っていた粗末な家が発見されたと記事が載《の》った。そこは五稜郭からほど近い場所にあり、籾《もみ》を保管する倉庫だったのだが、記事には、武揚が思いを寄せていた女性が住んでいたらしいと書かれていた。その匿われていた女性こそ田島勝ではなかっただろうか。妊娠の兆候が表れた勝を他人の目に晒《さら》さないために、武揚はそこへ移す必要があったのだ、と。

とはいえ、それも憶測《おくそく》の領域を出ない。だが、何もかも憶測だったと考えるのは寂しい。もしかして、あったかも知れないではないかと、私は弱々しい声ながら反論したい。

何より、田島勝の仕事を褒《ほ》めてやりたいのだ。あんたは凄い。あんたは立派だった。テレビの女性アナウンサーが流暢《りゅうちょう》な外国語で話すのを聞く時、私は決まって田島勝のことを思う。女性が外国語を話すという先鞭《せんべん》をつけたのは、実に田島勝であったのだと。

参考文献

『ふところ手帖』子母澤寛著（中公文庫）
『幕府オランダ留学生』宮永孝著（東書選書）
『追跡——一枚の幕末写真』鈴木明著（集英社）
『函館の幕末・維新——フランス士官ブリュネのスケッチ一〇〇枚』（中央公論社）
『彰義隊戦史』山崎有信著（隆文館）
『歴史読本——特集「最後の幕臣一一五人の出処進退」』（新人物往来社）

解説

激動する時代に、人の思いと生き方の一途さを問う

高橋敏夫

「お柳、一途」とは、なんともすばらしいタイトルだ。

主人公であるお柳（後に通詞の田所柳太郎で愛称アラミス）のつよく変わらぬ思いと、ひたむきな生き方をみごとに凝縮した言葉なのはもちろんだが、それにとどまらない。

お柳が「一途」なら、お柳と思いを交わすもう一人の主人公、榎本釜次郎（榎本武揚）の思いと生き方も一途である。お柳の父でオランダ通詞（通訳）の平兵衛や、お柳の友でキリシタンのお玉も一途である。

また、釜次郎をとりかこむようにして次つぎにあらわれる勝麟太郎（勝海舟）、フランス軍事顧問団員で砲兵中尉のジュール・ブリュネ、幕府軍として箱館戦争をともに戦った大鳥圭介、土方歳三ら、そして官軍の西郷隆盛、黒田清隆ら……も、それぞ

れに一途といわねばならない。

そして、だからこそ、「お柳、一途」が活きてくるのである。この物語にあって、一途でひたむきなお柳は独りであるとともに、登場する多数の者の象徴となっている。

しかも、次つぎにはなばなしく登場する著名な登場人物を惜しげもなく脇に配し、歴史上ほぼ無名の通詞であるお柳に一途さの中心をになわせたところに、英雄豪傑嫌いの庶民派時代小説作家、宇江佐真理の真骨頂がある。

＊

二〇〇六年に潮出版社から『アラミスと呼ばれた女』というタイトルで出版され、二〇〇九年にも同タイトルで講談社文庫にはいった作品を、今回、メインタイトルを「お柳、一途」とし、サブタイトルを「アラミスと呼ばれた女」として出すという話を聞いたとき、わたしは一瞬とまどったものの、すぐに、これでよい、否、これがよい、と思わないわけにはいかなかった。かつて書店で『アラミスと呼ばれた女』を手にしたときの若干の違和感がよみがえり、たちまち消えた。おそらく、亡くなった宇江佐真理もようやくぴたりと決まったタイトルに安堵しているにちがいない、とわたしは思った。

ただし、作者が、『アラミスと呼ばれた女』という、読者にとって即座には理解しがたいタイトルをあえて選んだわけも無視することはできない。

一九九七年の『幻の声──髪結い伊三次捕物余話』に始まり、『泣きの銀次』、『深川恋物語』、『おちゃっぴい──江戸前浮世気質』などと続く作品は、いかにも江戸人情時代小説あるいは江戸市井ものらしいタイトルだった。そうしたいわば定番のタイトルに、あきらかに異質なタイトルが顔をのぞかせたのは、二〇〇一年の『おぅねぇすてぃ──明治浪漫』である。明治五年の函館に始まる物語は、英語の通詞を目指す会社員の雨竜千吉に、江戸での幼馴染みで今は横浜でアメリカ人の妻になっていたお順を配し──再会した二人はかつての思いをよみがえらせつつ、いくつもの困難をのりこえ、「おぅねぇすてぃ」(正直、真心)から求めあう。

社会も人間関係も日々の暮らしも激変する明治初頭ならではの一途な愛といってよい。人の思いと生き方の一途さは、変化の激しい時代と社会においてこそ、試練にさらされ、その真価が問われるだろう。『おぅねぇすてぃ──明治浪漫』は、主に文化・文政年間の江戸下町を舞台とし、江戸情緒ただよう人情時代小説の傑作を連発していた宇江佐真理が、かけがえのない日々をひたむきに生きる者たちのにぎやかな饗宴という人情時代小説の富の真価を、明治初頭の激動する社会において問うた作品になっている。

この試みの延長線上に、二〇〇六年刊行の『アラミスと呼ばれた女』はある。幕末維新期の未曾有の社会的激動に、江戸人情時代小説の富が激突し、みごと勝利を収めた作品なのである。

本書に収められた「文庫のためのあとがき」のなかで、宇江佐真理は、この作品が完成するまでには十年かかったと書いている。すると、作品が構想されたのは一九九〇年代の半ば。「幻の声」でオール讀物新人賞を受賞しデビューしたのが一九九五年だから、江戸人情時代小説の蓄積の上にその意義をおもむろに問い直すというより、デビュー当初から問いに積極的だったことになる。得意な作品をだらだらと書きつらねるのではなく、みずからが実現する作品の意義にたえず意識的であろうとする作家の姿勢が、ここからもうかびあがる。

＊

「文庫のためのあとがき」には、本作品は子母澤寛の「才女伝」をヒントにしたと記されている。一九六一年に出た『ふところ手帖』に収録された聞き書きスタイルの短篇で、宇江佐真理は、文庫版（一九七五年）で読んだという。

「才女伝」は「今日の史録に於ては、田島勝太郎は全く黙殺されて」いる云々で結ばれている。が、現在ではいくつかの歴史事典に掲載されている。たとえば、一九九四年に出た『朝日日本歴史人物事典』には、歴史学者栗原弘がこう書いている。「田島勝太郎・生没年不詳　明治維新期の仏語・蘭語の通詞。江戸下谷出身。餝《かざり》職人から長崎で通詞となった田島平助の娘。元治一（一八六四）年、父が暗殺されたため、江戸に出て勝奴の名で一時芸者となり、父と下谷時代から親交のあった榎本武揚に偶然会った。榎本は勝奴の天才的語学力を生かし、かつまたその生活を救おうと勝太郎の名で男装をさせ、幕府海軍の通詞とした。その語学力は耳学問であったが、他の通詞よりよく通じ、重宝がられたという。五稜郭の戦（一八六九）の際は無事脱出したが、その後の消息は不明である。子母沢寛が『才女伝』（『子母沢寛全集』二五巻）として小説化し、有名になったが、架空人物説もある。」これはしかし、「才女伝」の記述とほぼ重なることから、他の資料を踏まえているとは考えにくい。宇江佐真理も、「『才女伝』の他に、これといった資料は見当たらなかった」と書いている。

近年、田島勝太郎については、一九三五年に出た寺島柾史の歴史小説『日本海軍戦記　怒濤』がクローズアップされている。国立国会図書館デジタルコレクションで容易に閲覧できる。そこには、「男に化けてゐる榎本の愛人お勝の田島勝太郎」といっ子を産む本作品のお柳に近い。はたしてこの作品を宇江佐真理は参照したか否か。

た言葉もみえて、二人の関係があいまいなままの「才女伝」とは異なり、釜次郎との

＊

重要なのは二作と重なる部分ではなく、重ならない部分だろう。そこにこそ作者の

この作品へのつよい思いがあらわれている。

——出島は日本の異国だとお柳は思う。鎖国政策が取られている日本で、その

出島だけが唯一、世界に開かれた窓だった。だが、窓はあちこちでも開かれつつ

あった。（中略）「なあ、お父ちゃん、うち、大きゅうなったら通詞になりたい」（一）

——自由という初めて聞く言葉にお柳の胸は震えた。何ものにも束縛されず、

男も女も平等に生きられる世の中。それは自分の意識のある内にやって来るのだ

ろうかとお柳は訝《いぶか》しむ。（十二）

——琴もらくもお柳が通詞として蝦夷地に行ったことは知らないだろう。自分

は芝居で言うなら黒子《くろこ》だったのだ。目には見えても、黒子は舞台では存在しない

約束事になっている。（中略）お柳の存在は永遠に封印されたままだろう。／こ

れでいいのだと思う一方、通詞の仕事を忠実にこなしたという自負が、お柳を苦

しめる。(三十九)

――うちは箱館を離れる時、自分の人生は終わったごたる気持ちやった。はん、終わってなどいなかった。これからが始まりや。この子を大きゅうせないけん。十五年も二十年も掛かる。釜さん、人生は長いなあ。(同右)

未曾有の激動期を生きて、生きぬき、さらに生きつづけようとする、お柳のつよく変わらぬ思いとひたむきな生き方が、あるいは躍動しあるいは沈潜する。まさしく、「お柳、一途」だ。

そして、この「お柳、一途」には、「釜次郎、一途」が、「お玉、一途」が、「ブリュネ、一途」が……ゆたかに束ねられているのはいうまでもない。

(たかはし　としお／文芸評論家・早稲田大学名誉教授)

お柳《りゅう》、一途《いちず》　アラミスと呼《よ》ばれた女《おんな》　朝日文庫

2022年6月30日　第1刷発行

著　者　宇江佐真理《うえざまり》

発行者　三 宮 博 信
発行所　朝日新聞出版
〒104-8011　東京都中央区築地5-3-2
電話　03-5541-8832（編集）
03-5540-7793（販売）

印刷製本　大日本印刷株式会社

Published in Japan by Asahi Shimbun Publications Inc.
定価はカバーに表示してあります

ISBN978-4-02-265044-3
落丁・乱丁の場合は弊社業務部（電話 03-5540-7800）へご連絡ください。
送料弊社負担にてお取り替えいたします。

葉室 麟
この君なくば
伍代藩士の譲と栞は惹かれ合う仲だが、譲は密命を帯びて京へ向かうことに。やがて栞の前に譲に心を寄せる女性が現れて。《解説・東えりか》

葉室 麟
柚子《ゆず》の花咲く
少年時代の恩師が殺された事実を知った筒井恭平は、真相を突き止めるため命懸けで敵藩に潜入する——。感動の長編時代小説。《解説・江上 剛》

葉室 麟
風花帖《かざはなじょう》
小倉藩の印南新六は、生涯をかけて守ると誓った女性・吉乃のため、藩の騒動に身を投じていく——。感動の傑作時代小説。《解説・今川英子》

山本 一力
欅《けやき》しぐれ
深川の老舗大店・桔梗屋太兵衛から後見を託された霊巌寺の猪之吉は、桔梗屋乗っ取り一味に一世一代の大勝負を賭ける！《解説・川本三郎》

山本 一力
五二屋傳蔵《ぐにやでんぞう》
幕末の江戸。鋭い眼力と深い情で客を迎える質屋「伊勢屋」の主・傳蔵と盗賊頭の龍冴、男たちの知略と矜持がぶつかり合う。《解説・西上心太》

山本 一力
たすけ鍼《ばり》
深川に住む染谷《せんこく》は〝ツボ師〟の異名をとる名鍼灸師。病を癒やし、心を救い、人助けや世直しに奔走する日々を描く長編時代小説。《解説・重金敦之》

山本　一力
立夏の水菓子
たすけ鍼《ばり》

人を助けて世を直す——深川の鍼灸師・染谷の奔走を人情味あふれる筆致で綴る。疲れた心にもじんわり効く名作時代小説『たすけ鍼』待望の続編。

山本　一力
辰巳八景

深川の粋と意気地、恋と情け。長唄「巽八景」をモチーフに、下町の風情と人々の哀歓が響き合う珠玉の人情短編集。《解説・縄田一男》

池波　正太郎
新装版
新年の二つの別れ

幼い頃に離別し、晩年に再会した「父」、郷愁をさそう「ポテト・フライ」、時代小説の創作秘話「私のヒーロー」など。珠玉のエッセイ五一編。

池波　正太郎
新装版
一年の風景

飼猫サムとの暮らし「人間以外の家族」、祖母の作る海苔弁「昔の味」、心安らぐ「日本の宿」など。円熟のエッセイ四二編。《解説・平松洋子》

永井　義男
図説　吉原事典

最新の文化やファッションの発信地でもあった江戸最大の遊興場所・吉原の表と裏を、浮世絵と図版満載で解説。時代小説・吉原ファン必携の書。

森　光子
春駒日記
吉原花魁《おいらん》の日々

一九歳で吉原に売られた光子。「恥しさ、賤しさ、浅ましさの私の生活そのまま」を綴った衝撃の書、約八〇年ぶりの復刻。《解説・紀田順一郎》

朝日文庫

悲恋
朝日文庫時代小説アンソロジー　思慕・恋情編

細谷正充・編／安西篤子／池波正太郎／北重人／澤田ふじ子／南條範夫／諸田玲子／山本周五郎・著

夫亡き後、舅と人目を忍ぶ生活を送る未亡人。父を斬首され、川に身投げした娘と牢屋奉行跡取りの運命の再会。名手による男女の業と悲劇を描く。

おやこ
朝日文庫時代小説アンソロジー

細谷正充・編／池波正太郎／梶よう子／杉本苑子／竹田真砂子／畠中　恵／山本一力／山本周五郎・著

養生所に入った浪人と息子の嘘「二輪草」、歌舞伎の名優を育てた養母の葛藤「仲蔵とその母」など、時代小説の名手が描く感涙の傑作短編集。

なみだ
朝日文庫時代小説アンソロジー

細谷正充・編／青山文平／宇江佐真理／西條奈加／澤田瞳子／中島　要／野口　卓／山本一力・著

貧しい娘たちの幸せを願うご隠居「松葉緑」、親子三代で営む大繁盛の菓子屋「カスドース」など、ほろりと泣けて心が温まる傑作七編。

いのち
朝日文庫時代小説アンソロジー

朝井まかて／安住洋子／川田弥一郎／澤田瞳子／山本一力／山本周五郎／和田はつ子・著／末國善己・編

江戸期の町医者たちと市井の人々を描く医療時代小説アンソロジー。医術とは何か。魂の癒やしとは？　時を超えて問いかける珠玉の七編。

吉原饗宴
朝日文庫時代小説アンソロジー

菊池仁・編／有馬美季子／志川節子／中島要／南原幹雄／松井今朝子／山田風太郎・著

売られてきた娘を遊女にする裏稼業、身請け話に迷う花魁の矜持、死人が出る前に現れる墓番の爺など、遊郭の華やかさと闇を描いた傑作六編。

江戸旨いもの尽くし
朝日文庫時代小説アンソロジー

今井絵美子／宇江佐真理／梶よう子／北原亞以子／坂井希久子／平岩弓枝／村上元三／菊池仁編

鰯の三杯酢、里芋の田楽、のっぺい汁など素朴で旨いものが勢ぞろい！　江戸っ子の情けと絶品料理に癒される。時代小説の名手による珠玉の短編集。